젠
틀
맨

젠틀맨

ⓒ 심재천 2019

초판 1쇄 인쇄 2019년 4월 25일
초판 1쇄 발행 2019년 4월 30일

지은이 심재천
펴낸이 이상훈
편집인 김수영
본부장 정진항
기획편집 김준섭 정선재
마케팅 조재성 천용호 박신영 조은별 노유리
경영지원 이해돈 정혜진 이송이

펴낸곳 한겨레출판(주) www.hanibook.co.kr
등록 2006년 1월 4일 제313-2006-00003호
주소 서울시 마포구 창전로 70 (신수동) 화수목빌딩 5층
전화 02-6383-1602~3 **팩스** 02-6383-1610
대표메일 munhak@hanibook.co.kr

ISBN 979-11-6040-248-3 03810

젠틀맨

◆

심재천 장편소설

GENTLEMAN

한겨레출판

차
례

*

학생증이 발견된 건 1996년 3월이었다.

정확히는 3월 13일이다. 수요일이었고 정오를 조금 넘긴 시각이었다. 그날은 하루 종일 하늘이 맑았다. 구름 한 점 없었고 바람은 포근했다. 기분 좋은 봄날이었다. 아마도 그랬을 것이다. 파랗던 서울 하늘의 이미지가 아직까지 선명히 내 머릿속에 남아 있다.

학생증이 발견됐던 날은 잘 기억하고 있다. 그날 나는 한 아가씨의 룸에서 전구를 갈아주고 있었다. 천장 전구가 나갔고, 그 애가 그걸 내게 갈아달라고 부탁했던 것이다. 예나 지금이나 난 부탁을 받으면 잘 들어주는 편이다. 그때 갈아준 전구가 어떤 모양이었던가, 잠깐 떠올려보기도 하지만 그런 것까지는 기억나지 않는다. 그럴듯한 무드 조명이었는지 그냥 60와트 백열전구였는지 잘 모르겠다. 꽤 오랜 시간이 흘렀다. 셈해보니 벌써 23년 전 일이다. 지나치게 세세한 것은 머릿속에 남아 있지가 않다. 이를테면 그날 낮 최고기온이 몇 도였는지, 내가 무슨 색깔의 양말을 신었는지, 전날 밤 어떤 아가씨와 잤는지 잘 기억나지 않는다.

학생증이 발견된 1996년에 대해 잠깐 말하자면, 그해는 정말 유별난 해였다. 여러모로 기억에 남는다. 일단 그해 1월에 서태지가 가요계 은퇴를 선언했다. 그날 서태지는 기자회견을 열고 미리 준비한 은퇴의 변을 담담히 읽어 내려갔다. 내용은 그리 특별할 게 없었다. '창작은 뼈를 깎는 고통이었다, 힘들다, 이제 그만두기로 한다' 정도로 요약되는 고별사였다. 전국 각지에서 상경한 여고생들은 "우리 오빠, 불쌍해서 어떡해요" 하면서 울었다.

추석 연휴를 일주일여 앞둔 9월 중순엔 강릉 무장공비 침투 사건이 터졌다. 이건 전 국민을 충격과 공포에 빠뜨린 사건이었다. 대대적인 토벌 작전이 벌어졌고 많은 병사들이 죽거나 다쳤다. 선을 가르듯 깔끔한 총격전이란 건 없어서 아군끼리의 오인사격으로도 꽤 많이 죽은 모양이었다. 생포되어 귀순한 북한군도 한 명 있었다. 이름이 아마 이광수인가 그랬을 것이다. 군 수사당국의 심문을 받던 중 그가 한 말이 뉴스가 되었다. "광어회와 소고기가 먹고 싶다."

1996년에 대해 또 한 가지 생각나는 건《공부가 가장 쉬웠어요》라는 책이다. 이 어처구니없는 제목의 책은 상당히 오랫동안 화제가 되었다. 공사판 잡부로 일하던 남자가 최고 명문대에 수석으로 합격했고, 그의 수험 생활을 기록한 에세이는 단숨에 베스트셀러에 등극했던 것이다. 어떤 역경을 헤치고 서울대 법학과에 입학했는지, 어떻게 수리와 언어를 공략했는지, 집중력의 비법은 무엇인지, 그는 요리책처럼 상세히 책에 기술했다.

그러고 보니 지금부터 내가 할 이야기도《공부가 가장 쉬웠어요》와 얼추 비슷할지도 모르겠다는 생각이 든다. 이 책은 내가 어떻게 대학교 학생증을 손에 넣었는가에 관한 내용이기 때문이다. 어떤 과정을 거쳐 대학에 들어갔는지, 캠퍼스 라이프는 어땠는지, 어떤 경험을 했고 또 무엇을 배웠는지, 꽤나 솔직하게 진술돼 있다. 하지만 공부법 소개나 명문대 합격 수기는 아니다. 그런 것과는 거리가 한참 멀다. 노파심에서 미리 말해두는데, 혹시 이 책에서 유익한 정보를 기대한다면 이쯤에서 책장을 덮어버리거나 중고서점에 책을 되팔아버리는 편이 좋을 것이다. 나는 내신이라든가 수능, 그런 것들에 대해선 일체 아는 바가 없다. 96년 당시 나는 제도권 시험을 치러서 대학에 가지 않았다.

독자들이 내 이야기에서 얻을 게 있을까.

솔직히 말해 거의 없다고 생각된다. 이 글엔 아무런 정보도 교훈도 들어 있지 않다. 청량리에서 밥벌이를 하던 남자가 어찌어찌해 서울의 한 사립대에 들어갔다, 정도로 요약할 수 있는 스토리다. 그것도 뭔가 드라마틱하게 입학한 것이 아니라 그냥 들어갔다. 여기엔 로망도 감동도 없다. 그런 게 있을 리가 없다. 딱히 겸손을 떨자는 건 아니지만 나 자신이 그렇게 느끼고 있다.

1 —

입학

1

"칼 갈아요."

하는 소리에 잠에서 깼다.

창문을 열자 칼갈이 아저씨가 느릿느릿 골목을 걸어가는 게 보였다. 얼룩무늬 야전 점퍼를 입은 키 작은 남자는 공구통 실은 자전거를 끌면서 3초에 한 번씩 "칼 갈아요"라고 외치고 있다.

"아이, 시끄러워 죽겠네. 저 사람 좀 어떻게 해봐요."

자고 있던 여자애가 구시렁구시렁 이불을 머리끝까지 뒤집어썼다.

"놔둬. 열심히 일하시는 분인데."

나는 생수통을 집어 물 한 모금 마신 뒤 주섬주섬 팬티를 주워 입었다. 풀어뒀던 손목시계를 차고 추리닝을 마저 입었다. 화장대 거울을 보면서 대충 머리를 빗고 있는데, 콘돔 통으로 쓰이고 있는 레모나 통이 훤히 열려 있길래 뚜껑을 닫아주고 룸에서 나왔다.

"계신가."

평소 습관대로 마당에 서서 조간신문을 읽고 있을 때 김 경장이 불쑥 가게로 들어왔다. 늘 입는 국산 청바지에 가죽 점퍼 차림. 배지는 달지 않았지만 누가 봐도 형사라는 걸 알 수 있다. 머리칼이 짧고 체격이 좋으며 무엇보다 남의 영업 장에 침입하는 데 거리낌이 없다. 나는 신문을 마루에 던져 놓고, "안녕하셨습니까" 허리를 꺾어 김 경장에게 인사했다. 됐어, 됐어, 하면서 그는 손사래 치고는 대뜸 종이 한 장 내 밀었다.

"이 남자, 알아?"

그것은 한 장의 수배 전단이었다.

48세. 무직. 경상도 말투. 오른손 중지에 '一心' 문신이 있 음. 전단엔 그런 것들이 쓰여 있었다. 몽타주는 인간과 심해 어를 결합해놓은 듯한 얼굴이다. 고작 도박 빚 몇백 때문에 전당포 주인을 살해했다고 한다. 음울한 몽타주를 보고 있 자니 그럭저럭 납득이 된다. 용의자는 무스탕 코트를 입었 고 청량리역에서 마지막으로 목격되었다.

"모르는 사람입니다."

"그렇군."

김 경장은 수배 전단을 접어 바지 뒷주머니에 넣었다. 그
것으로 탐문은 끝. 김 경장은 더 이상 질문하지 않았다.
　"날씨 한번 좋군."
　"벌써 3월입니다."
　"3월도 이제 한복판인데 뭘. 완전히 봄이야. 낮엔 좀 덥더
군."
　김 경장은 점퍼 주머니에서 담뱃갑을 꺼냈다. 그는 디스
를 피웠다. 험하게 다뤄진 담뱃갑은 말라비틀어진 오이처럼
꼬깃꼬깃해져 있었다. 김 경장은 담뱃갑 주둥이 부분을 찢
어 조금 넓히고 그 안으로 손가락을 후비적거려서 한 개비
뽑아 들었다. 나는 재빨리 그의 담배에 불을 붙여주었다. 라
이터를 두 손으로 받치는 걸 잊지 않았다. 김 경장이 필터를
세게 빨자 담뱃불이 샛노랗게 타들어갔다. 불이 제대로 붙
은 걸 확인하고 나도 내 88라이트를 꺼내 한 개비 물었다.
　"곧 프로야구가 시작되겠지?"
　"그럴 모양입니다."
　건방져 보이지 않도록 주의하며 담배 연기를 뿜는다. 김
경장의 얼굴에 연기가 가지 않도록 고개를 돌려 후, 했다.
　"어느 팀이 우승할 것 같나?"
　"쌍방울 레이더스가 유력하지 않겠습니까. 아무래도 김기
태가 뛰고 있으니까요."
　"에이, 쌍방울은 아니지."

김 경장은 정색하며 말했다. 그는 해태 타이거즈의 우승을 점쳤다. 김응룡 감독이 아직 건재한 데다 이종범의 타격감이 절정이라는 게 이유였다. 김 경장은 최근 3년간 이종범의 타율을 정확히 외우고 있었다. 선동열이 일본으로 간 게 아쉽지만 조계현, 이강철이 잘 던지고 있으므로 마운드도 걱정 없다고 말했다. 그것 참 일리 있는 분석이라고 나는 말해주었다. 더 나은 대꾸를 찾을 수가 없었다. 경찰이라는 게 참으로 쓸쓸한 직업이구나, 생각했지만 입 밖에 내진 않았다.

"참, 얼마 전에 둘째 놈 돌잔치를 했어."

"아드님이 돌이었습니까?"

"그렇지 뭐."

"잠깐만 기다려주십시오."

나는 일단 담배를 끄고 방으로 들어갔다. 그리고 돌잔치 부조를 얼마나 해야 좋을지 잠시 생각해보았다. 김 경장의 계급은 별거 아니다. 무궁화 이파리 세 개라고 해봐야 동사무소 주사보급도 안 되는 잔바리에 불과하다. 하지만 언제든지 내게 수갑을 채울 수 있다는 점, 단속 정보를 꾸준히 챙겨주고 있다는 점, 형사과장 최 경정의 고향 후배라는 점에서 둘째 아들 돌반지값으로는 200만 원이 적당하다는 결론이 나왔다. 그중 50은 형사과장에게도 흘러갈 것이다.

계산을 끝낸 나는 방 한쪽에 금고처럼 놓인 캐비닛을 따

현금 200만 원을 꺼냈다. 지폐 이백 장을 빠르게 세서 누차 액수를 확인했다. 만 원짜리 이백 장은 편지 봉투에 잘 들어가지 않기 때문에 신문지로 지폐 뭉치를 둘둘 말았다. 다 말고 봤더니 정육점에서 끊어 온 고깃덩이처럼 되었다.

밖으로 나오자 김 경장은 두 개비째 디스를 피우고 있었다. 담배를 꼬나물고 하릴없이 마당 수도꼭지를 돌렸다 잠갔다 하며 조용필의 〈창밖의 여자〉를 허밍하고 있다. 누가 사랑을 아름답다 했는가, 하는 부분에서였다. 나는 재빨리 돈뭉치를 그의 점퍼 주머니에 찔러 넣었다.

"야, 야, 큰일 날 짓을."

김 경장은 허밍을 멈추고 눈을 동그랗게 떴다. 하지만 그뿐이었다. 내 손을 막거나 돈을 돌려주진 않는다. '이런 더러운 돈 받고 싶지 않다' 하면서 격분하지도 않았다. 오히려 담뱃갑을 만지는 척하면서 지폐 뭉치를 주머니 깊숙이 밀어 넣고 있다. 이에 대해 이러쿵저러쿵 도덕적 판단을 내릴 필요는 없을 것이다. 문명이라는 건 의외로 이렇게 굴러가는 모양이므로. 돌잔치에 못 가서 정말 죄송합니다, 나는 한 걸음 물러서서 고개를 숙였다. 다음부턴 미리미리 좀 알려주십시오, 짐짓 볼멘소리도 냈다.

김 경장이 나간 걸 확인하고 다시 신문을 펼친다.

오늘은 그다지 눈에 띄는 뉴스가 없다. 다음 달 국회의원

선거가 열린다는 것, 북한 군부의 움직임이 심상치 않다는 것, 빌 클린턴 대통령이 김영삼 대통령과 제주도에서 만날 예정이라는 것 정도가 1면에 실렸다.

소중한 나날이 사라져가는 것을 우리는 기꺼이 본다.
그것은 더욱 소중한 것이 익어가는 것을 보기 위함이니, 마치 우리가 뜰에 기르는 진귀한 식물, 가르치는 어린아이, 쓰고 있는 작은 책처럼.

사회면, 국제면, 문화면을 통틀어 건질 거라곤 이 문장뿐 아닌가 싶다. 〈아침의 뜰〉이라는 칼럼 비슷한 꼭지인데 기사는 아니지만 매번 챙겨보고 있다. 유명한 소설이나 시의 구절을 한 토막 싣고 짤막한 해설을 곁들인 코너로, 읽고 있으면 가슴이 따뜻해진다. 나는 오늘 찾아낸 글귀를 반복해 읽고는 그 부분만 찢어내 장부에 끼워두었다. 세상은 이런 걸 스크랩이라고 하는 것 같다.
다 읽은 신문을 폐지함에 던져두고 냉장고 문을 열었다. 아침 겸 점심으로 토스트나 만들어 먹을까 한다. 토스트, 라고 하면 뭔가 그럴듯하게 들리지만 그냥 삼립식빵에 마가린을 바른 것이다. 토스트에 커피가 빠질 수 없으므로 커피포트 스위치를 올리고 컵에 인스턴트커피 분말을 덜었다. 늘 마시던 대로 커피 둘, 설탕 둘. 프림은 넣지 않는다. 그 흔한

계란프라이도 없이 토스트와 커피만 먹는데 이게 또 의외로 맛이 있다. 그건 봄볕을 맞으며 먹고 있어서 그런지도 모르겠다. 바람도 포근하니 김 경장의 침입만 없었다면 완벽한 아침이 될 뻔했다. 어디선가 삑, 참새가 울었고 바람결에 흙냄새가 풍겨왔다. 아름다운 아침이라고 생각했다. 그렇게 햇볕을 쬐며 두 개째 토스트를 먹고 있을 때였다.

"저기요,"

하면서 한 여자애가 마당으로 들어왔다. 나이는 스무 살 안팎, 화장은 거의 하지 않았다. 얼굴엔 보습 크림만 발랐고 립스틱도 그리 튀지 않는 핑크를 썼다. 존슨즈 베이비로션인가, 아무튼 평범한 로션 향만 날려오는데도 묘하게 섹시한 여자였다. 그리고 키가 무척 컸다. 부츠 굽을 감안하더라도 170센티미터는 돼 보였고 타이트한 블랙진에 롱부츠를 신었으며 양모 스웨터를 입고 있었다.

"저기, 여기가……, 저, 그거, 그런 데, 맞나요?"

"여긴 어떻게 알고 온 거지?"

내가 묻자, "그냥, 돈이, 좀" 하면서 여자애는 쓸쓸한 말투로 대답했다.

"밥은 먹었고?"

"괜찮아요."

'괜찮다'라……, 하면서 나는 여자애의 말을 되풀이했다.

"그건 밥 먹었냐, 하는 질문에 대한 답이 아니잖냐?"

씹고 있던 토스트를 삼키고 목 관절을 좌우로 꺾자, 여자
애는 갑자기 겁먹은 표정이 되었다. 침을 한 번 꼴깍 삼키더
니 "죄송해요" 머릴 숙이고는 뺨 맞은 어린애처럼 더듬거리
며 다시 말을 이었다. 밥은 먹지 않았지만 별로 배고프지 않
다는 뜻이었고 무례하게 대답할 의도는 전혀 없었다고 여자
애는 덧붙여 말했다.

"그래. 배고프지 않다는 뜻이었군."

그럭저럭 수긍하며 나는 손에 묻은 마가린 기름을 휴지로
닦았다. 옆에서 여자애가 계속 주뼛주뼛 서 있기에, 거기 있
으면 걸리적거리니까 구석 룸에 들어가 있으라고 말해주었
다. 죄송합니다, 벌써 종업원이라도 된 듯 그녀는 순순히 시
키는 대로 한다. 달달, 캐리어 바퀴가 굴렀고, 여자애는 부츠
를 벗고 마루로 올라섰다. 끵끵대며 캐리어를 끌어 올리길
래 내가 밑을 받쳐주었다. 그녀는 룸에 들어가 불안한 듯 고
개를 두리번거리다가, 천장이라든가 벽지 무늬를 한참 쳐다
본 뒤 침대에 걸터앉아 귤을 까먹기 시작했다. 입가로 노란
즙이 흘러내리자 츕, 손등으로 닦는다. 귤을 오물오물 다 먹
은 뒤엔 침착히 귤껍질을 쓰레기통에 버렸다. 하얀 속껍질
까지 손끝으로 찍어서 꼼꼼히 수습하는 걸 보니 집에서 가
정교육이란 걸 받아본 여자 같았다. 무릎을 모으고 앉아 있
는 자세도 의외로 단정한 데가 있었다.

나는 토스트를 마저 먹고 간단히 양치를 했다. 치약 거품

을 뱉고 물로 입을 헹군 뒤 여자애가 앉아 있는 룸으로 들어 갔다. 안에서 문을 걸어 잠갔더니 여자애는 또 침을 꿀꺽 삼 킨다. 애는 긴장하면 침을 삼키는 버릇이 있는 것 같다.

"긴장할 필요 없어."

"네."

"다 사람 사는 곳이니까."

"알아요."

"주민등록증 줘봐."

그녀는 핸드백에서 주민증을 꺼냈다. 앞면 사진, 이름, 주 민번호 중 나는 가장 중요한 생년월일부터 체크해보았다. 나와 딱 세 살 차이니 올해 막 법적 성인이 된 셈이다. 생일 이 지났는지 여부를 확인했는데 아무 문제 없었다. 미성년 자는 확실히 아니다.

나는 주민등록증을 여자애에게 되돌려주고 그녀의 이목 구비를 자세히 뜯어보았다. 피부 깨끗하고 얼굴 예쁘고 몸 매 좋고 다 좋은데 치열이 약간 불규칙한 게 좀 거슬렸다. 하 지만 다른 각도로 보면 그것은 단점이 아니라 여자애를 더 욱 친근하고 귀엽게 보이도록 만들어주었다. 어쩐지 영화 〈그렘린〉이 생각난다. 보면 볼수록 여자애는 〈그렘린〉 여주 인공과 닮았다. 그 미국 배우 이름이 뭐였더라. 한때 팬이었 는데 갑자기 떠올리려니 잘 생각나지 않는다. 언뜻 맥 라이 언이란 이름이 떠올랐으나 그 여자는 아니다. 맥 라이언은 화사한 금발에다가 로맨틱 코미디에 주로 출연했고 치열도 옥수수처럼 고르지 않은가. 그렇다면 대체 〈그렘린〉에 나온 여배우는 누구였지? 머리를 쥐어짜봤지만 도무지 떠오르지 않아 그쯤에서 단념했다.

"저건 푸냐?"

여자애가 끌고 온 캐리어엔 곰 인형이 매달려 있었다.

"아뇨, 테디예요."

그녀는 대답했다. 열쇠고리 스타일이라서 작게 나온 거라고, 테디는 원래 큰 인형이라고, 여자애는 설명했다. 꼭 전해야 할 말이라기보단 침묵이 어색해서 그냥 아무 말이나 하는 듯했다. 갈색 곰 인형을 손끝으로 한번 튕기자 그것은 교수대에 매달린 것처럼 대롱거렸다.

"어떡할까요? 지금 벗을까요?"

"벗어봐."

여자애는 팔을 엇갈려 스웨터를 걷어 올렸다. 행동 하나는 시원시원하니 보기 좋았다. 브래지어를 풀고 바지를 벗는데 꽉 끼는 청바지라 팬티가 함께 딸려 내려갔다. 아이참, 얼굴을 붉히며 혀를 쏙 내밀길래 나는 괜찮다고, 천천히 하라고 말했다. 옷을 다 벗은 여자애는 침착히 속옷을 개켜서 침대 발치에 놓았다. 팬티를 먼저 깔고 그 위에 브래지어를 올렸다. 샤워는 미리 하고 온 것 같다. 과일 향 드롭스같이 달콤한 샤워젤 향기가 피부에 남아 있었다.

22

"참, 너 이름이 뭐지?"

"저는……, 신디예요."

"본명을 말해야지."

"그냥 신디라고 불러주시면 안 될까요?"

못 말리겠군, 한숨을 쉬며 나는 그 애의 주민증을 다시 집었다. 조금 전엔 생년월일에만 집중해서 여자애의 이름을 제대로 보지 못했다. 이번엔 이름부터 확실히 보려고 했는데 여자애가 갑자기 튀어 올라 주민증을 낚아채 갔다. 무슨 멧돼지라도 달려든 듯해 나는 흠칫하며 물러섰다. 나도 놀랐지만 갑작스러운 움직임에 여자애의 유방도 덜렁덜렁 요동쳤다. 얼굴이 완전히 사색이 된 여자애는 낚아챈 주민증을 등 뒤로 숨기는 데만 필사적이었다. 예상치 못한 뜻밖의 반응에 나는 좀 어리둥절해졌다.

"뭐야?"

"제발, 그냥, 신디라고 불러주세요."

왕방울 같은 눈이 그렁그렁해져서 도대체 본명이 뭐길래 저럴까 싶다. 이렇게 유난을 떠니까 오히려 더 궁금해졌지만 이쯤에서 그만두기로 한다. 아가씨 이름이 그렇게 중요한 건 아니다. 신디든 엠마뉴엘이든, 춘자든 삼월이든 일만 잘하면 아무 문제 될 게 없다.

겨우 평정을 되찾은 여자애는 두 발을 다소곳이 모아 침대에 누웠다. 나 역시 일하는 남자의 평상심으로 침대에 올

라갔다. 이런 절차는 왠지 외과수술을 떠올리게 한다. 아마
사위가 지나치게 조용하고 누군가의 운명이 결정되는 순간
이라서 그럴 것이다. 라디오라도 틀 걸 그랬나, 생각하면서
나는 바지 지퍼를 내리고 내 물건을 꺼냈다. 내 것은 반쯤만
발기돼 있었기 때문에 오른손으로 몇 번 왔다 갔다 해서 완
전히 세웠다. 여자애는 별로 놀랍다는 표정도 없이 내 귀두
라든가 툭툭 튀는 혈관을 물끄러미 쳐다보기만 했다. 누워
있는 자세여서 각도상 다소 내려다보는 시선이 되었다.

"이건 절차 같은 거야. 검사필 같은 거."

"알아요. 전 합격될까요?"

"그건 봐야 알지."

손톱으로 여자애의 무릎을 톡 건드리자 그녀는 스스로 알
아서 열어주었다. 무척 순수해 보이는 아이라 나는 콘돔 없
이 들어갔다. 이후 침대 스프링이 리드미컬하게 삐걱였고
우린 서로 말이 없었다. 초면인 데다 테스트 중이기 때문에
여자애는 섣불리 기교를 부리거나 종아리로 내 목을 조이진
않았다. 나 역시 여자애의 몸에 혀를 대거나 침을 묻히진 않
았다. 피차 예의는 지켜지고 있었다. 행위 중에 여자애의 가
슴을 두 손으로 지그시 움켜쥐어보았다. 리듬체조 볼처럼
탄력이 있었고 볼륨도 좋아 누워 있는데도 분명한 실체로
잡혔다. 합격, 이라고 결론 내릴 수밖에 없었다. 때가 되어서
나는 몸을 빼고 크리넥스를 세 장 뽑았다.

아, 피비 케이츠.

그때 〈그렘린〉 여주인공 이름이 생각났다.

'검사필'을 수행하고 나면 이상하게 수영이 하고 싶어진다. 나는 간단히 수영복과 타월을 챙겨 수영장에 갔다. 몸을 좀 씻고 싶었고, 간만에 물에 둥둥 떠 있는 기분도 느끼고 싶었다. 나의 홈그라운드라고 할 수 있는 구청 문화센터까지 걸어가서 자유수영 티켓을 끊고 50분간 헤엄쳤다. 오늘 자유수영 라인엔 나 혼자뿐이라 다이빙 연습도 하고 한껏 물을 튀겨가며 접영 폼을 가다듬었다.

수영을 하러 다닌 지는 한 1년쯤 됐다. 처음엔 기초반에서 기본적인 강습을 받았다. 수강생 중 젊은 남자는 나 혼자뿐이었다. 그도 그럴 것이 평일 대낮은 대부분의 남자들이 회사에서 일을 하는 시간이다. 기안지 작성이라든지 부서 회의라든지 거래처 관리라든지 결산이라든지 뭐 그런 거 말이다. 당연히 구청 문화센터 수영 기초반은 전부 아주머니들뿐이었다. 그 틈에서 나는 발장구 치는 법부터 배웠다. 아주머니들과는 일절 대화를 나누지 않았다. 학생이세요? 누군가 물었지만 대답하지 않았다. 부력판 공동구매할 건데 하시겠어요? 물어도 답하지 않았다. 그 뒤로는 누구도 내게 말을 걸지 않았다. 그렇게 자유형과 배영, 평영과 접영을 차례로 마스터했고, 이후론 자유수영 티켓을 끊고 혼자 수영했다. 혼자 맘껏 헤엄쳐서 25미터 지점 패드를 찍고 오는 건 꽤 홀가분한 일이었다. 그렇게 1년간 꾸준히 수영을 했다. 수영은 전신을 단련시켜주는 좋은 운동이었다. 어깨가 넓어지고 폐활량이 올라갔다. 입에서 담배 냄새도 덜 났다.

가뿐히 자유수영을 마친 뒤 몸을 씻고 로비에 있는 매점에 들어갔다. 뭘 마실까, 하다가 포카리스웨트를 골랐다. 냉장이 잘된 캔을 그냥 마셔버리기 아까워서 왼뺨 오른뺨 번갈아가며 굴리고 있을 때였다. 반소매 셔츠 차림의 키가 훤칠한 남자가 내 쪽으로 다가왔다.

"오랜만이군요."

언뜻 봤을 땐 누군지 몰랐지만 곧 생각이 났다. 작년에 중급 수영반에서 날 가르쳤던 강사로, 이름이 아마 박홍민인가 그럴 것이다. 체대 출신으로 아주 부드러운 접영을 구사한다. 온화한 성격에 예의도 발라 나보다 두세 살 많은 것 같은데 꼬박꼬박 경어를 써준다.

그는 매점에서 캔 커피와 미니 롤케이크를 사 와서 간이 테이블에 내려놓았다. 이때쯤 늘 간식을 먹는 모양이다. 동작 하나하나가 정해진 의식을 치르듯 자연스러웠다.

"다시 수영 나오시는 겁니까?"

그가 물었다.

"그냥 오늘 하루 자유수영 끊었어요."

"뭐, 좋지요. 가끔 운동하면."

왠지 모르게 지쳐 보이는 말투였다. 수영강사 생활도 쉽지 않은 모양이구나, 하고 나는 생각했다.

"요즘은 무슨 반 가르치십니까?"

나는 물었다. 정말로 궁금해서 묻는 건 아니었다. 고무나무 화분과 피크닉 테이블만 있는 휑한 공간에 그와 나 둘뿐이라 뭐라도 말을 걸어줘야 할 것 같았다.

"초급이나 중급이나 고급이나 다 똑같습니다. 그냥 아줌마반이죠."

사실 이 남자는 내 쇼윈도에 한 번 온 적 있다. 아마 밤에 혼자 술을 마시다 여자 생각이 났던 것 같다. 그건 무척이나 자연스러운 일이다. 건강한 남자라면 누구나 불쑥 여자 생각이 나는 법이다. 좋아하는 여성상은 본능적이고 심플한 편이어서 그는 주리를 초이스했다. 밖에서 담배를 피우고 있던 나는 단번에 그가 내 수영강사임을 알아보았지만 그는 날 알아보지 못했다. '그 남자, 몸 좋던데요. 근데 포경수술을 안 했어.' 다음 날 주리가 말해주었다. 아마도 지난 크리스마스 즈음의 일이었을 것이다.

풀장 물의 락스 성분 때문에 늘 눈이 따갑다고 불평하면서 그는 미니 롤케이크 포장을 뜯었다. 안에 동봉된 플라스틱 칼로 빵을 다섯 등분한 뒤 내게도 한 조각 권했다. 나는 손을 홰홰 내저으며 괜찮다고, 신경 쓰지 말고 드시라고 말했다. 문화센터에서 힘들게 밥벌이를 하고 있는 남자다. 간식을 빼앗아 먹을 순 없다.

"혼자 먹기 좀 그래서 그래요."

자꾸 권해서 어쩔 수 없이 한 조각 집긴 했다. 예의상 가장 작은 조각으로 골랐다. 그것이 최소한의 매너라고 생각했기 때문이다. 먹어보니 매점에서 파는 빵치곤 의외로 맛이 훌륭했다. 딸기 맛 크림에 제법 풍미가 있었고 대책 없이 달지도 않았다. 그렇게 촉촉한 롤케이크를 입천장으로 눌러가며 먹고 있는데 돌연 포경수술 안 한 그의 성기가 상상되었다. 뜬금없이 왜 그 이미지가 떠오르는지 이유는 알 수 없었다. 생각의 실없음에 나는 공연히 창밖의 야외 분수대를 내다보았다. 밖엔 봄맞이 대청소가 한창이다. 청소 도구를 든 인부들이 분수대 대리석이라든가 석고 재질의 천사 조각상을 열심히 닦고 있었다.

"이제 봄이죠?"

내가 묻자,

"그런 것 같네요."

입가에 묻은 크림을 핥으며 수영강사가 대답했다. 그러고는 운동하는 사람 특유의 해맑은 웃음을 지어 보였다.

오랜만에 수영을 했더니 배가 좀 고프다.

뭘 먹지? 하다가 사거리 맥도날드에 들어가 빅맥과 콜라를 주문했다. 창가 테이블에 자릴 잡고 앉아 햄버거를 베어 먹으며, 요 앞 가판대에서 사 온 영화잡지를 펼쳤다. 영화 〈꽃잎〉에 대한 리뷰가 있길래 그것부터 읽었다. 광주항쟁을 다룬 영화로, 학살의 충격으로 실성해버린 소녀가 막노동꾼의 손에 이끌려 나쁜 짓을 당하게 된다는 줄거리다. 고독하다, 는 생각뿐이다. 무척이나 고독한 영화였다. 흥행이 될까 싶은데 의외로 판권은 여러 나라에 팔렸다고 한다. 리뷰를 쓴 기자는 주연 여배우가 청룡영화제 신인상을 수상할 거라고 장담했다. 나는 이정현이란 배우가 딱히 예쁘다고 생각되지 않았다. 하지만 그녀가 신인상을 받는 것도 나쁘지 않겠다고 생각했다. 장선우 감독. 이정현, 문성근 주연. 4월 5일 개봉.

그 외 잡다한 리뷰를 읽고 있는데 주머니에서 삐삐가 울렸다. 꺼내보니 액정에 영춘 형님의 전화번호가 찍혀 있었다. 콜백 1순위이므로 즉각 먹던 햄버거를 내려놓고 전화기를 찾았다. 카운터 아르바이트생이 매장 2층에 공중전화가 있다고 가르쳐주어서 계단을 타고 올라갔다. 삐삐에 찍힌 번호로 전화를 걸자 저편에서 어이, 하는 걸걸한 목소리가 들려왔다.

"뭐 하나?"

햄버거를 먹고 있었다고 나는 정직하게 말씀드렸다. 무슨 햄버거냐고 또 물으셔서 맥도날드 빅맥이라고 말씀드렸다.

"빅맥이라고?"

"그렇습니다, 형님."

"그게 맛있냐?"

맛있어서 먹는 건 아니라고, 수영을 한 뒤라 배가 좀 고팠고 그저 맥도날드 매장이 산뜻해 보여서 들어왔다고, 자초지종을 말씀드리려 했다. 하지만 주절거린다는 인상을 드리고 싶지 않았다. 그래서 그냥 "죄송합니다"라고만 말했다.

"맥도날드 어디?"

"먹자골목 쪽입니다."

그래? 마침 잘됐다, 하시면서 형님은 수금 좀 해 오라고 하셨다. 그리고 해부학 교수한테 물도 좀 주라고 지시하셨다. 알겠다고 대답하고 전화를 끊었다. 그런 뒤 1층으로 내려와 먹다 남은 햄버거를 쓰레기통에 버리고 먹자골목으로 향했다.

언제나처럼 양 씨의 노점부터 시작하기로 한다. 천막을 젖히고 들어갔더니 양 씨는 습관대로 라디오를 켜놓은 채 대파를 썰고 있었다. 확실히 칼질에 체계가 있다. 조리사의 칼날을 받자 대파는 순응하며 나뉘었다. 대파는 거의 같은 간격으로 썰리고 있었다.

"어서 와."

양 씨는 날 향해 고개를 한 번 까닥하고는 불판에 고추장을 덜었다. 뒤이어 설탕과 다진 마늘을 넣고 썰어놓은 파를 뿌린 뒤 거기에 '비법장'이라 불리는 직접 만든 양념장을 첨

가했다. 고추와 깻잎, 양파도 차례로 들어갔고 마지막으로 양배추를 듬뿍 썰어 넣었다. 재료를 아끼지 않는 이곳 떡볶이를 나는 높이 평가하는 편이다. 양 씨는 가스불을 중불로 조정해놓은 뒤 손을 행주에 문질렀다. 그러더니 이마의 땀을 닦고는 대뜸 땅이 꺼져라 한숨을 쉰다. 행동 전반에 어딘가 연극적인 데가 있었으나 나는 아무 말 하지 않았다. 이번에 큰딸이 대학에 들어갔어, 라고 그는 목이 멘다는 듯 말을 시작했다.

"대학이라면?"

"강원도에 있는 사립대학이야."

"거 축하해요."

그래서 말인데, 하면서 양 씨는 다시 한숨을 쉬며 국자를 내려놓았다.

"돈이 하나도 없어."

첫 학기는 등록금과 입학금을 같이 내야 한다, 책값이 보통이 아니다, 전공 서적 한 권에 3만 원이 넘는다, 지방 학교라 기숙사비도 있다, 지금 마누라가 뇌졸중으로 쓰러져 있다, 물리치료비로만 다달이 50만 원이다, 마늘값이 얼마나 올랐는지 아느냐, 요즘 장사도 잘 되지 않는다, 양 씨는 대본이라도 외우듯 줄줄이 말했고, 나는 묵묵히 듣고만 있었다.

"이번 달은 정말 한 푼도 없어. 원한다면 내 오른팔이라도 잘라 가."

"그러면 안 되지요. 팔이 잘리면 떡볶이는 누가 만듭니까."

나는 웃었다.

"딸애는 커피숍에서 하루 종일 테이블을 닦고 있어. 책값이라도 벌겠다는 거야. 불쌍한 것, 친구들과 마음껏 놀지도 못하고. 이제 막 대학생이 됐는데 말이야."

양 씨의 말을 들으면서 나는 순대를 한 조각 집어 먹었다. 순대는 아직 덜 데워져 맛이 없었다. 당면이 뻣뻣했고 돼지 냄새가 많이 났다. 양 씨의 하소연이 끝나간다 싶을 즈음 냅킨으로 손가락을 닦고 라디오 볼륨을 잠시 줄였다.

"이건 참고만 하세요."

나는 입고 있는 셔츠를 가슴까지 들어 올려 복부의 자상을 노출시켰다. 자로 재보진 않았지만 꿰맨 자국이 25센티 정도 될 것이다. 그 부분만 피부가 반질거려 작은 뱀처럼 보이기도 한다.

"일본도로 당했습니다. 간의 삼분의 일이 없어졌어요. 어디로 간 걸까요? 내 간의 삼분의 일은."

가급적 말투를 정중히 했다. 떡볶이를 팔면서 성실히 살아가시는 분이다. '나는 당신들과 다르다'식의 뉘앙스를 주고 싶지 않았다. 2단계로는 셔츠 깃을 내려 목의 관통상도 보여주었다.

"이건 나이프로 찔린 건데요, 어떻게 살아남았는지 지금도 모르겠습니다. 목을 찔리면 보통은 죽잖아요. 그렇지 않습니까."

역시 예의를 차려 말했다. 양 씨는 초점 없는 눈으로 날 빤히 쳐다보고는 앞치마 포켓에서 한라산을 꺼냈다. 가스불로 담배에 불을 붙인 뒤 세상 끝나기라도 한 것처럼 하아, 담배 연기를 길게 내뿜었다.

"떡볶이 좀 먹고 가."

고맙지만 방금 햄버거를 먹고 왔고, 다른 가게에도 가봐야 한다고 나는 대답했다. 양 씨는 리어카 밑에서 검은 비닐봉지를 꺼냈다. 거기엔 달랑 돈다발 한 개가 담겨 있었다. 두께로 판단하건대 50만 원 묶음으로 보인다. 양 씨는 그걸 집어서 내게 던졌다. 포물선을 그리며 날아오는 그것을 나는 한 번에 캐치했다.

"다 잘될 겁니다."

나는 말했다.

"따님 입학 정말 축하하고요."

그렇게도 말했다.

자물쇠 비밀번호는 1234.

이걸 비밀번호라고 할 수 있을지 모르겠다. 컨테이너 문을 따고 들어가니 해부학 교수는 죽은 듯 누워 있었다. 서커스단에서 버려진 병든 짐승 같은 모습이지만 이 바닥에선 꽤 유명한 사나이다. '해부학 교수'라는 별명 그대로 나이프 쓰는 솜씨가 그렇게 좋았다. 제아무리 코끼리 같던 남자도 과다출혈로 조용히 재워줘서 장기 손상이나 훼손이 일절 없었다고 한다. 믿기 어렵지만 의학 서적을 읽는다는 소문이 있었다. 《외과 매뉴얼》,《임상 해부학》같은 책을 독학으로 뗐다고 하는데 나로서는 상상할 수 없는 일이다. 국립도서관에서 인체해부도를 들여다보면서 두개골 사진을 노트에 스케치하는 걸 봤다는 목격자도 있다. 인체 근골격 구조와 혈관 단면을 공부하는 갱. 그런 갱이 이 세상에는 있는 것이다.

"잠깐 일어나보십시오."

나는 널브러져 있는 해부학 교수를 발로 툭툭 찼다.

자고 있는 줄 알았는데 그는 갑자기 튀어 올라 좀비처럼 달려들었다. 내 이럴 줄 알았다. 포기하지 않는 정신엔 경의를 표하는 바이지만 서로 괜히 힘 빼는 짓은 안 했으면 한다. 지금 그의 몸은 로프에 꽁꽁 묶여 있는 데다 머리엔 쇼핑백이 씌워져 있어 싸움이 불가능하다. 목 잘린 닭처럼 밀고 들어오는 그의 명치를 구둣발로 톡 걸어차자 그는 대번에 푹 고꾸라졌다.

"진정하십시오. 물을 드리러 왔으니까요."

머리에 씌워진 쇼핑백을 들어 올리니 엉망진창인 얼굴에서 피 냄새가 훅 끼쳐왔다. 비릿해서 싫었지만 피하지 않고 코로 다 들이마신다. 예나 지금이나 사내가 하는 일이란 손에 피를 묻히는 일뿐이지 싶다. 그러고 보면 이순신 장군이나 김구 선생도 마찬가지 입장이었다. 맥아더나 드골은 말할 것도 없고.

그의 입에 붙어 있는 청테이프를 떼어낸 뒤 슈퍼마켓에서 사 온 생수를 종이컵에 따라 입술에 흘려 넣었다. 몹시 목이 말랐는지 게걸스럽게 잘도 마신다. 하지만 아랫니가 부러져 있어 턱밑으로 물이 줄줄 흘렀다.

"좀…… 더."

한 컵 더 따라주자 이번에는 요령껏 잘 받아 마셨다. 아랫입술에 힘을 줘서 물이 흘러내리는 것을 막고 있다. 그렇게 서너 컵 더 먹여주었다.

"이제 좀 살 것 같군. 이 경우, 죽는 편이 더 좋겠지만 말이야."

해부학 교수는 나를 올려다보며 씩 웃었다. 그래서 나도 조금 웃어 보였다. 늘 느끼는 거지만 입술이 무척 얇은 남자다. 머리칼은 산발에 코뼈는 부러져 있지만 입술만큼은 할리우드 배우 마이클 더글러스를 연상시킨다. 근육질은 아니지만 몸에 군더더기가 없었고, 경험 많은 외과의처럼 눈빛이 차분했다. 눈꺼풀을 거의 깜박이지 않아서 어딘가 잔혹하고 차갑다는 느낌도 준다.

"피우시겠습니까?"

88라이트를 꺼내 그에게 권해보았다. 고개를 끄덕여 보여서 그의 입에 담배를 물리고 불을 붙여주었다. 그는 자기 집 잔디를 깎고 그늘에서 잠시 쉬는 남자처럼 편안히 흡연했다. 그러다 이봐, 하면서 날 처다보았다.

"너 조영춘의 키드냐?"

"그렇습니다만."

"가서 전해라. 맛있는 거 많이 먹어두라고."

"맛있는 거 말입니까?"

"응. 곧 나한테 죽을 테니까."

잘 알겠다고 나는 대답했다. 더 남기실 말은 없습니까, 물었더니 그는 없다고 했다. 담뱃불이 필터에 닿을 때까지 기다렸다가 나는 해부학 교수의 입에서 담배를 빼주고 손가락으로 불을 털었다.

"부탁인데, 물 한 모금만 더 줘."

"미안하지만 물은 이제 없습니다."

나는 빈 페트병을 그의 눈앞에 흔들어 보였다. 약 올린다는 느낌을 주고 싶지 않아서 가급적 사무적인 태도를 유지했다.

"한 방울이라도 좋아."

하도 애원하길래 할 수 없이 생수통을 뒤집어 탈탈 털어주었다. 그때 그가 물방울을 향해 혀를 내미는가 싶더니 갑자기 입을 크게 벌려 내 왼손에 있던 생수통 뚜껑을 덥석 물어가버렸다. 깜짝 놀라 손을 뺐지만 뚜껑은 이미 그가 꿀꺽 삼킨 후다.

"맛있군."

정말 맛있다는 듯 입맛을 다시고 있다.

"배고프시다면 건빵 정도는 사다 드릴 수 있습니다만."

"아니야. 이제 됐어."

정말 훌륭한 식사를 했다는 표정이었다. 슬슬 미쳐가는 게 아닐까 생각했다. 이해가 안 되는 바는 아니다. 벌써 몇 일째인가. 이 컴컴한 컨테이너 창고에서 11일째 감금돼 있는 것이다. 연민과 경의가 섞인 감정을 안고 나는 그의 몸통에 둘린 결박을 체크했다. 로프는 튼튼히 잘 감겨 있다. 마지막 으로 입을 틀어막기 위해 바닥의 청테이프를 집을 때였다. 이봐, 하면서 그가 입을 열었다.

"88라이트, 고마웠다."

"뭘요."

"무척 피우고 싶었어."

"이해합니다."

"넌 살아라."

마지막 말은 도통 맥락이 닿지 않는 말이었다.

이 상황에서 '살아라'라는 말을 한다면 내가 해야 하는 것 이지 그가 할 말은 아니다. 하지만 어딘가 가슴을 울리는 데 가 있었다. 죽음을 예감한 남자가 내뱉는 최후의 한마디라서 그럴 것이라고 나는 생각했다.

나는 될 수 있으면 그가 고통 없이 죽기를 바랐다. 그 정도 인성은 나에게도 있다. 정말 기도하는 마음으로, 혹은 적장에게 예우를 다한다는 마음으로, 그의 입에 청테이프를 둘둘 감고 쇼핑백을 씌웠다. 보자, 뭐 빠뜨린 게 없나, 하면서 로프 매듭을 마지막으로 한 번 더 점검했다.

컨테이너 문을 잠그고 나왔을 땐 날은 이미 저물어 있었다. 저녁놀은 처음엔 주황이었다가 점차 자주로 변했고, 그 과정에서 체로 거른 듯한 고운 보라색이 번져 나왔다. 멀거니 하늘을 올려다보고 있자니 고양이 한 마리가 살금살금 내 쪽으로 다가왔다. 이리 와, 했더니 의외로 귀엽게 굴어서 녀석의 턱을 살살 긁어주었다.

영춘 형님은 침대에서 마사지를 받고 계셨다.

안녕하셨습니까, 인사를 드렸는데 음, 하실 뿐 내 쪽으로 고개를 돌리진 않으셨다. 이런 표현 죄송하지만 피부가 마사지 오일로 반들반들해 비닐랩을 씌운 햄 같다. 형님의 등엔 노란색 비키니 차림의 아가씨가 올라타 있었다. 그렇게 미녀는 아닌데 가슴이 크고 다리가 길어서 형님이 좋아할 만한 스타일이다. 여자애는 형님의 어깨에 마사지 오일을 바르고 정성껏 근육을 풀어준 뒤 피니시 터치로 자신의 젖가슴을 활용했다. 여자 가슴이 원래 저런 용도였던가, 할 정도로 테크닉이 좋았다. 방 안은 싸한 허브 향으로 가득 차 있었다. 질 좋은 천연제품인지 어지럼증을 유발하진 않는다. 라벤더라든가 뭐 그런 거 아닐까 싶다. 나는 허브에 대해서는 잘 모른다.

"교수한테 물은 줬냐?"

"네."

"그 자식, 어떻든?"

"바짝 말라 있었습니다. 피 냄새가 많이 났습니다."

"뭔 말 없었고?"

"'맛있는 거 많이 먹어두라. 곧 죽을 테니까' 그런 말을 했습니다."

"그건 나한테 하는 말이겠지?"

"송구스럽습니다, 형님."

"니가 미안해할 건 없지. 그나저나 지독한 놈이군그래. 하긴, 그 정도 배짱 없이 이 조영춘을 제낄 꿈을 꿀 순 없었겠지. 누가 시킨 걸까? 해부학 교수는 해부만 하는 거고, 병원장이 누구냐 이거야. 그 자식이 입을 열어야 전쟁이든 위자료 청구든 할 텐데."

"아, 그리고 뚜껑을 먹었습니다."

문득 생각이 나 말씀드렸다.

"뚜껑?"

"생수병 뚜껑 말입니다."

"뚜껑은 왜?"

"모르겠습니다. 맛있다고 했습니다."

"슬슬 미쳐가는군."

"저도 그렇게 생각했습니다, 형님."

"그 자식, 오늘로 한 일주일째 처박혀 있는 건가?"

"11일째입니다, 형님."

"니가 보기엔 어때? 다음 주까지 살아 있을 것 같냐?"

형님의 질문에 답하기 위해 잠깐 계산을 해보았다. 다음 주 토요일까지라면 대략 20일이 넘어가는 건데 피를 많이 흘린 데다 코뼈도 부러져 있어 불가능한 얘기였다. 눈으로 보이진 않지만 두개골 함몰이 있을지도 모른다. 나는 이번 주를 넘기기 힘들 것 같다고 솔직히 말씀드렸다.

"자업자득이지. 죽으면 돌 매달아서 바다에 던져라. 손가락은 다 잘라서 태워버리고."

형님은 시가 한 대 집어 커터로 끝을 따고 입에 무셨다. 나는 타이밍 늦지 않게 불을 붙여 드린 뒤 재떨이를 형님 쪽으로 밀었다. 수금한 2350만 원도 이때 함께 대령했다. 여기 도착하기 전 택시 안에서 일일이 100만 원씩 고무줄로 묶어두었다. 형님은 그중 한 다발을 집어 비키니 아가씨의 가슴에 쿡 쑤셔서 넣었다.

"전 이만 가보겠습니다."

나는 허릴 숙이고 방을 나왔다. 거실 소파에선 형님의 보디가드가 신문 십자말풀이를 하고 있었다. "이봐, 꿀벌 키우는 걸 뭐라고 하지?" 그가 묻기에 "양봉"이라고 대답해주었다. 나는 형님을 뵙기 전 빼어둔 나이프를 다시 허리춤에 찔러 넣고 펜트하우스를 나왔다.

언제 봐도 멋진 서양식 빌라였다. 입주자는 대체로 연예인이나 의사라고 한다. 조경이 잘돼 있어서 걷고 있으면 작은 식물원이나 공원에 들어와 있는 듯도 하다. 그럴듯한 분수대와 연못이 조성돼 있고 곳곳에 설치미술도 보인다. 개인적으로는 철사를 꼬아 만든 거대한 향유고래가 가장 멋지다고 생각한다. 얼핏 고철 더미 같기도 하지만 역동적인 형태 덕분에 늘 이것부터 쳐다보게 된다. 빗살 문양의 턱 밑과 솟구치는 꼬리를 참으로 실감 나게 묘사했다. 《드래곤볼》에 나오는 1인 우주선 같은 은색 구체(球體)도 웅장하니 볼 만하다. 산책로엔 측백, 철쭉, 주목, 매화, 벚나무 등 관상수가 고루 심겨 있고 화단 경계엔 은은한 색감의 가로등을 켜놓았다. 가로등이라기보단 궁궐이나 사찰에서 볼 법한 등롱 같은 것이었다. 나는 언제 이런 데서 살아보나 하는 생각만 든다. 정원 산책로를 지나 경비실에 다다랐을 때였다. 들어올 때 맡겨뒀던 주민증을 찾으려는데 뒤에서 누가 잠깐만, 하고 소리쳤다. 뒤돌아보니 아까 거실에서 십자말을 풀고 있던 가드가 이리로 급히 뛰어오고 있었다. 유도 무제한급 선수 출신이라 쿵쿵 달려오는 것만으로도 공포감을 선사한다.

"다시 올라와줘야겠어."

형님께서 부르신다는 것이다. 내가 무슨 실수라도 했나, 걱정하면서 그와 함께 왔던 길을 되돌아갔다. 혹시 형님께서 화가 나 있으십니까, 계단을 오르면서 조심스레 가드에게 물었다. 그런 거 아니라고, 걱정할 것 없다고, 그는 웃으며 대답했다.

"부르셨습니까."

다시 구두를 벗고 형님이 앉아 계신 응접실로 올라갔다.

"너 감자 좀 갈아야겠다."

형님은 말씀하셨다. 그러고는 턱짓으로 거실 식탁을 가리키셨다. 식탁엔 믹싱볼과 강판, 굵은 감자 몇 알이 놓여 있었다. 아까 그 비키니 아가씨가 새침한 표정으로 팔짱을 끼고 서서 이런 말을 지껄였다.

"배고파서 감자전을 부쳐볼까 하는데요, 강판에 감자를 문지를 수가 없네요. 난 피아니스트라 손을 다치면 안 되거든요."

감자전? 강판? 피아니스트? 쟤는 날 언제 봤다고 삑삑 헛소리를 해대는 건가. 나는 고개를 절레절레 흔들면서 형님 쪽을 바라보았다. 면봉으로 귀를 후비고 계시던 형님은 무표정하게 고개를 끄덕이셨다. 여자애의 말대로 하라는 뜻이다.

"일단 감자부터 씻어주세요."

*

쇼윈도로 돌아와 나는 좀 빈둥거렸다.

원래 자정까지는 별로 할 일이 없다. 평소대로 방바닥에 모로 누워 캔 맥주를 마시며 텔레비전을 보았다. 이리저리 채널을 돌리다 토크쇼가 나오길래 그걸 보았다. 오늘은 연기 겸업을 선언한 어느 아이돌 가수가 게스트로 출연해 있었다. 그는 알 파치노 같은 배우가 되고 싶다고 웃으며 포부를 밝혔다. 남자치고는 웃음소리가 무척 높고 가늘다. 나는 〈대부〉의 마이클 콜레오네가 저렇게 웃는 장면을 상상해보았다. 상상이 잘 되지 않았다.

특별히 재미있는 것도 없고 해서 꾹 참고 보다가 텔레비전을 껐다. 그런 뒤 서점에서 사 온 《리더스 다이제스트》를 읽기 시작했다. 티베트 승려의 환생 이야기, 미국 테네시주에서 보고된 도플갱어 이야기를 무척 흥미롭게 읽었다.

줄넘기를 하면서 신을 봤다는 여자의 사연을 읽고 있을 때였다. 마침 벽에 걸어둔 스피커에서 〈즐거운 나의 집〉 멜로디가 울렸다. 이건 은행의 긴급 콜을 본떠 만든 장치로, 아가씨들이 보내는 일종의 구조 신호다. 내 가게에서는 손님이 이상한 짓을 하면 아가씨들이 침대밑의 벨을 누르게 되어 있다. 그러면 내 방에 설치된 상황판에 멜로디와 함께 점멸등이 들어오고, 내가 출동한다. 그런 시스템이다. 이 바닥도 시스템이랄지 체계랄지, 그런 게 없으면 생존하기 어렵다. 지금 깜박거리고 있는 건 3번 램프, 즉 주리에게 비상 상황이 발생했다는 뜻이다. 슬슬 일할 시간이로군. 나는 잡지를 덮고 손에 가죽장갑을 끼웠다. 혹시 몰라서 허리춤엔 독일제 군용 나이프를 찔러두었다.

주리의 룸을 박차고 들어가니 뭐랄까, 정말 가관이었다. 술에 취한 노가다가 옷을 홀딱 벗고 십자드라이버 자루에 콘돔을 끼우고 있는 것이다. 머리칼에서 중장비 디젤 냄새가 올라오는 걸로 보건대 포클레인 기사인 것 같다. 드라이버 자루는 우레탄 재질, 표면엔 슬립방지 돌기가 돋아 있다. 아마도 이 형태가 노가다의 상상력을 자극한 것 같다. 그는 콘돔 씌운 드라이버를 손에 쥐고 성큼성큼 주리의 침대로 올라갔다. 사실 그다지 놀라운 광경은 아니다. 아가씨의 질구에 길쭉한 생활용품을 넣어보려는 남자가 이 세상에는 의외로 많다. 인생을 좀 아는 사람이라면 이런 걸로 놀라선 안 되지. 놀랍기로 따지면 모기 같은 목소리로 알 파치노를 꿈꾸는 아이돌 쪽이 더 놀라운 사건이다.

옛날 무사들은 전투에 임하기 전 마음을 가라앉히기 위해 깊이 심호흡하고 귀에 침을 발랐다고 한다. 하지만 나는 그렇게까진 하지 않는다. 시대라든가 싸울 상대가 다르기도 하고. 침착히 가죽장갑 버튼을 채우는 걸로 충분하다. 그렇게 튀듯이 달려가 포클레인 기사의 뺨을 후려갈겼다. 그런

44

다음 복부를 두 번 걷어차고, 오른팔로 목을 감아서 그를 방바닥에 내리꽂았다. 어깨가 떡 벌어진 노가다라 싸움이 좀 될까 싶었는데 의외로 싱겁게 끝이 났다. 나는 혼이 반쯤 나간 그의 머리를 잡고 무릎으로 얼굴을 찍어 올렸다. 세 번째 킥에 앞니가 부서져 피에 섞여 나왔다. 노가다의 눈에 눈물이 그렁그렁 차올랐지만 슬퍼서 우는 건 아니다. 맞아서 생이빨이 뽑히면 누구든 눈물이 배어 나오게 돼 있다. 나는 크리넥스를 뽑아 장갑과 바지에 튄 피를 닦았다.

"괜찮냐?"

휴지를 쓰레기통에 버리면서 주리 쪽을 돌아보았다. 그녀는 벗어두었던 스판 드레스를 다시 주워 입고 있었다.

"좀 더 빨리 오시지."

"미안."

"텔레비전을 보고 있었던 거예요?"

"아니."

"그럼?"

"그냥 뭐, 팔굽혀펴기를 하고 있었어."

굳이 《리더스 다이제스트》를 읽고 있었다고 말할 필요는 없겠지. 그때 혼절해 있던 노가다가 비틀거리며 일어났다. 십자드라이버는, 하면서 다시 한 번 그의 따귀를 올려붙였다.

"포클레인 고칠 때 쓰도록."

"죄송합니다."

그는 벗어놓은 작업복을 주섬주섬 주워 입고 나갔다. 꾸물꾸물거리길래 찰리 채플린식으로 엉덩이를 세게 한 번 걸어차주었다.

"저, 이거요."

메이크업을 고친 주리가 순순히 현금 6만 원을 내게 내밀었다. 이건 좀 난해한 문제라는 생각이 든다. 방금 전 십자드라이버 변태에게서 받은 화대일 텐데 선뜻 돈에 손이 가질 않았다. 뭐가 됐든 '이런 게 경제다'라고 냉철하게 선을 그어버리면 그만인데 오늘은 그게 마음대로 되지 않는다. 십자드라이버를 상대하면서 번 돈이다. 도저히 맨입으로 받을 수가 없다.

"비타민 사 먹어."

나는 주리의 손을 오므려주었다.

방으로 되돌아와 담배 한 개비 피우고 다시 잡지를 읽었다. 역시 독서란 여러모로 유용하구나, 새삼 생각했다. 도스토옙스키란 작가가 도박꾼이었다는 사실, 엘비스 프레슬리가 만성 변비로 고생했다는 사실을 새롭게 알게 되었다. 그러다 새벽 2시 반에 다시 호출을 받았다. 이번에 불이 들어온 램프는 5번. 말하자면 은희의 룸이다.

"서비스가 형편없군."

들어가보니 반백의 어르신이 바지를 주워 입고 계셨다.

나이는 예순다섯 정도. 옆얼굴만큼은 영화배우 신성일을

닮았다. 잘 빗어 넘긴 머리칼에선 고급 포마드 냄새가 올라온다. 적어도 아파트 경비원이나 창고지기를 하는 인생은 아닐 것 같다. 바지 앞지퍼를 올리는 데도 기품이 있었다. 죄송합니다. 일단 나는 어르신에게 사과했다.

"어떻게 된 거냐?"

은희에게 물었더니 "저 할아버지가" 하면서 분하다는 듯 고개를 숙였다.

"저분이 왜?"

"자꾸 그쪽으로 넣으려고 해서요."

"그쪽?"

"네, 그쪽."

"그쪽이라고요?"

고개를 돌려 어르신께도 확인했다. 매사 공정할 필요가 있다.

"그래, 그쪽이다. 난 돈을 냈어."

그쪽.

나는 발뒤축후리기를 구사했다.

상대가 노인인 경우 나는 가벼운 후리기 기술을 사용한다. 또한 내가 가진 근력의 60퍼센트만 쓴다. 나름 경로우대라고나 할까, 노인은 여러모로 백 퍼센트가 안 되는 분들이기 때문이다. 그렇게 원칙대로 가볍게 후리기 기술만 썼지만 그의 몸은 문을 부수고 날아가 마당 한가운데에 납죽 뻗어버렸다.

"땅이 차군."

"인간도 결국 그렇게 식는 겁니다."

굵직한 액션은 하루 두 건 정도.

그것이 평균이다. 두 건 정도 해치우고 나면 슬며시 고요가 찾아온다. 새벽 4시 무렵 자기 몸에 딸기잼을 바른 변태가 하나 들어오긴 했다. 하지만 그건 아가씨가 직접 따귀를 때려 해결했다.

이제 골목도 슬슬 파장이다. 하루 일을 끝마쳤으니 가볍게 티타임이나 가져볼까 한다. 나라고 티타임을 즐기지 말라는 법은 없지. 오늘은 홍차 티백을 골랐다. 찻물이 서서히 진홍색으로 번져가는 걸 지켜보자 기분이 나른해지면서 이 모든 게 시적이라는 생각이 든다. 1분쯤 기다렸다가 티백을 건져낸 뒤 찻물에 꿀과 우유를 넣었다. 그렇게 로열 밀크티를 만들어본다. 이 새벽, 왠지 유럽적인 것이 마시고 싶다.

그때 4번 룸에서 트렌치코트를 팔에 건 중년 남자가 나왔다. 아마 장례식장에서 밤샘을 하고 들렀다 가는 모양이다. 코트에서 짙은 선향 냄새가 났다. 친구가 죽었습니다, 중얼중얼하면서 그는 구두를 챙겨 신고 골목으로 사라졌다. 이어 같은 룸에서 반라의 아가씨가 나오더니 수돗가에 쪼그려 앉아 질 세척을 하기 시작했다. 귀찮다는 듯 호스를 잡고 오른손으로 질구를 씻어낸다. 둔부를 타고 흘러내려온 물줄기가 소리 없이 슬리퍼를 넘어가 그녀의 엄지발가락을 적셨다. 저런 때 여자는 어떤 표정을 짓는가, 문득 궁금해졌지만 내 쪽을 등지고 있어서 얼굴은 보이지 않는다. 수건 좀, 그녀가 말해서 나는 잘 마른 타월을 던져주었다.

고요한 새벽, 혹시 별똥별 같은 게 떨어지지 않을까 하늘을 올려다봤지만 그런 일은 없었다. 서쪽에서 뭔가 반짝이긴 했는데 별이나 유성은 아닌 듯했다. 그렇다면 하루에 지구를 열다섯 번 돈다는 인공위성 아닌가 한다. 저 높이라면 서울과 프라하, 혹은 서울과 파리가 한눈에 내려다보일지도 모르겠다.

유럽이란 어떤 곳일까.

생각하면서 나는 밀크티를 마저 마셨다.

2

"전구 좀 갈아줘봐요."

오전 11시 반, 슬립 차림의 주리가 내 방문을 벌컥 열었다. 예의라곤 손톱만큼도 찾아볼 수가 없지만 얘들한테 매너를 가르쳐봤자 입만 아플 뿐이므로 그냥 아무 말 안 했다.

"뭘 갈아달라고?"

"전구 말이에요."

"전구 정도는 혼자 갈 수 있지 않냐?"

주리는 어린애처럼 도리질을 쳤다. 왼쪽으로 도리, 오른쪽으로 도리. 그걸 세 번 반복했다. 분명 미인 축에 들고 웬만한 연예인 못지않은 얼굴이지만 갑자기 저러니까 그닥 귀여워 보이진 않는다.

하는 수 없이 나는 이불을 걷고 일어났다. 습관대로 손목시계부터 차고 바지를 주워 입는다. 그러면서 아침에 눈 뜨자마자 아가씨 룸의 전구를 갈아주는 인생이 좋은 건지 나쁜 건지 잠시 생각해보았다. 개처럼 죽어가는 아프리카의 게릴라들을 생각하면 복된 삶 같은데 자가용 비행기를 타고 다니는 할리우드 스타를 생각하면 한심하게도 여겨졌다. 누구도 함부로 판단할 순 없는 거겠지, 생각하면서 목장갑과 드라이버를 챙겨 들고 주리의 룸으로 건너갔다.

"저건가?"

벽면 스위치를 올렸다가 내려봤지만 딸깍딸깍 소리만 날 뿐, 전등은 전혀 반응이 없었다.

"의자 같은 게 필요하겠지요?"

주리가 스툴을 가져와 전등 아래에 놓았다. 잠에서 깬 지 얼마 되지 않아 행동이 지지리도 느려터진다. 머리칼도 부스스했고, 대충 걸쳐 입은 자주색 슬립 차림에 어디다 잃어버렸는지 귀걸이는 한 쪽뿐이다. 얼굴 피부는 시멘트 가루를 뿌린 듯 푸석푸석했다. 간밤에 또 화장을 지우지 않고 잔 것이 뻔해서 피부에 신경 좀 써라, 한마디 하려다 관두었다. 새벽까지 열심히 일했다는 증거니 뭐라 할 수는 없다.

이거야 원, 전파사 직원 꼴이로군. 나는 스툴에 올라가 전등 덮개의 나사를 풀었다. 나사 네 개를 푼 뒤 유리판을 분리해 떼어냈더니 겨우내 쌓였던 먼지가 흩날려 내려왔다. 호흡을 참아가며 먼지를 피했지만 곧 아무 소용 없다는 걸 깨닫고 평상시대로 숨을 쉬었다. 소켓 속 전구는 필라멘트가 타버려 유리 안이 까맣게 그을려 있었다.

"왜 그런 걸까요? 아직 세 달도 안 썼는데."

"글쎄, 불량품이겠지."

빼낸 전구와 전등 덮개를 내려보내자 주리는 성실한 조수처럼 그것들을 받아 들었다. 폐전구는 방구석으로 치워버리고 전등 덮개는 물티슈로 슥슥 문지른다. 나는 나대로 목장갑 낀 손으로 소켓 주변을 닦아내고 새 램프를 돌려 끼웠다.

"스위치 올려봐라."

"전등 덮개는 안 끼워요?"

"일단 불이 들어오는지 봐야지."

스위치를 올리자 눈부신 조명 빛이 들어왔다. 오케이, 하면서 나는 전등 덮개를 다시 홈에 끼워 결합했다. 마지막으로 나사를 조이기 위해 뒷주머니에 꽂아둔 십자드라이버를 뽑아 들 때였다. 주머니에 있던 지갑이 함께 밀려 올라와 밑으로 툭 떨어졌다.

"흐음, 이런 시절도 있었군요."

제지할 틈도 없이 주리가 멋대로 내 지갑을 열어 안을 들여다보았다. 지갑 포켓엔 내 젖먹이 시절 사진이 끼워져 있어 남한테 절대 보여주지 않는다. 하지만, 애들한텐 프라이버시 보호 관념이란 게 아예 없는 것 같다. 성생활의 분방함보다 이쪽이 죄질이 훨씬 더 불량한데 그걸 판단할 지성이

52

라든가 감수성도 없다. 완력으로 지갑을 뺏어 오려 했지만 스툴 위에서 작업 중이라 그럴 수도 없었다.

"남의 것을 함부로 뒤지지 마라."

나사를 다 조이고 나서야 지갑을 낚아채 올 수 있었다. 훈육 차원에서 주리의 뒤통수를 가볍게 한 대 때려주는 걸 잊지 않았다.

내 지갑에 있는 흑백사진은 경찰인가 수녀인가가 찍은 것이다. 버려진 아기였던 나를 그 사람들이 발견했다고 한다. 훗날 보육원 원장의 설명에 의하면 생모가 남긴 편지는 없었다고 한다. 나는 늘 그게 좀 이상했다. 보통은 '죄송합니다. 키울 형편이 안 됩니다'라는 메모와 함께 아기 이름과 생일 정도는 적어놓는다. 그런데 내 경우, 아무것도 없었다. 편지도 메모도, 펜던트 같은 것도 없었다.

사진 속 아기는 입을 번데기처럼 오므린 채 세상 평화롭게 잠들어 있다. 아직 인간 미만이라고 할까, 채 완성되지 않은 얼굴이라 이 녀석이 정말 나인지 어떤지 의심스럽기도 하다. 하지만 이마 모양과 눈, 코, 입의 비율을 가만히 따져보면 또 여지없이 내 얼굴이 나온다. 그다지 유복한 집 자식 같지는 않다. 아기 옷이라든가 담요가 그렇게 고급은 아니기 때문이다. 그건 부모 탓만은 아닐 것이다. 70년대엔 다들 얼마간 초라하게 살았다고 들었다. 흑백사진인 데다 빛이 바래 더 촌스러워 보이는 면도 있다. 한 가지 마음에 드는 점은 포대기와 아기 옷 위에 희디흰 벚꽃잎이 점점이 떨어져 있다는 것이다. 그것이 날 안심시켰다. 예쁜 꽃잎과 함께 발견된 아이다. 적어도 일가족 몰살 현장에서 구출된 불쌍한 생명은 아닌 것이다. 날 낳은 여자는 누구일지 예전엔 궁금해서 미칠 것도 같았지만, 이젠 거의 생각조차 하지 않는다. 이제 와서 누구면 어떠랴 싶기도 하다. 이미 나는 태어나 버렸고 이젠 누굴 그리워할 나이도 지났다. 생활인이자 책임감 있는 한 남자로서, 이 사회에 그럭저럭 자리도 잡았다.

마당에서 담배 한 개비 피우고 대야에 물을 받아 세수를 한다. 3월이라고 하지만 아직 물은 얼음처럼 차갑다. 셰이빙 폼을 짠 뒤 면도기를 들고 뺨부터 밀어나갔다. 먼저 수염 결대로 전체적으로 한 번 밀고 뺨과 턱 부분은 결을 거슬러가며 다시 깎았다. 거울을 보면서 안 깎인 부분이 없나 확인한 다음 물에 헹군 면도기를 탈탈 털어서 볕 바른 곳에 둔다. 이런 일련의 동작들을 나는 즐겁게 해내는 편이다. 살아 있다는 실감을 주기 때문이다. 오늘은 머리 감는 날이므로 머리도 감았다. 샴푸로 거품을 충분히 내고 린스로 헹궜다. 요즘엔 샴푸와 린스를 한 번에 끝내주는 제품도 있다는데 나는 그런 제품을 쓰지 않는다. 절차를 생략하는 태도를 나는 별로 좋아하지 않는다.

젖은 머리를 수건으로 털고 러닝셔츠를 갈아입었다. 새 러닝이라 살에 닿는 감촉이 무척 산뜻하다. 씻고 나니 슬슬 배가 고파져 피자 체인점에 전화를 했다. 슈퍼디럭스 한 판 주문했더니, 이벤트 중이라 2000원을 추가하면 오븐 스파게티가 서비스된다고 점원이 설명했다. 괜찮다고, 스파게티는 필요 없다고 대답하고 전화를 끊었다.

피자를 기다리면서 오늘 자 신문을 읽는다. 영국은 광우병 때문에 요즘 난리인 모양이다. 지금까지 소 천만 마리를 도살해 매몰처리 했다고 한다. 문득 아연해져 그 광경을 머릿속에 그려보았다. 천만 마리의 소는 좀체 상상이 되질 않는다. 천 마리까지는 그럭저럭 머릿속에 그려볼 수가 있었다. 잠실운동장에 천 마리의 소가 일렬종대로 서 있는 광경을 상상하면 되었다. 50마리씩 스무 줄, 혹은 100마리씩 열 줄, 그러면 천 마리이다. 거기까진 개념이 잡힌다. 천만 마리라는 건 그런 잠실운동장이 만 개 있다는 얘기인데 거기서부터 숫자는 추상이 되었다. 아무것도 떠오르지 않는다. 내 공간 감각으로는 소 천 마리가 있는 만 개의 운동장을 옆으로 나열할 수도, 석탑처럼 층을 쌓을 수도 없었다. 바둑판 선처럼 격자로 정렬시킬 수도, 번호표를 붙이기도 곤란했다. 나는 체념하고 신문을 다음 장으로 넘겼다. 문화면에 얼마전 결혼한 연예인 부부의 가십이 실려 있길래 그걸 읽었다. 남자 쪽은 재주도 좋게 군 복무와 신혼생활을 병행하고 있었다.

"와, 날씨 좋네."

그때 주리가 룸 청소를 마치고 나왔다. 그녀는 기지개를 한껏 켠 뒤 분리수거한 물건을 밖으로 내놓는다. 일반쓰레기는 발로 밟아가며 종량제봉투에 쑤셔 넣고 맥주병부터 양동이에 차곡차곡 담았다. 비닐과 플라스틱류는 바구니에 옮겨 담고 캔은 골판지 상자에 넣는다.

"이건 어쩌죠?"

그을린 폐전구를 집어 든 주리가 고개를 갸웃거리며 물어왔다.

"어쩌긴. 버려."

"흠, 전구는 빈 병 쪽인가."

그녀는 폐전구의 처리를 고민하고 있었다. 분명 유리에 가깝긴 한데 그렇다고 맥주병과 같은 취급을 하자니 찜찜했던 것이다. 플라스틱이나 철제류가 아니라는 건 확실히 알겠는데 그렇다면 필라멘트 부분은 어떡할 것인가. 그것을 헷갈려하고 있었다. 그 점에 대해선 나도 잠시 생각을 해보았다. 그러나 역시 알 수 없었다.

"그냥 쓰레기통에 버려."

"깨지면 어떡해요? 수은이나 납, 뭐 그런 게 들어 있지 않나요?"

나는 어깨를 으쓱해 보였다.

난들 알 도리가 없다. 정부가 분리수거 정책을 발표한 게 얼마 되지 않았다. 쓰레기종량제라는 것도 근자의 일이다.

거리의 쓰레기통을 보면 여전히 담배꽁초와 콜라 캔, 유리병, 휴지, 먹다 버린 핫도그가 한데 엉켜 있다. 솔직히, 분리수거는 아직 먼 나라 얘기인 것 같다. 방송국에선 독일이나 일본의 재활용 시스템을 다큐멘터리로 찍어서 보여주고 있지만 무미건조한 다큐일 뿐이다. 아무런 실감이 느껴지지 않는다. 결국 주리는 전구를 신문지에 싸서 쓰레기봉투에 넣었다.

쓰레기를 정돈한 뒤엔 룸에서 침구를 꺼내 와 햇볕에 널어 말리기 시작했다. 걷어낸 침대 시트는 둘둘 말아서 중성세제를 푼 물에 담가둔다. 하얀 면 시트엔 군데군데 아이보리색 얼룩이 번져 있었다. 정액과 분비물, 질염 화농이 섞인 얼룩인데 그다지 불결하다는 느낌은 들지 않는다. 생각해보면 이 얼룩 덕분에 내가 커피와 빵을 사고, 비디오를 빌리며 각종 세금과 요금을 내고 튜닝된 지프를 굴린다. 마지막으로 주리는 재떨이를 물로 헹궈 섬돌에 세워두고 '빨래 끝!' 외치는 세제 광고처럼 허리를 쭉 폈다.

"너도 제법 살림을 하는구나."

"당연하지요. 날 잡는 남자는 행운아예요."

"하지만 임질에 걸리지 않았나."

"다 나았는데요 뭐. 남편한테는 두 배로 잘해줄 거야."

"뭐야, 정말로 결혼할 생각인 건가?"

"네. 여자로서 당연하잖아요."

내 눈을 빤히 쳐다보며 주리가 말했다. 눈빛이 워낙 당당해서 이쪽이 기세에 밀리고 말았다. 어쩌면 선입견을 갖고 있는 건 나일지도 모른다. 세상일은 알 수가 없다. 이런 애가 마음을 굳게 먹으면 의외로 조강지처가 되기도 한다. 반대로 고등교육을 받은 음전한 주부가 어느 날 갑자기 남편의 성기를 가위로 잘라버리기도 하는 것이다. 따지고 보면 주리가 남편의 넥타이를 매어주고 아이를 낳고 정육점에서 양지 사태 가격을 깎고 가계에 보탬이 되고자 할인마트 캐셔로 일한다는 게 그다지 이상할 건 없었다.

"참, 아까 전구 갈아줄 때 이거 떨어뜨리신 것 같은데요."

"뭔데?"

그녀가 내게 쥐여준 건 플라스틱 카드였다.

살펴보니 대학 학생증 같았다. 하단에 '무슨무슨 대학교'라고 돼 있고, 그 끝에 총장 직인이 네모나게 찍혔다. 직인은 구불구불해서 뭔 글자인지 알 수는 없다. 직인과 겹쳐져 있는 '대학교 총장'이라는 글자가 상당히 고풍스러운 붓글씨체여서 나는 약간 위화감을 느꼈다. 어딘가 젠체하는 구석이 엿보였던 것이다. 왼쪽 상단엔 스탬프로 찍은 듯한 문양이 있는데 이건 아마 이 대학의 심볼인 모양이다. 방패 형상의 그럴듯한 엠블럼이었다. 심플하고 모던해 그건 마음에 들었다. 문양 디자인만 보면 유럽 귀족 가문의 문장 같기도, 고급 스포츠카의 엠블럼 같기도 했다. 소지자의 증명사진은 카드의 우측 상단에 있었다. 컬러사진이고 엄지손톱 두 개만 한 사이즈였다. 사진 속 얼굴은 주변에서 흔히 볼 수 있는 남자 대학생이다. 특별히 잘생기기도, 못생기지도 않았다. 헤어스타일은 앞머리 3센티를 남긴 스포츠였고, 검은 뿔테안경을 썼다. 안경 렌즈는 도수가 꽤 있는 걸로 보인다. 오목한 곡면 탓에 안경알 너머의 얼굴 윤곽이 약간 굴절돼 보였다. 그 누구더라, 미국인 영화감독. 늘 우울해 보이는 유태인인데. 코미디 영화를 주로 찍고. 아, 맞다. 우디 앨런. 우디 앨런과 분위기가 얼추 비슷하다. 다만 우디 앨런보단 머리숱이 훨씬 많고 건강해 보이긴 한다. 흐음, 하면서 카드를 뒤집어보았더니 뒷면 하단엔 현금인출기 인식에 필요한 갈색 마그네틱 선이 부착돼 있었다. 아마 은행 직불카드로도 쓸 수 있는 모양이다. 과연 콜센터 전화번호 위로 '이 카드는 현금카드 기능과 물품구매 기능이 있습니다'라는 문구가 보였다. 그밖에 '이 카드의 습득, 분실 시 당행 본지점과 도서관에 신고해주시기 바랍니다', '본증은 타인에게 양도할 수 없습니다', '자퇴, 제적, 졸업 시에는 학생문화처에 반납해야 합니다' 같은 문장이 깨알 같은 글씨로 적혀 있었다.

최종적으로 내가 한 행동은 귀금속을 감별하듯 학생증을 살짝 깨물어본 것이었다. 힘주어 구부려도 보고 손톱으로 긁어도 보았으나 별 특이점을 발견하지 못했다. 아무 특별할 게 없는 플라스틱 카드였다.

"뭐냐 이건?"

화장실에서 나와 손을 씻고 있는 주리에게 물었다.

"침대 옆에 떨어져 있던데요."

"아니, 근데 이걸 왜 나한테 주냐고?"

"아까 지갑 떨어졌을 때 흘리신 거잖아요. 신용카드 같던데."

"야."

"네?"

"이거 학생증이야."

"아, 그래요?"

주리는 대수롭지 않게 대꾸하고 칫솔에 치약을 1센티 정도 짰다. 그러고는 칫솔을 물고 내 곁으로 다가와 카드를 살펴보았다. 호흡할 때마다 치약 민트 향 숨결이 느껴진다.

"정말이네."

말을 하며 건성건성 칫솔질을 한다. 입가로 하얀 치약 거품이 밀려나왔다.

"야, 쓰레기를 나한테 버리지 마라. 난 재활용 통이 아니라구."

"버린 거 아닌데."

"그럼 뭐야?"

"사진 때문에 주워서 드린 거라구요."

"사진?"

"보세요, 닮았잖아요."

그렇게 말하면서 주리는 손으로 학생증 앞면을 톡 두드렸다. 그녀의 빨간 손톱은 증명사진 속의 대학생을 지시하고 있었다.

"닮았다고?"

"닮았잖아요."

"닮았다는 건 서로 비슷하다는 뜻이지?"

"아마 그럴걸요."

주리는 빙글 웃고는 수돗가로 가서 치약 거품을 뱉었다. 뭔가 바보 취급 받은 기분이었지만 딱히 화를 낼 포인트를 찾을 순 없었다. 다시 칫솔질을 재개한 주리가 입을 헹구기 위해 바가지를 집어 물을 뜰 때 고무 다라이에 작은 파문이 일었다. 그 일렁임을 내려다보며 나는 한동안 멍하게 서 있었다. 최면에라도 걸린 듯 뭔가 기묘한 기분이다. 어디가 어떻게 기묘한지는 잘 설명할 수가 없다. 혹시 학생증 때문일까 하여 다시 플라스틱 카드를 내려다보았다. 이번엔 정신을 집중해 유심히 관찰했다.

김성훈.

학생증 이름은 그런 이름이다. 대한민국 평균을 상징하는 듯한 이름이 아닐 수 없다. 중학교 때나 고등학교 때나, 반에 성훈이 한 명씩은 꼭 있었다. 그러나 딱히 기억에 남는 성훈이는 없다. 박성훈, 안성훈, 정성훈, 장성훈, 조성훈…… 성훈이들은 대체로 평범했던 걸로 기억한다. 도대체 눈에 띄지가 않았다. 전교 1등 성훈이도 없었고, 싸움꾼 성훈이도 없었다. 축구 천재 성훈이도 없었고, 날아올라 덩크를 꽂는 성훈이도 없었다.

인문학부.

학생증 앞면엔 그런 것도 보인다. 단어 자체는 나도 알고 있다. 철학이나 문학, 외국어 같은 거 아닌가. 하지만 아무리 노력해도 '인문학부'에 대한 뚜렷한 이미지를 떠올릴 수 없었다. '의자' 하면 교실의 나무 걸상이 떠오른다. '컵' 하면 유리잔이 떠오르고, '풍선' 하면 빵빵한 구형이 그려진다. 그러나 '인문학부'엔 결부되는 실체가 없었다. 인문학부, 인문학부, 인문학부. 한글을 막 뗀 어린애처럼 세 번 반복해 발음해 보았다. 역시 떠오르는 것이 아무것도 없다. 나의 뇌는 부단히 헛돌기만 할 뿐, 구체적인 상을 제시하지 못하고 있다.

961349.

처음엔 이게 뭔가 했다. 주민번호 앞자리인가 싶었지만, 곧 그럴 리 없다는 걸 깨달았다. 96년 13월 49일생은 말이 되지 않는다. 또 96년생이라면 이제 한 살인데 아무리 타고난 정력가라고 해도 그 나이에 아가씨를 찾아 사창가에 올 리는 없는 것이다. 혹시, 하면서 나는 생각했다. 학번이라는 거 아닐까. 대학 시스템에 관해선 나는 잘 모른다. 하지만 대학생에겐 군번이나 죄수 번호처럼 모종의 일련번호가 부여

된다는 것 정도는 알고 있다. 대학 공부엔 서열이 필요한 모양이다.

"어땠냐?"

"어떻다뇨?"

"간밤에 이 대학생이 왔을 거 아니야?"

매춘부의 침대란 공원 벤치나 지하철 의자와 같다. 이 사람 저 사람 쉬었다 가며 별별 분실물들이 다 발견된다. 주민등록증이나 사원증 같은 신분증류도 자주 출현하는 편이다. 집권여당 당원증이 나온 적도 있다.

"글쎄요. 저녁엔 노가다들이 몰려왔고. 다섯 명인가, 여섯 명인가, 아무튼 떼로 왔어요. 술 냄새, 담배 냄새, 동물원 냄새, 온갖 냄새를 풍기는 남자들이었어요. 절대 대학생일 리 없는 사람들이었구요. 자정쯤엔 증권회사 직원이 왔고. 새벽 1시엔 공돌이 둘, 어딘가 생선을 닮은 남자들이었어요. 이후 군바리 셋이 왔구요. 두 명은 병장, 한 명은 상병이었어요. 육군인가 공군인가, 하여튼 그건 잘 모르겠구. 그리고 또, 새벽 3시쯤 팔뚝에 문신을 한 늙은 남자가 왔어요. 완전히 할아버지는 아닌데 그렇다고 중년도 아니었어요. 그 뒤로 집게손가락이 없는 아저씨, 의외로 얌전하고 내성적인 신사였고. 또 '젊은 여자가 왜 이런 일을 하냐'며 질질 짜던 윤리파, 내 얼굴이 자기 첫사랑과 닮았다고 한 감성파, 그리고 그다음엔 중절모를 쓴 뚱뚱한 체구의 고전파가……."

잠깐만, 하면서 나는 주리의 말을 가로막았다.

"그래서 이 대학생이 왔다는 거야, 뭐야?"

"어젯밤은 그게 다예요. 정말이지 이 정도로 살결이 뽀얀 남자는 없었어. 분명해요."

그녀는 확신에 찬 어조로 말했다.

"그렇다면 그제인가."

"그저께는 혈이 비쳐서 쉬었는걸요."

"그럼 이 대학생은 언제 온 거야?"

저도 아까부터 쭉 그걸 생각하고 있었는데요, 하면서 주리는 버지니아 슬림에 불을 붙였다.

"이런 어린애는 받은 적이 없어요."

"그럼 뭐야? 외계인이 온 건가?"

"그야 나도 모르죠. 외계인이라도 돈은 내야 했겠지만."

"그냥 니가 기억 못 하는 거 아니야?"

하룻밤에도 워낙 많은 남자들을 상대하는 애들이다. 룸 조명도 어두컴컴한 데다 몰래 술을 먹고 일하는 때도 많다.

"글쎄요."

주리는 코로 담배 연기를 내뿜으며 새끼손가락으로 코끝을 긁적긁적했다. 그러면서 내 얼굴을 똑바로 쳐다보았다. 그렇게 10초 정도 멈춰 있다가 시선을 내려 다시 학생증 사진을 보았다. 이윽고 고개를 들어 눈부시다는 듯 내 얼굴을 응시한다. 그리고 다시 학생증, 다시 내 얼굴. 그걸 다섯 번

64

반복했다. 흐음, 하면서 주리는 자신의 턱을 쓰다듬었다.

　정말 닮았는데요.

　그런 말을 꺼내진 않았다.
　하지만 그 말을 한 것과 다름없었다. 그러니까 학생증 사진
과 내 얼굴이 닮았다는 건데 그건 정말 말도 안 되는 소리다.
　일단 학생증 사진을 보면 대학생의 눈엔 쌍꺼풀이 없다.
턱은 역삼각형으로 뾰족하며 콧마루가 곧다. 4분의 1로 잘
라놓은 사과 조각 같은 콧대는 매끄럽게 뻗어 내려와 콧방
울에서 야무지게 꺾인다. 귓불은 거의 없다시피하고, 인중
은 꽤 깊게 파였다. 남자치고는 눈이 크며 속눈썹이 길고 수
염 자국은 진한 편이다. 아랫입술이 도톰하고 목울대가 툭
튀어나왔다. 그밖에도 몇 가지 특징들이 더 있는데 굳이 따
지자면 그런 부분은 일견 나와 비슷하긴 하다. 하지만 딱 그
정도다. 원래 인간은 어느 정도 서로 닮아 있기 마련 아닌가.
이 정도 갖고 닮았다고 주장하면 대한민국 인구의 10퍼센트
가 나와 닮은꼴이 돼버리고 만다. 게다가 학생증 남자는 뿔
테 안경을 쓰고 스포츠머리를 했으며 이빨엔 치아 교정기를
둘렀다.
　"야, 난 뿔테 안경을 쓰지 않잖아."
　"안경 빼고요."

주리가 반박했다.

"헤어스타일도 달라. 봐, 난 머리가 길잖아. 그리고 결정적으로 치아 교정기도 안 했어."

"그런 부수적인 거 말고요."

"부수적이라고?"

나는 어이가 없어서 물었다.

"부수적이죠."

뿔테 안경. 바리캉 헤어. 치아 교정기.

이것들은 남자의 명예와 관련이 있다. 함부로 부수적이라고 말해선 안 된다. 예를 들어 내 앞니가 바다코끼리처럼 튀어나왔다고 치자. 밥도 제대로 못 먹고, 여자와 키스도 할 수 없다. 재채기라도 하면 이빨이 턱을 뚫고 나온다. 교정을 하지 않으면 과다출혈로 죽을 겁니다, 전 세계 치과의사들이 일제히 경고하고 나선다. 그래도 나는 절대 교정기를 입에 끼우지 않는다. 남자라면 그냥 아래턱이 뚫려 죽는 길을 택한다. 과다출혈 쪽이 명예인 것이다.

"가만있자, 이 대학 아마 신촌에 있을걸요. 유명한 록 가수가 이 대학 출신이에요."

그렇군, 신촌에 있는 대학이로군, 하면서 나는 고개를 끄덕였다. 알아들은 척만 했을 뿐, 주리의 말이 그렇게 와닿지는 않는다. 신촌 대학의 학생증, 록 가수, 아가씨 장사를 하는 나. 이 세 요소들을 어떻게 관련지어야 하는가. 그건 정말이지 알 수가 없었다.

나는 별생각 없이 엄지로 학생증을 튕겨 공중으로 올렸다. 그것은 팽그르르 회전하고는 내 손바닥에 착 안착했다. 콘돔 한 개 정도의 무게나 될까, 깃털처럼 가벼운 물건이었다. 디자인도 무척 평범하다. 슈퍼마켓 할인카드나 동네 서점 멤버십 카드라고 해도 무방할 것 같다.

그나저나 이 화창한 봄날에 내가 지금 뭐 하고 있나 싶다. 쓸데없는 데 신경 쓰지 말고 수영이나 하고 오자고 생각했다. 배가 좀 고프지만 그거야 매점에서 초콜릿바를 사 먹으면 된다. 마당 빨랫줄에 널린 타월을 하나 집어 들고, 수영복과 물안경을 챙기러 방에 들어갈 때였다.

"학생, 놀다 가."

주리가 대뜸 반말로 말을 걸어왔다. 그러고는 마루에 걸터앉아 샤론 스톤처럼 다리를 엇갈려 꼬았다. 슬립이 말려 올라가며 매끈한 허벅지가 훤히 드러났다. 당연히 팬티는 입지 않았다.

"이봐, 놀다 가라구. 응?"

또다시 반말.

말투는 조금 전보다 훨씬 거만하고 도발적으로 바뀌어 있었다. 왜 저러는 건지 즉각 감이 왔다. 말하자면 내게 장난을 걸어오는 건데 뭐, 오케이. 이런 류의 조크를 난 싫어하지 않는다. 게다가 주리는 창녀치고는 유머 감각이 뛰어난 편이다. 그래서 나는 분위기와 흐름을 그대로 이어받아 존댓말로 말을 받았다.

"괜찮습니다. 이런 덴 처음이라서요."

"내숭은."

주리는 버지니아 슬림을 새로 한 개비 꺼내 물었다. 라이터 있어? 묻길래, 나는 여기요, 하면서 라이터를 켰다. 두 손으로 공손히 받치는 걸 잊지 않았다.

"젠틀하네. 요즘은 젠틀한 남자가 인기지."

주리는 후, 하면서 내 얼굴에 담배 연기를 내뿜었다.

"이봐, 애송이 학생."

"네."

"봐둔 아가씨 있어?"

"없는데요."

"그럼 나한테 와."

"괜찮아요."

"서비스 잘해줄게."

"진짜 괜찮아요."

"여자친구 있는 거야?"

"아뇨. 그건 아닌데."

"들어오려면 빨리 들어와. 시간은 돈이야."

"난 별로 생각 없어요."

"그럼 여기 왜 왔어?"

"친구 따라왔어요. 걔가 내일 군대 가요."

"대학생?"

"네."

"공부 안 해?"

"친구 따라왔다니까요."

"니들 엄마는 오늘도 식당에서 불판을 닦고 계신다. 등록금을 이런 데 써도 돼?"

"엄마……."

"그래, 엄마. 낳으실 제 괴로움 다 잊으신. 너 경제학과?"

"인문학부인데요."

"인문학부라면 시를 쓰나?"

"꼭 그런 건 아니고요."

"여자는 알아?"

"알다니요?"

"즐겁게 해줄 수 있냐구."

"아니, 뭐, 그냥."

"대마는?"

"네?"

"대마초 말이야. 사람 기분 좋게 해주는 거."

"안 해요."

"시를 쓰려면 해야 되는 거 아닌가."

"시 안 쓴다니까요."

"시도 안 써, 여자도 몰라, 대마도 안 해, 대학생 맞아?"

나는 손에 쥔 학생증을 말없이 내밀어 보였다.

"흥, 귀엽게는 생겼다. 누나 무릎에 앉아봐."

"난 이제 집에 갈 겁니다."

"집에 가서 뭐 하게?"

"리포트 쓰려구요."

"리포트?"

"교수님이 과제를 내줬어요."

"웃기고 있네. 잠자코 이리 와 옷 벗어. 오늘밤 니 교수는 나다."

여기까지 말하고 주리는 입을 다물었다. 갑자기 뭔가 무서운 생각이라도 떠오른 듯했다. 그렇게 눈을 내리깐 채 묵묵히 담배만 피우다가 그것마저 서둘러 재떨이에 비벼 껐다. 담배는 반나마 남아 있었다. 웬만해선 장초를 버리지 않는 성격인데 드문 일이다. 꼬았던 다리도 어느 결에 풀어서 다소곳이 모아놓았다. 상급자를 상대로 터무니없는 장난을 쳐버렸다고 생각하는 것 같은데, 뭐 나로선 괜찮았다. 즐겁게 웃자고 한 일이므로 그다지 기분 나쁠 것은 없었다.

"반말 죄송했어요."

역시 신경이 쓰였던 모양이다. 공손한 존댓말로 되돌아와 사과한다.

"아냐, 아냐. 재치 있었어."

정말 재치 있었다고 생각한다. 대화에 상상력이 있지 않았나 하는 생각이다. 하지만 주리는 말도, 웃음도 없이 착 가라앉아 있었다. 어째 분위기가 어색해져서 나도 어정쩡히 서 있기만 했다. 쟤가 좌불안석이니 내가 뭔 말을 하고 싶어도 할 수가 없었다. 서로 눈길이 부딪치지 않도록 각도를 달리해 허공만 바라볼 뿐이다. 마침 비둘기 한 마리가 내려와 마네킹처럼 얼어 있는 두 인간을 신기하다는 듯 쳐다보았다. 마당의 빵 부스러기를 쪼아 먹은 비둘기는 깃털 한 개를 남기고 다시 하늘로 날아갔다. 내가 보기에 이 학생증과 가장 닮아 있는 건 바로 저 잿빛 깃털의 꾀죄죄함이다.

"주문하신 거 어디에 놓을까요?"

그때 오토바이 헬멧을 쓴 피자 배달원이 들어왔다. 그는 옴짝달싹 안 하는 주리와 나를 멀거니 쳐다보고는 성큼성큼 다가와 빨간 보온가방의 벨크로를 찌익, 소리 나게 뜯었다. "슈퍼디럭스 레귤러 맞지요?" 그가 물어서 맞다고, 거기 놓고 가시라고, 대답하고 나는 지갑에서 만 5000원을 꺼내 그에게 건넸다.

3

수요일 오후 6시, 텔레비전을 켜 MBC에 채널을 맞췄다.
이 시간엔 내가 좋아하는 〈나디아〉를 방영한다. 잘 만든
만화라고 생각한다. 그림체가 훌륭하고 각 에피소드에 짜임
새가 있었다. 텔레비전 만화답지 않게 군데군데 과학 문명
에 대한 비판도 스며 있다. 무엇보다 잠수함 노틸러스호에
서 유도탄이 연사로 발사되는 장면은 언제 봐도 남자의 심
금을 건드리는 데가 있었다. 3월 들어 스토리는 점점 결말로
치닫고 있었다. 콘칩을 집어 먹으며 한창 재미있게 보고 있
는데 전화벨이 울렸다. 나는 손가락에 묻은 과자 기름을 바
지에 문질러 닦고 수화기를 들었다. 여보세요, 했더니 야, 다
짜고짜 고함 소리가 들려왔다.
　"뭐 하냐?"

민식이었다.

"보일러 고치고 있어."

나는 재빨리 텔레비전 볼륨을 줄이고 거짓말로 대답했다. 아무리 친구 사이라고 하지만 〈나디아〉를 보고 있었다고는 말하고 싶지 않았다.

"보일러는 왜?"

"온수 파이프가 새."

"다 고쳤냐?"

"뭐, 이제 거의 다."

"나와라. 당구장으로 집합이다."

민식은 건성으로 내뱉고 전화를 끊었다.

내일이 영춘 형님 생일이라고, 오늘부터 올나이트라고 민식은 전해왔다. 벌써 그렇게 됐나 싶어 달력을 들춰봤더니 과연 내일 날짜에 빨간색 동그라미가 둘려 있었다. 곧바로 텔레비전을 끄고 외출 준비를 했다. 바지 색깔에 맞춰 양말을 골라 신고, 잘 다려놓은 발렌티노 셔츠를 입었다. 머리엔 젤을 발라 스타일을 만들고 스프레이를 뿌려 고정시켰다. 재킷은 지난달 드라이클리닝을 해둔 이탈리아제를 골랐다. 더스틴 호프만과 잭 니콜슨이 입는다는 유명한 브랜드이다. 큰형님 생신, 계파 통합식 같은 큰 행사가 아니라면 입을 일이 없는 옷이다. 끝으로 역시 특별한 날에만 쓰는 디올 향수를 손목에 분사했다. 멋쟁이 형님들이 모두 모이는 자리다.

무성의한 차림 때문에 꾸지람을 듣고 싶지 않았다. 탁자에 놓아둔 삐삐와 지갑을 챙긴 뒤 방을 한번 둘러보았다. 뭘 잊고 가는 건 없는 것 같다. 마지막으로 벽에 붙은 비키니 걸 화보를 손톱으로 톡 치고 방을 나왔다.

봄바람 부는 화사한 수요일 저녁이었다. 골목은 라스베이거스처럼 일제히 조명을 밝혔고, 메이크업을 마친 아가씨들은 힘차게 쇼윈도를 열어젖혔다. 부드러운 남동풍까지 불어와 사뭇 이국적인 느낌도 난다. 오늘 치 〈나디아〉를 끝까지 보지 못한 것을 빼면 그다지 아쉬울 것 없는 저녁이었다. 내 몸에서 올라오는 고급스러운 향수 냄새를 음미하며 나는 쇼윈도 골목을 걸었다. 기분은 괜찮은 편이다. 아니, 괜찮은 정도가 아니라 상당히 상쾌했다. 불길함, 액운, 흉조, 어떤 부정적인 기운도 느껴지지 않았다. 그래서 이날 이 시간 이후로 다시는 내 방에 돌아가지 못하리라는 건 상상조차 할 수 없었다.

큐 당구장은 공영주차장 옆 보험회사 건물 2층에 있다.

원래 가구 전시장이었는데 영춘 형님이 매입하신 후 벽을 터서 영춘파 전용 당구장으로 만들었다. 형님들이 당구를 워낙 좋아하신다. 비행기 격납고로 써도 될 만한 공간에 스리쿠션 테이블 열여덟 대, 포켓볼 테이블 세 대를 마련해놓았다. 거리에 서서 당구장을 올려다보았더니 벌써부터 시끌

시끌했다. 형님들은 이미 다들 모여 계신 듯하다. 나는 바로 올라가지 않고 88라이트 한 개비 물었다. 일찌감치 나이트라이프가 시작된 거리를 바라보면서 담배에 불을 붙였다.

이거야 원. 사무실에 올라가기 싫은 샐러리맨 꼴이군.

이 시간이면 늘 그렇듯 길 건너 곱창집은 술 한잔하는 사람들로 북적북적했다. 야외 테이블에선 일찍 퇴근한 선반공들이 숯불에 양을 굽고 있었다. 셔츠에 기름이 튀지 않도록 모두 아줌마처럼 앞치마를 두른 모습이다. 누군가 마시자, 외쳤고 유리잔이 자라락 부딪쳤다. 아르바이트생은 풍로에 숯불을 지피고 창고에서 궤짝을 내리는 등 분주하게 움직였다. 곱창집 주인은 몽유병자처럼 이 테이블 저 테이블 옮겨 다니며 고기가 타지 않도록 뒤집어준다. 나는 담배를 피우며 곱창집 풍경을 멀거니 구경하고 있었다. 그러면서, 저들과 난 다른 인간인가, 잠시 생각해보았다. 만약 다르다면 어디가 어떻게 다른가. 저들도 행복이라든가 성공을 간절히 원할 텐데, 목표를 이루기 위해서 남을 때리거나 나이프를 들기도 하는가. 한 인간의 성격과 기질, 소속을 결정하는 건 무엇일까. 저쪽과 나 사이엔 4차선 아스팔트 도로가 가로 놓여 있는데 양쪽을 구분해주는 건 그것뿐인가. 질문이 꼬리를 물고 이어졌다. 그러나 속 시원한 답은 나오지 않는다. 이런저런 생각에 잠기다가 맨홀 구멍에 꽁초를 넣고 계단을 올라갔다.

"생신 축하드립니다."

영춘 형님께 먼저 허릴 숙였다. 당구에 열중하셔서 내 인사를 받는 둥 마는 둥 하신다. 형님은 고향 친구이자 건설회사 임원인 박 회장과 스리쿠션을 치고 계셨다. 나는 박 회장에게도 인사했다. 그에겐 허리를 꺾지 않고 고개만 까닥했다. 박 회장도 왼손만 들어 건성으로 답했다.

오늘 형님은 주인공답게 멋지게 차려입으셨다. 머릴 빽으로 넘기셨고, 정장 조끼에 흰 셔츠를 받쳐 입으셨다. 입에는 두툼한 시가를 무셨고, 사슴 가죽 서스펜더로 바지를 고정시키셨다. 얼핏 말론 브란도가 연상될 정도로 풍채가 좋으신 분이다. 조금 거리를 두고 보면 외국계 투자회사의 중역같기도 하다. 월스트리트라고 하나 뭐 그런 거 말이다. 형님은 자세를 잡고 부드럽게 큐를 미셨다. 공은 정확히 쿠션 세 군데를 맞고 들어갔다.

"나이스."

형님 곁에 도열한 가드들이 외쳤고, 박 회장도 굿샷, 경의를 표했다. 나도 나이스, 했다.

"야, 넌 가서 물이나 한 잔 떠 와라."

형님이 내게 말씀하셨다.

"찬물 가져올까요? 미지근한 물 가져올까요?"

"미지근한 게 좋겠지."

말씀이 떨어지자마자 바로 정수기로 달려가, 종이컵을 깨곳한 걸로 뽑아서 생수를 담았다. 정수기의 파란색 레버를 길게 누른 뒤 빨간색 레버는 1초 정도만 눌렀다. 냉수에 뜨거운 물이 섞이자 컵 속에 희미한 아지랑이가 일었고, 물통에선 물이 빠져나간 만큼 퐁, 기포가 솟았다.

둘러보니 당구장은 사나이들의 웃음으로 왁자지껄했다. 날이 날이니만큼 열외 없이 모두 모이셨다. 마카오에 파견 나갔거나 지방 거점에 상주하시는 형님들도 모조리 날아오신 것 같다. 간만에 전원 집합이다. 대충 봐도 쉰 분이 넘는다. 다들 일당백 용사들이니 사실상 일개 전투사단이 집합한 것과 같다. 저기 반물색 머플러를 두른 분은 병뚜껑으로 사람을 죽여봤다는 분이다. 포켓볼을 치고 계시는 분은 1976년 신민당 습격 사건 때 김태촌의 발을 걸었다는 분이고, 저 거구의 민머리 사나이는 시라소니 이성순에게 막걸리를 따라드리며 공중걸이 박치기를 배웠다는 분이다. 그야말로 당대의 협객들이다. 그런 분들이 한데 모여 껄껄 웃으면서 스리쿠션을 치는 모습은 정말 장관이었다. 당구장 천장엔 형님들이 내뿜은 담배 연기가 한가득 고여 있었다. 강력한 사나이들의 허파를 한 번씩 긁고 나온 연기이다. 귀기가 어렸다고까진 할 순 없지만 그 자체로 강력하고 무시무시한 정령처럼 보였다.

갱이란 죽음을 깨닫는 일이지.

문득 그런 가르침이 생각난다. 일전에 어떤 형님께서 말씀하셨다. 그땐 무슨 말인지 몰랐다. 말씀이 너무 추상적으로 다가왔고, 이해하기엔 내가 너무 어렸던 탓도 있었다. 지금은 어렴풋이 그 의미를 알 것도 같다.

나라는 인간도 점점 어른이 돼가는구나, 생각하며 종이컵을 들고 형님이 계신 1번 당구대로 걸어갔다. 요즘 형님은 십이지장궤양약을 드신다. 심각한 건 아니고 워낙 술 담배를 좋아하시는 데다 나이가 있으셔서 점막이 약간 헐었다고 들었다. 작년까지는 그냥 겔포스를 드셨는데 올해 초 대학병원에서 진료를 받으시고 조제약을 받아 오셨다.

"타임."

형님은 큣대를 내려놓으시고는 옷걸이에 걸어둔 재킷에서 약봉지를 꺼내셨다. 내복약. 식후 30분. 형님은 절취선을 따라 약봉지를 째셨다. 나는 그 모습을 지켜보고 있다가 타이밍 어긋나지 않게 즉각 물을 올려드렸다. 형님은 흰색 정제 두 알을 물과 함께 삼키셨다.

"인생무상이로군. 천하의 조영춘이 궤양이라니."

박 회장이 당구대에서 큐를 거두고 끌끌 혀를 찼다.

"어쩔 수 없지 않나. 난 슈퍼맨이 아니라구."

"하긴, 뭐. 슈퍼맨도 목이 부러지긴 했지."

"아, 그 미국 배우 말인가."

"작년이었나. 사고를 당했다더군."

"나도 신문에서 본 것 같은데. 말을 타다가 떨어졌다지 아

마. 지금쯤 좀 괜찮아졌는지 모르겠군. 이름이 크리스⋯⋯, 뭐라던가."

크리스토퍼 리브입니다, 형님, 나는 조심스럽게 끼어들었다. 일부러 발음을 좀 어눌하게 했다. 잘난 체한다는 인상을 드리고 싶지 않았다. 맞아, 크리스토퍼 리브, 맞장구를 친 건 박 회장이다.

"전신마비라더군. 현재 의술로는 치료가 안 된다던데. 허무한 세상이야. 〈슈퍼맨〉 1편이었던가. 지진이 나서 이쁜이 애인이 죽자 지구를 뱅뱅 돌아서 시간을 거꾸로 돌렸던 사나이였는데. 그런 남자가 병원 침대에만 누워 있으니. 생자 필멸, 옛말이 하나 틀린 게 없어. 나도 요즘 소변이 부쩍 노래져."

박 회장은 큐에 초크 칠을 하며 주절주절 떠벌렸다. 더 시키실 일 없으십니까, 나는 박 회장을 무시하고 형님께 물었다. 없다, 가봐, 라고 말씀하셔서 허리를 숙이고 물러섰다. 생신 축하드린다고 거듭 힘차게 말씀드리는 걸 잊지 않았다. 그렇게 당구대를 떠나려는데 바닥에 떨어져 있는 희끗한 게 눈에 띄었다. 뭔가 하고 봤더니 방금 형님이 버리신 약봉지였다. 절취선을 기준으로 두 조각으로 나뉘어 있었다. 쓰레기라고 판단, 허리를 굽혀 종이 쪼가리를 집었다. 별일 아니었다. 고작 쓰레기를 줍는 일이다. 거기에 어떤 함정이나 비극성이 깃들어 있으리라고는 도저히 상상할 수 없었

다. 하지만 쓰레기를 줍고 일어설 때 뜻밖의 사건이 벌어졌
다. 내 머리로 형님의 큐를 들이받고 만 것이다. 외부 충격으
로 큐가 흔들린 탓에 형님은 당구공을 헛치셨다. 틱, 굴욕적
인 소음과 함께 공은 비실비실 힘없이 굴러갔고, 결국 아무
것도 맞추지 못한 채 다이 한가운데서 멈춰버리고 말았다.
그것은 곧 벌점을 의미했다.

"오, 해피 버쓰데이. 이 친구, 괜찮은 친구로구만."

박 회장이 세상 밉살맞게 히죽대며 내 어깨를 두드렸다.

허망하게 찬스를 날린 형님은 무표정하게 큐를 내려놓으
셨다. 스코어판에 침착히 자신의 벌점을 기록하신 뒤 내게
뚜벅뚜벅 다가오신다. 다가올 충격에 대비해 나는 어금니를
꽉 깨물었다.

따귀는 견딜 만하다.

살면서 무수히 맞아왔고 또 단련도 돼 있다. 그런데 조인
트만큼은 영 적응이 되지 않는다. 나는 화장실로 들어가 바
짓단을 걷고 벌겋게 부어오른 정강이에 침을 발랐다. 그리
고 세면대 거울을 보면서 담배 한 대 피웠다. 뭐가 어디서 어
떻게 잘못된 걸까. 도무지 알 수 없는 일이다. 난 쓰레기를
주웠던 것뿐이다. 쓰레기를 줍는 일은 기본적으로 선행 아
닌가. 여러모로 생각해봤지만 논리적 답은 도출되지 않았다.
나는 소변기에 꽁초를 튕기고 밖으로 나왔다.

"안녕하십니까."

당구대를 돌면서 나머지 형님들께도 인사를 올린다. "응, 아가 왔냐" 하시는 분도 계셨고, 대뜸 용돈을 주시는 분도 계셨다. "니가 누구더라?" 하는 분도 계셨다. 형님들은 날 보자마자 기다렸다는 듯 이런저런 심부름을 시키셨다. 야쿠르트 좀 가져와라, 초크 좀 새 걸로 바꿔라, 재떨이 비워라, 주문하셨고 나는 시키는 대로 했다. 여기서 누가 이런 잡일을 하겠는가. 나밖에 없다.

"어이, 음악 좀 신나는 걸로 바꿔."

누군가 소리치셨다. 지금 당구장엔 피보 브라이슨이 부른 〈A whole new world〉가 흘러나오고 있다. 흑인 가수의 목소리는 감미로워 좋긴 한데 어떨 땐 지나치게 달콤하다. 형님들은 이런 미끈한 노래를 싫어하신다. 나는 재빨리 카운터로 뛰어가 최신 인기가요 테이프로 바꿔 끼웠다. 재생 버튼을 누르자 DJ DOC의 댄스곡이 흘러나왔다. 좋았어, 형님들이 껄껄 웃으셨다. 나는 볼륨을 높인 뒤 다른 지시 사항이 없나 잠시 대기했다가 카운터에서 나왔다.

"야, 한 게임 치자."

저만치서 민식이 손을 흔들어 날 불렀다.

녀석은 구석 테이블에서 홀로 연습 당구를 치고 있었다. 오늘은 검은 티셔츠에 뉴욕 양키스 모자를 쓰고 왔다. 키가 상당히 크고 호리호리한 녀석이라 이런 차림이 잘 어울린다. 굳이 재킷을 입지 않아도 격식에 어긋나 보이지 않는 것이다. 녀석은 어디서 또 싸움질을 했는지 콧등에 대일밴드를 붙이고 있었다.

"그나저나 너 또 악어 밥 줬구나."

'악어 밥 주다'는 '멍청한 짓을 해서 형님께 구타를 당하다'라는 뜻으로 우리끼리 쓰는 은어다.

"줬어, 밥을."

"조심해야지."

"쓰레기를 주웠을 뿐이야."

"밥은 먹었고?"

"악어 밥이라면 듬뿍 줬지."

"그냥 밥 말이야."

민식은 숟가락으로 입에 음식을 떠 넣는 시늉을 했다.

"안 먹었어."

"초콜릿이라도 먹어두라구. 빈속은 곤란할걸."

오늘 있을 올나이트 파티 얘기였다. 양주도 잔뜩, 이쁜 여자도 잔뜩, 하면서 민식은 기대감에 손바닥을 비볐다. 철이 없다고 할까, 비위가 좋다고 할까. 아무튼 낙천적인 친구다. 사실 올나이트는 우리 같은 똘마니에겐 그렇게 즐거운 이벤트가 아니다. 밤새 형님들 잔시중에 시달려야 하기 때문이다.

"근데, 보일러는 어떻게 됐냐?"

"보일러?"

이탈리아제 재킷을 조심스럽게 접어 소파에 내려놓으며 나는 반문했다.

"보일러 고치고 있었다며."

민식이 스패너로 볼트를 조이는 제스처를 취해 보여서 그 제야 나는 아까 통화할 때 〈나디아〉를 보고 있다고 말하기 싫어 보일러를 손보고 있었다고 둘러댔던 게 생각났다.

"그거야 뭐, 이제 잘 돌아가."

"골치 아프지, 보일러는. 한번 고장 나기 시작하면. 기름이냐?"

"아니. 도시가스."

대충 얼버무린 뒤 큐를 하나 뽑아 들었다. 몸통이 휘었는지 살핀 다음 팁에 사각사각 초크 칠을 하고, 왼손엔 꼼꼼히 탤크 분을 묻혔다. "그럼 쳐볼까." 나는 담배를 입에 물고 스코어판의 타이머 버튼을 눌렀다. 초인종 비슷한 종달새 울음이 울리고 게임이 시작되었다.

민식과 나는 일단 가위바위보를 했다. 다마 수가 200으로 서로 같기 때문이다. 나는 주먹을, 녀석은 가위를 냈다. 내가 이겨서 초구를 쳤다. 마침 중학생도 칠 법한 기초적인 코스가 떠서 왼쪽 시네루를 주고 공의 절반 두께만 맞췄다. 그렇게 별 어려움 없이 득점했다. "나이스." 민식이 찬사를 보냈고, 나는 가볍게 손을 들어 답례했다.

"요즘 에이즈가 돈다더라."

민식이 자신의 말보로에 불을 붙이며 말했다.

"그렇다더군."

건성으로 대꾸하면서 우라를 칠까, 얇게 따 마오씨를 돌릴까, 다음 코스를 고민했다. 숙고 끝에 우라로 가기로 했다. 이런 형태의 마오씨는 똥창 쪽에서 샐 확률이 높다.

"니 가게는 괜찮냐?"

민식이 물었다.

"뭐가?"

"에이즈 말이야."

"글쎄, 에이즈는 호모들이 옮기는 거잖냐. 호모가 아가씨를 찾을 리 없지."

대답하며 나는 우라를 쳤다. 쫑을 피하기 위해 중간 힘으로 두껍게 밀어쳤다.

"양쪽 다 재미 보는 놈들이 있어. 그놈들이 문제야. 일부러 퍼뜨리기도 한다던데."

"호모든 바이든. 난 그것들 안 받으니까."

"이마에 '나 호모다' 써 붙이고 다니는 놈이 어딨냐?"

"보면 알아."

"그런데 사실일까?"

"뭐가?"

"원숭이랑 섹스한 백인 여자 말이야. 그 여자가 에이즈를 인간에게 옮겼다던데."

"아마 사실일걸."

"참나. 원숭이랑 하고 싶나."

"알 수 없지. 서양인들은 최초라는 타이틀을 중시하니까."

"원숭이랑 하면서 잘도 신을 믿는군."

"진정한 사랑인지도 모르지."

"에이즈가?"

"사랑 때문에 죽기도 하잖냐."

그렇게 세상 돌아가는 얘길 하면서 우린 스리쿠션을 쳤
다. 첫판은 내가 가볍게 이겼다. 게임 시작 28분 만에 쿠션을
모두 털고 깔끔하게 끝내기 쿠션을 성공시켰다. "어이, 당구
교본이라도 보는 거냐." 민식이 점수판 타이머를 보고는 어
이없다는 듯 투덜거렸다. 나는 새 담배를 물고 기분 좋게 불
을 붙였다. 이 맛에 당구 치는 거지 싶다. 테이블 너머로 씩
씩거리는 친구의 얼굴을 보며 담배를 피우는 것.

둘째 판에선 민식이 분발했다. 농담도 삼가면서 열심히
친다. 너무 목숨 걸고 치는 거 아니냐, 내가 빙글거리며 도발
했는데 녀석은 대꾸도 없이 각을 재는 데만 열중했다. 반면
나는 설렁설렁 쳤다. 첫판을 이겼기 때문에 이번 판을 내줘
도 별 상관은 없다. 결승에서 이겨버리면 그만이다. 그렇게
수십 차례 순번이 돌다가 기어이 민식이 끝내기 쿠션을 쳤
다. 정타로 들어간 건 아니었으나 결국은 아슬아슬 득점이

되었다. 그렇게 둘째 판 게임이 끝났고, 민식은 그제야 환한 웃음을 지어 보였다. 나는 북한 김정일식으로 짧게 박수를 보내주었다.

"유후."

민식이 말보로 한 개비 꼬나물고 보란 듯이 손가락으로 V를 만들었다. 성격이 아주 단순한 녀석이지만 나는 민식의 그런 점을 좋아한다.

"일부러 져준 거야. 내리 이기면 재미없으니까."

나는 나대로 거만을 떨면서 당구공을 수습했다. 게임 스코어 1 대 1이므로 마지막 결승이 남았다. 이번만큼은 심기일전할 필요가 있었다. 나는 큣대 팁을 줄로 두드려 마찰력을 높였고, 왼손엔 다시 탤크 분을 묻혔다. 그리고 야쿠르트를 마셨다. 다디단 음료를 마시자 확실히 각성이 되었다. 그렇게 결승전을 치르기 위해 다시 큐를 쥐는데 불쑥 민식이 타임을 불렀다.

"담배를 피웠더니 배가 살살 아픈데."

화장실에 가야겠다는 거였다. 큐를 내려놓은 민식은 주유소에서 나눠 준 여행용 티슈를 들고 화장실에 갔다. 나는 홀로 남아 연습 당구를 쳤다. 아까 놓쳤던 쿠션을 복기해 다시 쳤고, SBS 당구에서 눈여겨보았던 기괴한 각도의 접시도 연습해보았다. 그러면서 간간이 혀로 침방울을 만들어 날렸다.

민식은 10분이 지나도록 돌아오지 않았다. 이내 연습 당구도 지루해져서 나는 큐를 내려놓고 소파에 앉았다. 느긋이 담배나 한 대 피우자고 생각했다. 주머니를 뒤져 담뱃갑을 꺼냈으나 담뱃가루만 날릴 뿐, 88라이트 갑은 텅 비어 있었다. 민식의 말보로나 빼앗아 피울까 했는데 화장실에 들고 갔는지 보이지 않는다. 나는 입맛을 다시며 일어섰다. 어쩔 수 없이 편의점에서 한 갑 사 오기로 했다. 어차피 민식도 화장실에서 오래 걸릴 모양이었다. 요 앞 편의점에 잠깐 갔다 올 것이므로 재킷은 입지 않았다. 그렇게 당구장 출입문 쪽으로 걷고 있는데 뒤에서 누군가 인마, 하면서 날 불렀다.

　"어디 가나?"

　이 구역 호텔과 나이트클럽을 관리하시는 태준 형님이셨다.

　"담배 사러 갑니다, 형님."

　"편의점 가는 거냐?"

　"네, 형님."

　"부탁 좀 하자."

　태준 형님은 양말 한 켤레 사갖고 오라고 말씀하셨다. 무심코 형님의 발을 내려다보았더니 형님은 양말을 짝짝이로 신고 계셨다. 왼쪽은 짙은 회색, 오른쪽은 검정이다. 둘 다 무채색 계열이라 얼핏 비슷해 보이지만 자세히 보면 부조화스럽다. 무슨 사정인지 대충 눈치챌 수 있었다. 급하게 외출 준비를 하시다 회색과 검은색 양말을 헷갈리신 것이다.

"야, 나이 들면 이런 거냐?"

"아닙니다. 저도 가끔 그럽니다."

웃으며 대답했다. 검정색, 피에르가르뎅으로 사 오라고 형님은 말씀하셨다. 나는 알겠다고 대답했다. 피에르가르뎅, 피에르가르뎅, 중얼거리면서 브랜드명을 머리에 저장한 뒤 형님께 인사하고 당구장을 나왔다.

서울은 국제도시다.

인구 1000만에 올림픽이 개최됐고, 롯데월드가 있다. 맥도날드와 버거킹이 도처에 깔려 있으며 나이키와 아디다스 매장이 즐비하다. 강남대로엔 페라리와 포르셰가 질주하고 있고, 백화점엔 샤넬과 구찌가 입점돼 있으며 시민들은 별 거부감 없이 곰팡이 핀 블루치즈를 먹는다. 라디오에선 매주 최신 빌보드 차트를 발표하고, 미국 가라지 록밴드에게서 영감을 받은 인디 밴드가 우후죽순 생겨나 라이브 공연을 하고 있으며 올해엔 팝의 황제 마이클 잭슨이 서울에 온다. 레게를 한다는 가수들은 과감히 밥 말리처럼 머리칼을 꼬았고, 아이돌들은 힙합, 힙합, 하면서 흑인처럼 꾸미고 다닌다. 24시 편의점이 수백 개이고, 돈만 있으면 언제 어디서든 뭐든 살 수 있다. 변두리 구멍가게에서도 닥터 페퍼를 팔고, 이태원 클럽에선 마리화나와 LSD, 정제된 암페타민을 구할 수 있다. 담배는 말보로, 카멜, 던힐을 비롯해 마일드세븐까지 국적 불문 다양하다. 전 국민이 영어를 배우며 누구든 LA갈비를 마음껏 먹을 수 있고, 젊은 여자들은 코로나 맥주에 레몬 슬라이스를 넣어 마시거나 손등의 소금을 핥아가며 테킬라를 마신다. 나는 생각지도 못했다. 이런 세계적인 도시에서 검은색 피에르가르뎅 양말을 찾는 게 이토록 힘들 줄은.

편의점, 생활마트, 시장, 속옷 가게, 반경 5킬로미터 내의 가게란 가게는 모조리 뒤지고 다니다가 강동구의 한 허름한 양장점에서 겨우 한 켤레 찾아냈다. 그것은 신사복 마네킹에 신겨 있었다. 이마의 땀을 닦으며 시계를 보니 벌써 밤 11시 30분이 지나 있었다. 당구장에서 8시쯤 나왔으니까 세 시간 넘게 헤매고 다닌 셈이다. 예전에 〈엄마 찾아 삼만리〉란 만화가 있었다. 지금 내 처지를 이보다 더 잘 표현할 수는 없다고 자조적인 농담을 해봤지만 웃음은 나오지 않는다.
"그건 판매용이 아니오."
양장점 재단사가 점잖게 내 앞을 가로막았다. 금테 안경을 쓰고 콧수염을 기른, 어지간히 고집 세 보이는 노인이었다. 내가 문을 열고 들어왔을 때 그는 재봉틀을 분해해 붓으로 먼지를 털고 있었다. 편집증적인 꼼꼼함 때문에 이 시간까지 가게 문을 닫지 못하고 있는 모양이었다. 사정이야 어떻든 이 사이보그 같은 노인네와 실랑이할 기운이 내겐 없었다. 저 빌어먹을 피에르가르뎅 양말을 찾아 세 시간 반을 쉬지 않고 걸은 것이다. 울컥 짜증이 치밀어 올라 영감을 힘으로 밀쳐내고 마네킹에 다가가 양말부터 벗겼다.

"경찰을 부르겠소."

처음 왼쪽을 벗길 때 늙은 재단사가 손을 바르르 떨며 전화기를 들었다. 다이얼의 1은 이미 신속히 두 번 눌러진 상태였다. 마지막 2가 눌리기 직전, 나는 재빨리 지갑에서 10만 원짜리 수표 두 장을 꺼내 원단 견본북 위에 올려놓았다. 양말 한 짝에 10만 원씩 지불한 셈이지만, 피곤해서 흥정 같은 건 생각할 기력도 없었다. 축 처진 몸을 이끌고 다시 마네킹에 다가가 양말을 마저 벗겨냈다. 그렇게 고난 끝에 피에르가르뎅 양말을 획득하긴 했지만 나 자신이 너무 처량하게 느껴지고 말았다. 도대체 피에르가르뎅이 뭐라고, 그 고생을 하고서야 간신히 한 켤레 손에 넣을 수 있었다. 돌아보니 재단사는 조용히 재봉틀 소제(掃除)로 돌아가 있었다. 견본북 위의 자기앞수표는 뻐꾸기라도 물어갔는지 흔적도 없이 사라져 있다.

택시를 타고 겨우 당구장에 돌아왔더니, 아, 이건 또 뭔가, 그사이 당구장 불은 꺼져 있고 출입문 셔터도 내려가 있었다. 난 어지간해선 의기소침해지지 않는 성격인데 이쯤 되니 몸에서 힘이 쭉 빠져나가는 걸 느끼지 않을 도리가 없었다. 원, 이런 날도 다 있나 싶다. 시계를 보니 이미 자정에 가까운 시각이다. 아마 다들 파티를 하러 클럽에 가 계신 거겠지. 이 바닥에서 손꼽히는 전국구 사나이들이다. 양말 사러 간 똘마니를 기다려주실 리가 없다. 먼저 클럽에 가 있을 테니 그리로 바로 오라는, 친절하고 배려심 넘치는 삐삐를 쳐주실 리도 없다. 세상은 원래 그렇게 돌아가는 모양이다. 누굴 원망할 건 없지.

하는 수 없이 양말을 손에 든 채 털레털레 복도를 되돌아나왔다. 오늘 생일 파티는 큰형님이 좋아하시는 클럽 '안나'에서 열린다. 쇼핑몰 근처 환락가에 있어서 여기서 한 10분쯤 걸릴 것이다. 자정 안에 도착하기 위해선 서둘러야 한다. 갱이든 경찰이든 여고생이든, 생일 파티는 밤 12시 정각에 케이크 촛불을 꺼야 하는 법. 그것이 생일 파티의 기본이다.

씨, 오늘 정말 원 없이 달리는군.

뛰듯이 계단을 내려가 1층에 다다를 무렵, 뭔가 허전해서 걸음을 멈췄다. 생각해보니 내 이탈리아제 재킷을 입고 있지 않았다. 아까 민식이와 당구 칠 때 당구대 옆 소파에 벗어두었던 것이다. 금방 돌아올 것으로 생각해 입고 나가지 않았었다.

그게 얼마짜리인데, 투덜투덜하며 다시 계단을 올라가 2층 당구장으로 간다. 끙, 기합을 주면서 당구장 출입문 셔터를 올리자 깜깜한 실내에서 오싹 한기가 흘러나왔다. 그냥 일상적인 찬 공기가 아니라 한밤중 영안실이나 시체 보관소처럼 테마가 있는 냉기였다. 이건 좀 이상하다고 생각했다. 분명 아까 내가 나올 때만 해도 실내는 후끈했었다. 온풍기가 돌았고, 오십 명이 넘는 사나이들이 껄껄 웃으며 뜨거운 숨결을 내뿜고 있었던 것이다. 3월 중순인데 이렇게 빨리 공기가 식을 수도 있나, 의아해하면서 나는 벽면 스위치를 올렸다. 타다닥 메뚜기 튀는 소리와 함께 형광등이 차례로 켜졌다. 그리하여 나는 1996년 3월 13일 수요일 밤 11시 52분의 청량리 큐 당구장과 마주하게 된다. 그것은 지옥이라 할 만한 광경이었다.

이걸 어떻게 설명하면 좋을까.

나는 내 눈을 믿을 수가 없었다. 당구장은 온통 피였다. 당구대도 당구공도, 큐도 스코어판도, 벽도 소파도 바닥도. 카펫도, 벽걸이 시계도 정수기도 모두 붉은 피를 뒤집어썼다. 하다못해 '200 이하 마세이 금지' 안내문도.

스프링클러가 터진 건가.

고개를 갸웃하면서 천장을 올려다보았다. 뭔가 착오가 있어 방화수 대신 빨간 페인트가 뿌려진 게 아닌가 했다. 그렇게 생각할 수밖에 없었다. 하늘에서 비 대신 피가 쏟아져야 이런 피바다 풍경이 나올 수 있다. 아니면 소방 호스로 핏물을 뿌려대거나. 다시 한 번 천장 스프링클러를 올려다봤지만 몇 번을 살펴봐도 살수 꼭지에서 액체가 뿜어져 나온 흔적은 없었다. 혹시 돼지 피 아닐까, 그런 생각도 해봤다. 누군가 짐승의 피를 뿌려 영춘 형님의 장수를 기원한 게 아닐까 하고. 아프리카 어딘가에선 족장의 생일에 그렇게들 한다고 들었다. 하지만 말이 되지 않는 생각이었다. 여긴 서울의 한 당구장이고, 지금 내 눈앞엔, 분명히, 백이십 퍼센트의 실감으로, 시체들이 널려 있기 때문이다.

쉰 분이 넘는 형님들은 모두 죽어 있었다. 말 그대로 전멸이었다. 거의 얼굴과 머리에 총을 맞으셨고, 개중에는 나이프로 목이 절개된 분도 계셨다. 이만저만 프로의 솜씨가 아니었다. 특히 나이프 쓰는 솜씨는 거의 외과의(外科醫) 수준이었다. 째진 부위는 말끔했고, 목젖은 꼭 절반 정도만 갈라졌다. 바닥의 피는 대체로 이분들의 경동맥에서 뿜어져 나온 것이다. 웅덩이를 이룬 핏물은 종이배를 띄울 수 있을 만큼 찰랑찰랑했다.

'속은 개가죽, 겉은 호랑이 가죽' 늘 말씀하셨던 중배 형님, '세 걸음마다 한 번은 허풍을 칠 줄 알아야 남자지' 하셨던 재갑이 형님, 차를 닦아드리면 수고했다며 인삼 껌을 주셨던 기룡 형님, 불과 네 시간 전에 입가에 멋진 주름을 만들며 피에르가르댕 양말을 사 오라고 심부름 시키셨던 태준이 형님, 모두 혀를 쑥 빼문 채 숨이 끊어져 있었다.

화장실 문 앞에 쓰러져 있는 민식을 발견했을 땐 그다지 놀라지도 않았다. 부엌에서 숟가락이 발견되듯, 순리대로 이

렁게 될 거라 예상했다. 도대체 다른 가능성을 생각할 수가 없었다. 녀석은 눈을 게슴츠레 뜬 채 다소 멍한 얼굴로 절명해 있었다. 세상일이 의외로 이렇게 되는구나 싶어 나는 가슴이 좀 서늘해졌다. 친구는 총 맞고 죽어 있는데 내 손엔 피에르가르뎅 양말이 들려 있는 것이다. 이 양말이 생과 사를 갈랐다.

민식의 관자놀이는 정확히 관통되었다. 머리에 50원짜리 동전만 한 구멍이 뚫렸을 뿐이지만 친구는 숨을 안 쉰다. 왜인지 눈알엔 핏발이 서 있었다. 아마도 총알이 뇌를 뚫고 지나가면 안압이 높아져 실핏줄이 터지나 보다. 친구의 시체 앞에서 나는 그런 쓸데없는 분석이나 하고 있었다. 달리 뭘 생각해야 좋을지 알 수도 없었다.

아무리 정신이 없다지만 죽은 친구의 눈은 감겨줘야 할 것 같아 몸을 기울여 녀석의 눈꺼풀을 닫아주었다. 진짜, 아무런 실감이 나지 않는다. 만취해 곯아떨어진 녀석에게 이불을 덮어주는 것과 다름없는 느낌이었던 것이다. 어, 되게 아프구만, 킬킬 웃으며 녀석이 눈을 번쩍 뜰 것도 같다. 혹시 몰라 10초 정도 기다려보았다. 정말 바보 같은 생각이지만 잠깐이라도 의식이 돌아올 것만 같았다. 그러나 역시 그런 일은 일어나지 않았다. 옆에 뉴욕 양키스 모자가 떨어져 있길래 그걸 주워서 녀석의 얼굴에 덮어주었다.

크게 심호흡 한 번 하고 주머니에서 담배를 꺼내 입에 문다. 이런 지옥 속에서 지금 내가 뭘 할 수 있겠는가. 담배나 피울 뿐이다. 언제 묻었는지 손등은 피범벅이었다. 민식의 것인지 다른 형님들의 것인지 알 수는 없다. 손이 좀 떨려서 라이터는 세 번 만에 켤 수 있었다. 담배를 피우자 조금은 진정이 된다. 무의식적으로 입술에 침을 발랐지만 살갗이니 침샘이니 전부 바싹 말라 있어 혀는 반쯤 나아가다 멈췄다. 쓰러질 듯 무기력해져서 혀를 끝까지 밀어볼 생각도 나지 않는다. 그렇게 바보처럼 혀를 내민 채 멍하게 서 있다가 정수기 물에 휴지를 적셔 손등에 묻은 피를 닦아냈다.

"이봐."

그때 갑자기 목소리가 들려와서 하마터면 물개처럼 비명을 지를 뻔했다. 정말 얼마나 놀랐는지 모른다. 아무리 눈을 씻고 봐도 여긴 시체들뿐인데. 유령이 아니라면 말을 할 사람이 없다.

"이봐, 여기다."

그러나 유령의 목소리라고 하기엔 음색에 너무 힘이 있었다. 게다가 하늘이나 벽에서가 아니라 1번 당구대 쪽에서 분명한 실감으로 들려오고 있었다. 왠지 오싹한 느낌에 담배를 버리고 조심조심 그쪽으로 다가갔다.

"형님?"

그것은 큰형님이었다.

영춘 형님이 살아 계시다. 피를 흘리며 당구대 옆에 엎드려 계셨지만 분명 숨을 쉬고 있었다. 나는 서둘러 형님의 몸을 뒤집어 머리에 소파 쿠션을 받쳐드렸다. 몸 여기저기서 피가 줄줄 새어 나오고 있다. 인공호흡을 해야 하나, 흉부 압박을 해야 하나, 부산을 떨다가 호흡곤란 증상을 보이셔서 일단 조끼부터 벗겨드렸다. 형님은 오른쪽 어깨와 복부, 양쪽 허벅지에 총을 맞으셨다. 갈비뼈 밑 관통상이 가장 심각해 보인다. 간이나 췌장이 손상되지 않았을까 싶은데 정확한 건 알 수 없다. 그래도 천만다행으로 머리나 심장은 피하셨다. 이런 말 죄송하지만 오늘 거의 제삿밥 드실 뻔했다.

형님 주변은 그야말로 시체들의 산이었다. 가드들은 큰형님을 지키려 최선을 다한 걸로 보인다. 단 한 사람도 등을 보인 채 죽지 않았다. 실탄이 장전된 리볼버를 꺼내 든 자들도 있었으나 침입자의 실력이 워낙 뛰어났다. 가드들은 전원 입을 아, 벌린 채 죽어 있었다. 조금 떨어진 곳엔 박 회장의 시체가 뒹굴고 있다. 아무래도 이 남자는 도망가려다 붙잡혀 목이 잘린 것 같다. 머리가 출입구 쪽으로 향해 있는 시체는 박 회장이 유일하다. 잘린 머리는 몸통에 덜렁덜렁 연결돼 있었고, 목덜미에 광어회 한 점만 한 피부가 남아 경첩 구실을 했다.

"넌 어디 갔다 온 거냐?"

형님께서 숨을 헐떡이며 물으셨다.

"담배 사러……, 아니 양말을 사러 갔었습니다."

솔직하게 말씀드렸다. 그러자 형님은 입을 벌린 채 나를 빤히 올려다보셨다.

"그런데 이게 다 무슨 일입니까, 형님."

말을 하면서 커튼을 칼로 찢어 형님의 어깨를 싸맸다. 형님은 뭔가 말씀하시려다 천식 환자처럼 심하게 기침을 터뜨리셨다. 피를 토하시는 건 아닐까 걱정했는데 다행히 그런 일은 없었다. 가슴이 답답하다고 하셔서 배를 죄고 있는 서스펜더를 풀어드렸다. 그 정도로는 소용없을 것 같아서 아예 셔츠 단추를 모조리 끌렀다.

"씨팔, 생일상 한번 거하게 받는군."

입안에 고인 피를 퉤 뱉으며 형님이 말씀하셨다.

형님께 핏빛 생일상을 차려준 지옥의 파티플래너는 누구였는지 궁금해할 것은 없었다. 킬러는 지금 바로 내 옆에 있다. 그는 옆 당구대 밑단에 비스듬히 등을 기대고 죽어 있었다. 피 칠갑인 얼굴을 유심히 들여다봤더니 어디선가 본 적 있는 남자다. 산발 머리에 텁수룩한 수염, 깡말랐지만 강인해 보이는 몸, 깨진 앞니, 마이클 더글라스 같은 얇은 입술. 아, 이 사람은 해부학 교수였다. 어떻게 된 거냐, 형님이 가쁜 숨을 몰아쉬며 질책하셨다.

"이놈은 컨테이너에 처박혀 있어야 하잖아?"

"분명 묶여 있었습니다."

"확실해?"

"매듭을 두 번 세 번 확인하고 나왔습니다. 확실합니다."

"빌어먹을, 이놈은 귀신인가? 어떻게 된 거야. 말 좀 해
봐."

"그때 저는 분명히 물만 주고 나왔습니다. 다만……."

"다만, 뭐?"

"이 사람이 생수통 뚜껑을 삼키는 것만큼은 막지 못했습
니다."

"씨, 여기서 뚜껑 얘기가 왜 나오냐."

"죄송합니다."

하지만, 이라고 나는 생각했다.

뚜껑 말고는 도무지 단서가 없다. 내 목숨을 걸고 장담하
건대, 그날 그의 몸은 로프로 단단히 묶여 있었다. 그건 내
눈으로 분명히 확인했다. 그 상황에서 도구라고는 생수병
뚜껑밖에 없는데 아무래도 그 하늘색 플라스틱 뚜껑이 마음
에 걸린다. 생수병 뚜껑엔 미끄러짐을 방지하기 위해서 둘
레에 일정한 홈이 파여 있다. 그 부분이 일종의 톱니처럼 까
슬까슬한데 그 우둘투둘한 면으로 로프를 계속 마찰한다면?
알 수 없는 일이다. 끊어질 가능성도 없진 않다. 로프는 합성
섬유 재질로 빨랫줄 세 개 정도 합쳐놓은 굵기이다. 물방울
이 바위를 뚫는다고, 생수통 뚜껑으로 줄기차게 문지른다면
분명 마모가 될 것이다.

그렇다고는 해도 문제가 남는다. 입으로 삼킨 뚜껑을 대체 어떻게 꺼냈느냐는 것이다. 그의 입은 청테이프로 이중 삼중 봉해진 상태였으므로 토해내는 것은 불가능하다. 머리엔 쇼핑백까지 씌워진 상태라 하늘이 두 쪽 나도 입으로는 안 된다. 비강을 찢어놓지 않는 한 코로도 나올 수 없다.

아.

문득 깨달음이 찾아와 나는 이마를 쳤다.

삼킨 생수통 뚜껑을, 그는 배설했던 것이다. 애초 그럴 작정으로 뚜껑을 삼킨 게 틀림없다. 생각해보니 팔이 뒤쪽으로 묶여 있었기 때문에 자신이 배설한 것을 충분히 만질 수 있는 자세였다. 상상하고 싶진 않지만, 그는 자신의 배설물에서 생수통 뚜껑을 찾아내 그걸로 로프를 끊었던 것이다.

"저걸 그냥 죽였어야 했는데."

형님은 말씀하셨다.

하지만 모든 건 늦어 있었다. 그리고 해부학 교수는 이미 완벽히 죽어 있다. 가드들이 쏜 수십 발의 총알에 그의 몸은 너덜너덜 벌집이 돼 있었다. 뇌가 절반쯤 날아가 어떤 과학도, 종교도 그를 부활시킬 순 없을 것 같다.

"뭐 해, 인마. 그 총 좀 치워."

놀랍게도 해부학 교수의 손엔 아직까지 권총이 들려 있었다. 마지막 숨이 끊어지는 순간까지 형님을 향해 총을 쏘고 있었던 것 같다. 뇌수가 튀고 심장이 멈추고 혼이 빠져나간 뒤에도 육체는 부들부들 경련하면서 방아쇠를 당기고 있었던 것이다. 그 증거로 총구는 지금까지도 정확히 형님 쪽을 향해 있다. 물론 의학적으로 말이 안 되는 얘기다. 하지만 자기 목을 스스로 자른 뒤 그 머리를 침착히 땅에 묻고 명예롭게 죽은 무사도 역사에 엄연히 존재하는 것이다.

그의 권총을 가져오기 위해 나는 한쪽 무릎을 굽혔다. 그때 서로의 얼굴 높이가 비슷해지면서 그와 시선이 마주쳤다. 날계란처럼 풀어진 시선이라 눈빛은 서로 맞부딪칠 수 없었다. 사람의 시선에도 괄약근 같은 실체가 있는 거였구나, 새삼 깨달았다. 죽으면 풀어져버린다.

죽은 해부학 교수는 순순히 내게 총을 넘겨주고 옆으로 픽 쓰러졌다. 오십 명 넘는 갱을 홀로 해치운 프로페셔널이지만 일단 시체가 되자 실밥 터진 인형이었다. 손쉽게 권총을 빼앗아 온 나는 서서히 일어섰다. 그때까지 애지중지 들고 있었던 피에르가르뎅 양말은 미련 없이 바닥에 내려놓았다. 그건 어쩔 수 없는 일이었다. 이러니저러니 해도 나도 기개가 있다는 평을 듣는 남자다. 사나이가 권총과 양말을 동시에 쥘 순 없다. 내려놓은 검은색 양말은 바닥의 핏물을 흠뻑 빨아들여 끝 모를 심연처럼 새까매져갔다.

권총은 투박한 디자인으로 안전장치가 없었다. 총구는 22구경보다 조금 넓고, 손잡이 부분엔 공산당 느낌 물씬 나는 별 문양이 찍혔다. 인천이나 부산 암시장에서 흘러나온 구소련제 토카레프인 것 같다. 조금 전까지 총알을 쏴대서 장전 손잡이는 아직까지 따뜻하다. 총구에서 화약 냄새가 치받쳐 올라왔으나 딱히 나쁜 냄새라고 생각되지 않았다. 손에 착 감기는 묵직한 그립감이 너무도 훌륭해서 나는 권총을 한참이나 내려다보았다. 살상 무기로서 실물 권총은 오늘 처음 잡아본다. 총이라고 해봐야 유원지 사격장에서 공기총 몇 번 쏴봤을 뿐이다.

"뭐 해? 이 병신아. 119 안 불러?"

"아, 죄송합니다."

퍼뜩 정신을 차리고 카운터로 달려가 전화기를 들었다. 그러나 하필 이 중대한 순간에 먹통이었다. 하는 수 없이 커피넛 자판기 옆에 있는 공중전화로 뛰어갔다. 전화기는 별문제 없이 작동하는 것 같았으나 구형 주황색 전화여서 긴급통화 버튼이 없었다. 전화를 걸려면 40원이 필요했기 때문에 주섬주섬 주머니를 뒤져 되는대로 10원짜리 몇 개 꺼냈다. 그런데 그 과정에서 뭔가가 손등에 걸려 올라와 바닥에 툭 떨어졌다. 담뱃갑이나 라이터는 아니었다. 그보다는 훨씬 가볍고 얇은, 카드 같은 물건이었다. 이게 뭐지? 명함인가 했으나 그것도 아니다. 떨어진 물건을 집어 들자 뜻밖에 '인문학부'라는 글자가 눈에 들어왔다.

961349.

김성훈.

그것은 아까 주리가 룸에서 발견했던 '김성훈'의 학생증이었다. 이게 왜 내 주머니에? 나는 좀 의아했다. 쓰레기통에 버렸다고 생각했는데, 버리지 않았던가. 아마 딴 일에 정신이 팔려 쓰레기통에 넣는 걸 잊었나 보다. 때마침 전화벨이 울렸다든가 배달된 피자를 먹는 데 열중했다든가 뭐 그랬겠지. 어쨌든 주운 학생증은 왼손에 옮겼다. 그 손엔 이미 권총이 들려 있어서 학생증은 내 엄지와 권총 그립 사이에 명함처럼 꽂혔다. 나는 심호흡을 한 뒤 공중전화에 동전을 넣고 다이얼을 돌렸다. 정말 박물관에서나 볼 법한 낡은 구식 전화기였다. 버튼식이 아니라 구멍 뚫린 원반 다이얼에 손가락을 넣어 돌리는 진짜 옛날식이다.

여기는 보험회사 건물 2층에 있는 큐 당구장이다. 공영주차장 바로 옆이다. 환자는 최소 네 군데 총상을 입었으며 출혈이 심하다. 환자의 혈액형은 AB형이다. 신속히 앰뷸런스를 보내주기 바란다. 중언부언하지 않기 위해 구급 대원에게 전할 말을 머릿속에서 미리 정리해두었다. 그러다 무심코 전화기 위에 얹힌 내 왼손을 보게 되었다. 그리고 벼락 맞은 듯 순간적으로 숨 쉬는 걸 잊어버렸다. 그것은 참으로 기이한 광경이었다.

권총과 학생증.

뜻밖의 두 물건이 지금 내 왼손에 포개져 있는 것이다. 전혀 안 어울리는 조합임에도 둘은 훌륭한 하모니를 이루고 있었다. 렘브란트인가, 루벤스인가. 마치 유럽의 유명한 화가가 그린 정물화 같았다. 각 색깔의 침투와 간섭이 우아했던 것이다. 컬러들은 서로 섞이진 않았지만 그렇다고 경계가 명확히 나뉘는 것도 아니었다. 권총은 학생증 뒤에서 순결했고, 학생증은 권총 앞에서 살기를 띠었다. 아니, 그건 말이 되지 않는 모순이다. 원래 학생증이 순결이고, 권총 쪽이 살기인 것이다. 그러나 힘줄과 혈관이 펄떡이는 내 살굿빛 왼손이 그 모순을 감싸 안자 풍경에 서늘한 리얼리티가 생겼다.

그때였다. 갑자기 귀가 먹은 듯 사방이 조용해지고 눈앞에서 총천연색 빛이 솟아오르기 시작했다. 그 빛이 권총 총구에서 나오는 것인지 학생증에서 뿜어지는 것인지는 알 수 없었다. 다만 내가 말할 수 있는 건 이것이 결코 환각이나 신기루는 아니라는 점이다.

일렁이는 빛무리를 넋 놓고 쳐다보고 있자니 문득 이해가 찾아왔다. 그렇다. 이 빛은 우리가 흔히 '가능성'이라 부르는 것이었다. 비로소 나는 깨닫는다. 어째서 주리가 증명사진만 흘끗 보고 내게 이 학생증을 주었는지. 그래, 학생증 사진은 나와 닮아 있었던 거다. 애매함을 일절 용납하지 않는 이 권총 앞에서, 이제 나는 거짓말을 할 수가 없다. 학생증 남자와 나는 눈, 코, 입, 귀, 턱선, 모든 점이 완벽히 비슷하다. 심지어 인중의 깊이, 이마 넓이 같은 세세한 부분까지 똑같이 빼닮았다. 뿔테 안경을 쓰고 있다고? 헤어스타일이 다르다고?

치아 교정기? 웃기는 소리 그만하자. 나는 잘 알고 있지 않은가. 그런 건 다 부수적이다.

얼마나 시간이 지났을까.

정신을 차려보니 나는 당구장 공중전화 앞에서 얼이 빠진 채 서 있었다. 몇백 년이 흐른 것 같았는데 고작 '119'를 돌린 다이얼이 제자리로 돌아오는 시간이었다. 나는 수화기를 가만히 내려놓았다. 구조대 본부와 통화가 연결되지 않았기에 동전은 달그락, 소릴 내며 떨어졌다. 깨끗하고 건조한 네 차례의 소음이었다. 그것은 내가 다른 우주의 문을 두드리는 네 번의 짧은 노크와도 같았다.

당구대로 되돌아오니 영춘 형님의 얼굴은 그새 더 창백해져 있었다. 우려했던 대로 복부 관통상 부위에서 피가 점점 더 많이 쏟아져 나오고 있다. 형님은 벗겨드린 조끼를 뭉쳐 총 맞은 배를 누르고 있었지만 될 일이 아니다. 이건 출혈이 아니라 숫제 졸졸 새는 수돗물이었다.

"빨리 와, 이 새끼야. 오늘따라 왜 이리 굼떠, 새끼. 앰뷸런스 올 때까지 여기 좀 누르고 있어."

형님은 짜증을 내며 당구장 목장갑을 내 쪽으로 던졌다. 그걸로 자신의 허벅지를 지혈하라는 뜻이다. 나는 제자리에 멀거니 서 있었을 뿐, 바닥에 떨어진 목장갑을 집진 않았다. '장갑은 손가락이 다섯 개이구나', '인간이 사용하는 물건은 전부 인간을 닮아 있네', 장갑을 보면서 그런 생각이나 하고 있었다.

"뭘 그렇게 빤히 쳐다보고만 있어? 누르라고 이 새끼야. 정신 좀 차려. 119는 왜 안 와? 119한테 주소 제대로 불러줬어? 큐 당구장이라고 말했어? 이 피 좀 봐. 야, 일루 와서 빨리 누르란 말이야, 새끼야. 내 말 안 들려?"

들린다고, 아주 잘 들린다고 나는 대답했다. 그리고 토카레프를 왼손에서 오른손으로 바꿔 쥐었다. 장전을 할 필요는 없었다. 탄환은 이미 약실에 한 발 가 있다. 나는 덫에 걸린 멧돼지처럼 꽥꽥 소릴 질러대는 늙은 남자에게 한 걸음 다가갔다. 정말이지 살집 좋은 남자였다. 잘 먹어서 개기름 낀 이마가 당구대 조명을 받아 마치 도자기처럼 번들번들하다. 나는 천천히 권총을 들어 올려 매끈한 당구공 같은 그의 이마에 총구를 갖다 댔다. 난데없이 다가온 총구를 쳐다보느라 그의 눈은 약간 사팔이 되었다. 그가 마른 입술을 달싹이며 뭔 말을 하는 것 같다만 당신 좋으실 대로. 이제 나와 아무 상관 없는 일이다. 이렇게 내려다보니 그의 번들거리는 이마는 정말 당구 다마와 질감이 똑같아 보인다.

어깨 힘 빼고 오른쪽 시네루 약간.

그런 기분으로 나는 방아쇠를 당겼다.

새벽 동대문구 거리엔 사람이 없었다.

푸른 네온등만이 인도에 빛을 떨어뜨렸고, 간간이 빈 택시가 빠르게 지나갔다. 당구장을 나온 뒤 나는 발길 닿는 대로 거리를 걸었다. 살아 있는 사람을, 그것도 큰형님을 쏴 죽였는데 새로 태어난 듯한 이 기분은 뭘까. 날 보호해주고 먹고살 일감을 주던 사람들은 이제 다 죽고 없다. 세상은 이런 걸 상실감이라고 하는 것 같던데 잘못된 표현 아닌가 싶다. 자유라고 불러야 옳지 않은가.

걷다가 육교 밑에서 순찰 중인 경관과 마주쳐서 나는 그에게 지금 몇 시쯤 됐냐고 물었다. 순경 계급을 단 젊은 경찰은 자신의 손목시계를 들여다보며 "2시 40분"이라고 대답해주었다. 나는 고맙다고 정중히 말하고 다시 서울의 밤거리를 걸었다. 얼마 지나지 않아 경관이 이쪽을 돌아보는 기색이 느껴졌다. 하지만 그뿐이었다. '어이, 잠깐 이리 좀 와보쇼' 하거나 신분증을 보여달라고 하진 않았다.

어느덧 정신을 차려보니 난 종로3가를 걷고 있었다. 몇 킬로나 걸었을까. 지나친 전철역 개수를 하나하나 따져가며 계산해보다가 귀찮아져서 곧 그만두었다. 길 건너편엔 탑골공원이 있고, 그 옆으로 허리우드 극장이 보인다. 나는 근시처럼 눈을 찡그려가며 극장 간판을 응시해보았다. 무슨 영화가 상영되고 있는지 궁금했던 것이다. 샷건을 든 백인 남자 형상이 어렴풋이 보여서 안토니오 반데라스인가 했지만 확실친 않다. 조금 더 걷자 종로서적이 나왔고, 그 옆은 만년필이 진열된 쇼케이스였다. 잠깐 쉬었다 갈 겸 나는 발목 관절을 부드럽게 돌려가며 볼펜과 만년필을 구경했다. 날렵한 물건들이었다. 디자인에 일절 군더더기가 없어서 들여다보고 있으니 눈알이 맑아지는 것 같은 기분이 든다.

"이쪽으로 계속 가면 신촌입니까?"

종각역 도로변을 쓸고 있는 청소부가 보이길래 길을 물어보았다.

"길 건너서 택시를 타시오."

그는 빗자루를 쳐들고 건너편을 가리켰다. 걸어서 갈 겁니다만, 그렇게 말하자 청소부는 어이없다는 듯 날 쳐다보고는 빗자루를 거둬 다시 광화문 쪽을 가리켰다. 지금 가고 있는 방향이 맞다고 그는 확인해주었다. 맞긴 맞는데, 하면서 청소부는 덧붙였다.

"정말 계속 가야 할 거요."

그 대학교는 2호선 신촌역 부근에 있었다. 투자신탁 건물이 있는 6번 출구에서 출발해 문구점과 편의점, 배팅 센터, 당구장, 서점, 전자오락실을 지나자 대학 정문이었다. 신촌역에서부터 캠퍼스 정문까지는 걸어서 10분 남짓 걸렸다. 초행인 데다 좀 지쳐 있어서 그렇지 평소라면 10분까진 안 걸렸을 것이다.

나는 학교 정문에 새겨진 교명을 확인하고, 너르게 펼쳐진 캠퍼스의 잔디를 한동안 바라보았다. 웬지 가슴이 시원해지는 풍경이었다. 면적이 꽤 넓어서 소년부 소프트볼 정도는 할 수 있을 것 같다. 산 하나를 밀어서 만든 캠퍼스라 정문부터 바로 오르막길이 시작된다. 경사로 정점엔 고풍스러운 건물이 서 있었다. 고즈넉한 새벽 분위기 탓인지 지방의 한 정신병원처럼 보이기도 한다. 잔디밭 양옆으로도 커다란 건물이 두 채 솟아 있었다. 왼쪽엔 남빛 유리로 된 신식 건물이, 오른쪽은 허름하지만 단정한 회색 건물이 버티고 있었다. 저기서 강의나 실습 같은 걸 하겠거니 생각했다. 어쨌든 캠퍼스라는 곳이니까 말이다. 정문 수위실 위쪽으로 철제 펜스가 둘린 공간이 있는데 거긴 테니스 코트 같다. 어렴풋이 심판석과 네트 형상 같은 게 보인다. 이른 새벽이라 학생은 어디에도 없었다.

"아니, 보여줄 필요는 없어요. 들어가시오."

정문 수위에게 학생증을 내밀자 그가 손사래를 쳤다. 나는 고개를 한 번 까닥이고는 안으로 들어갔다. 3월이라 잔디는 그다지 푸르지 않았지만 아주 말끔히 정돈돼 있었다. 잡풀은 없었고, 땅콩 껍질 하나 떨어져 있지 않았다. 걷고 있으면 아스라이 흙냄새가 올라온다. 사각사각 마른 풀이 구두에 쓸리는 감각이 말할 수 없이 좋았다. 나는 학교 상징물로 보이는 석탑 앞으로 걸어갔다. 잘은 모르겠지만 아마 학교 상징물이 맞을 것이다. 자로 잰 듯 정확히 캠퍼스의 정중앙에 위치해 있었기 때문이다.

진리에 순종하라.

뾰족한 원뿔 모양의 석탑엔 황금빛 라틴어가 붙어 있었다. 내가 라틴어를 해석할 수 있을 리 없다. 다행히 한글 안내판이 있어서 그걸로 뜻을 파악할 수 있었다. 하지만 한글이건 라틴어건 여러 번 반복해 읽어봐도 무슨 의미인지 잘 와닿지는 않는다. '진리'와 '순종'이라는 단어가 너무 까마득하게 느껴지고 있다. 일상에서 좀체 쓰이지 않는 말이다. 적어도 내 주변엔 그런 단어를 쓰는 사람은 없었다. 둘 다 사어에 가까운 단어 아닌가 한다. 그럼에도 불구하고 알 수 없는 힘에 이끌려 나는 그 글귀를 뚫어져라 쳐다보았다.

얼마나 오래 서 있었는지 모르겠다. 어느새 눈앞에서 아침 해가 점점 솟아오르기 시작했다. 이건 죽을 때까지 잊지 못할 일출이었다. 대폭발 이후의 지구 같기도, 어떤 심판이 이뤄진 세상 같기도 했다. 낯선 행성에 불시착한 듯도, 맑은 바닷물 속에 들어와 있는 것 같기도 했다. 이래저래 진부한 비유들뿐이지만 뭔가 새롭게 시작되고 있다는 실감이 눈앞에서 별의 폭발처럼 퍼지고 있는데 그 사태에 대해 나의 뇌가 연결해준 이미지가 그런 것들밖에 없었다. 눈부신 아침 햇살이 이마에 떨어져서 나는 살며시 눈을 감았다. 얼굴이 금세 따뜻한 기운으로 덮이는 게 느껴졌다. 마치 하늘에서 거대한 손이 내려와 내 뺨을 부드럽게 어루만지는 것

같았다. 1996년 3월 14일 목요일 오전 7시 20분의 신촌이
었다.

거기, 당신 누구십니까.

그렇게 나는 인류 멸망 다음 날 홀로 아침을 맞은 야생 순
록처럼 어리둥절한 채 눈부신 햇살을 맞고 서 있었다.

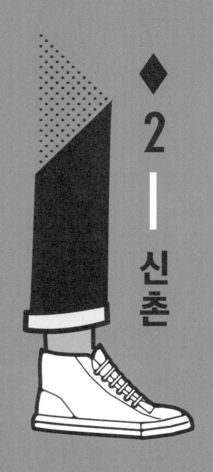

2 —

신촌

1

"일어나라, 일어나라."

오리 주둥이를 누르면 시끄러운 알람이 꺼진다.

알람시계는 나팔을 든 도날드덕으로, 노란 부리를 누르면 알람이 멈추게 되어 있다. 열두 살인가 열세 살인가, 그 이후로 이런 캐릭터 시계는 처음 써보는 것 같다. 도날드덕이라니 어쩐지 한심한 기분이지만 그래서 더 잠이 잘 깨는 효과도 있다.

창문을 열었더니 비가 내리고 있었다. 아침부터 비가 오는데도 전혀 쌀쌀하지가 않아서 이제 4월이구나, 혼자 조용히 중얼거려보았다. 러닝셔츠를 갈아입고 커피 한 잔 만든다. 진하게 블랙으로 한 잔 타 마시자 눈의 초점이 점점 더 분명해지면서 오늘도 잘될 거야, 하는 막연한 예감이 가슴에 번져갔다. 보자, 오늘은 수요일. 들어야 할 강의는 오전에 '문학이란 무엇인가', '교양 영어', 오후에 '영화의 이해', 이렇게 세 과목이다. 꽤 바쁜 하루가 될 것 같다. 오늘은 교양 필수 과제물도 제출해야 한다.

"여, 요즘 일찍 일어나는군."

공동욕실에서 면도를 하고 있을 때 옆방 경제학과 학생이 다가와 내 어깨를 툭 쳤다. 나는 면도기를 든 손으로 가볍게 알은체해 보였다. 이 친구는 '좁쌀'이라는 별명으로 불리는 친구인데 아직 그렇게까지 친한 사이가 아니라 별명으로 부르진 않고 있다. 저기, 공동소모품 말인데, 소변기 앞에 서서 그가 무심히 말을 꺼냈다.

"일단 만 원씩 걷기로 했어. 모은 돈으로는 세탁기 세제와 비누, 휴지를 살 거야. 돈이 남으면 슬리퍼나 방향제 같은 걸 사려고. 옥탑방 수학과 친구는 그냥 자기 걸 쓰겠다는군. 혹시 수학과 녀석처럼 개인적으로 구입할 생각이면 돈을 낼 필요는 없어."

"아냐, 내지."

주머니에서 만 원을 꺼내 주었더니 좁쌀은 자필로 쓴 영수증을 건넸다. 영수증 같은 건 필요 없다고 말했지만 "돈 거래는 정확해야 하니까" 하면서 기어이 종이 쪼가리를 내 손에 쥐여주었다. 1만 원을 영수함. 1996년 4월 3일. 그는 칫솔에 치약을 짜 이를 닦기 시작했고, 나는 에티켓에 따라 세

면대를 내주었다.

　토, 일요일을 제외하고 보통 8시 30분 전후해 학교에 간다. 첫 수업이 대체로 9시에 시작되기 때문이다. 세수를 마친 나는 얼굴에 스킨로션을 바르고 드라이어로 머릴 말렸다. 앞머리는 그렇게 티를 내지 않는 선에서 젤을 발라 넘겼다. 대충 가방을 챙겨둔 뒤 입고 나갈 옷을 골랐다. 처음엔 옷이 정말 고민이었다. 대학생은 어떤 옷을 입어야 하는지 전혀 감이 잡히지 않았기 때문이다. 고민은 고맙게도 백화점 이벤트 매장이 해결해주었다. 이월상품 위주로 구매해 입고 다녔더니 별 위화감을 주지 않고 캠퍼스에 섞여들 수 있었다. 내친김에 안경도 하나 맞추었다. 김성훈의 학생증을 참고해 그와 비슷한 뿔테 안경을 골랐다. 내 시력이 너무 좋다며 검안사는 그냥 자외선 차단만 되는 보호 렌즈를 끼워주었다.

　등교 준비를 마치고 8시 25분쯤 가방을 챙겨 하숙집에서 나왔다. 빗줄기는 잦아들어 이제 부슬부슬 흩날리고만 있다. 빗방울들은 가볍고 촘촘해서 공중에 떠 있는 듯했고, 땅에서 올라온 봄기운이 그걸 타고 위로 번졌다. 이제 공기는 완전히 인간 편으로 돌아서 있었다. 그러고 보면 눈과 얼음이 대체 어느 나라 얘기였던가 싶다. 불과 두 달 전만 해도 쇼윈도 지붕에 잔설이 남아 있었던 것 같은데.

신촌 거리는 어제 아침과 다를 게 없었다.

담장엔 연극 포스터가 붙어 있고, 이어폰을 귀에 꽂은 대학생들은 2호선 신촌역 쪽에서 걸어 내려왔다. 노점에선 토스트가 구워졌고, 제본소에선 아침부터 여러 대의 복사기가 한꺼번에 돌았다. 캠퍼스 정문에 들어설 무렵 비는 완전히 그쳐 있었다.

"야, 김성훈."

우산을 접고 정문 게시판 앞을 지날 때 테니스 라켓을 멘 남학생이 내게 다가왔다. 입술에 챕스틱이란 걸 발랐는지 턱 높이에서 옅은 체리 향이 풍겨왔다. 얜 누구지? 캠퍼스에 입성한 지 오늘로써 4주 차. 김성훈과 안면이 있는 인물은 거의 다 파악했다고 생각했는데 아직도 이렇게 불쑥 튀어나오는 새 얼굴이 있다.

"성훈, 어떻게 된 거야? 도통 보이질 않던데."

"조용히 살고 있어."

"술 먹고 자살했다는 소문이 있던데?"

"부활했어. 보다시피."

"그러고 보니 얼굴이 약간 달라진 것 같다? 아, 치아 교정기 뺐구나. 교정은 잘된 것 같네."

"그냥 그렇지, 뭐."

"치과 때문에 학교에 안 나왔던 거야?"

"아니, 뭐, 복합적으로 다."

"교정기를 뺀 기분은 어떠신가?"

"그야, 홀가분하지. 이제 단무지를 앞니로 자를 수가 있거든."

치아 교정기 뺐다는 얘기는 하도 많이 들어서 모범 답안을 만들어 그때그때 적당히 변용하고 있다. 그중 단무지 얘기가 가장 호응이 좋고 전달력이 높아서 그것 위주로 말하고 다닌다. "'올리브'라고 불렸던 예쁜 선생 기억해?" 하면서 그는 어떤 수학 강사에 대한 이야기를 하기 시작했다.

대화 끝에 나는 이 친구가 김성훈의 입시학원 친구라는 것, 기계공학과 신입생이라는 것, 사진부에 가입했다는 것을 알게 되었다. 김성훈과 그다지 친한 사이는 아니라고 판단된다. 말할 때 눈을 똑바로 쳐다보지 않았고 말투를 애써 밝게 꾸민다는 기색이 느껴졌다. 게다가 아까부터 아무래도 상관없는 수학 강사의 이혼 얘기만 줄줄 늘어놓을 뿐, 내밀한 화제는 일절 입에 올리지 않았다.

▲ 같이 밥 먹는 친구 아님 (✓)
▲ 같이 술 마시는 친구 아님 (✓)
▲ 서로 여자 얘기 하는 사이 아님 (✓)

C급,
이라고 나는 판정했다.

친밀도를 가늠해서 등급을 매기는 작업은 계속해오고 있다. 그건 어쩔 수 없는 일이다. 김성훈이 그들과 어떤 관계를 맺고 있었는지 나로선 알 길이 없는 것이다. 친밀도를 잘 파악해둬야 나중에 다시 마주쳤을 때 이상한 놈 취급을 받지 않게 된다. 캠퍼스 생활 처음 일주일 동안 나는 거의 자기 이름도 기억하지 못하는 알코올중독자 취급을 받았다. 그건 전적으로 내 탓이었다. "김성훈" 혹은 "성훈아"란 호명에 재깍재깍 반응해야 하는데 멍청히 서 있기만 했던 것이다. 쟤 좀 이상하다, 후유증인가, 아니, 섬망증 같은데, 식의 수군거림을 몇 번이나 들었다.

이후 내 나름으로 김성훈과의 친밀도를 판별하는 기준을 세워, 주변 사람을 세 가지 카테고리로 나누었다. A급 '친밀', B급 '보통', C급 '낫씽'으로 구분했는데, A그룹은 가장 친한 친구들로 함께 밥을 먹고 술도 자주 마시는 사이다. 전원 인문학부 동기들로 몇 명 되지는 않는다. 이들과는 비디오방에 가서 함께 영화도 보고, 술에 취했을 때 서로 자취방에서 재워주기도 한다. 나의 변화를 가장 날카롭게 지적하는 부류이기도 하다. '어? 안 먹던 회덮밥을 먹는군.' 꼭 한마디씩 한다.

B그룹 친구들은 어중간한 그룹으로 이따금 점심을 함께 먹긴 한다. 하지만 같이 맥주를 마시거나 노래방에 가진 않는다. 대체로 무난한 성격들이지만 기질 차이로 인해 좀체

틈이 좁혀지지 않는 부분이 있다. 극단적으로 공부만 하거나 또는 극단적으로 놀기만 하는 동기들, 혹은 아무 생각 없이 책만 읽거나 음악만 듣는 친구들, 자의식 탓에 도무지 혼자 밥을 먹지 못하는 친구들이 여기에 해당한다. 비율로만 따지면 B급 친구들이 압도적인 다수다. 이들은 내가 달라졌다는 것을 거의 알아차리지 못한다.

C그룹은 그냥 인사만 나누는 사이다. 성격이 지나치게 어두운 친구, 다시 재수를 준비하는 친구, 캠퍼스에서 우연히 재회하게 된 중학교 동창이나 이런저런 학원에서 낯을 익힌 친구들이다. 속 깊은 대화를 나눌 일이 일절 없고 뭘 하든 서로 관심도 없다는 점에서 상대하기 편하긴 하다.

수학 강사의 이혼에 대한 이야기를 주저리주저리 늘어놓던 장발은 어느샌가 말을 멈추고 이공대 쪽으로 사라졌다. 이야기를 제대로 끝맺진 않았다. 그래서, 그 수학 강사가 어떻게 됐다는 건가. 양육권을 가져왔다는 건가, 아니면 위자료를 받아냈다는 건가. 새 남자를 찾았는가, 못다 한 공부를 하러 유학의 길을 떠났는가. 이도 저도 아니면 우울증에 걸려 도박에 손을 댔다는 건가. 알 수가 없었다. 다음에 저 친구와 마주칠 땐 그냥 웃으며 손만 들기로 한다. 굳이 멈춰 서서 진지하게 대화할 필요는 없을 것 같다. 그냥 가던 길 가면서 라이터 좀 빌려줄래, 신발 멋있다, 정도를 말하면 되겠다. 그런 이유로 C급이라고 한 것이다. 저 친구의 인격이나 외모, 재능이 C급이라는 뜻은 아니다.

 '교양 영어' 수업은 인문대에서 11시에 시작한다.
 X관이라 불리는 건물로 처음엔 찾는데 꽤 애먹었다. 아무
리 돌아봐도 도무지 'X관'이라는 곳을 발견할 수가 없었다.
캠퍼스를 세 바퀴쯤 돌아본 뒤에야 후문 쪽의 'Xavier Hall'
이란 곳을 발견하고 '혹시 여기가 X관인가' 하며 조심스럽
게 들어가봤는데 다행히 짐작이 맞았다. 이 캠퍼스는 건물
이름들이 다 그런 식이다. 김대건관은 K관, 다산관은 D관으
로 줄여 부른다. 도서관 라운지는 '도라지'라고까지 하던데
그건 좀 너무한 거 아닌가 싶다.
 교양 영어 교수는 정확히 시간 맞춰 들어왔다. 40대 중반
쯤 되는 안경 쓴 남자인데 런던에서 영문학을 공부했다고
한다. 오늘은 코르덴 재킷 차림에 갈색 캐주얼화를 신고 왔
다. 평소 저런 패션을 고리타분하다고 생각했는데 막상 눈
앞에서 보니 고고한 학자 분위기가 있었다. 교수는 재킷을
벗고 바로 수업을 시작했다. 칠판 위 스크린을 내려 편집해
온 영상부터 보여준다.
 My life.
 화면에 타이틀이 나타났다가 서서히 사라졌다.
 에브리바디, 왓치 디스, 하면서 교수는 조명을 꺼 실내를
어둡게 했다. 첫 화면엔 마틴 루서 킹 목사가 나왔다. 열정적

인 흑인 목사는 수많은 군중에 둘러싸여 힘차게 연설을 시작했다. 흑백 화면인 데다 오래된 영상이라 화질은 좋지 못했다. 그러나 킹 목사의 단단하고 호소력 있는 목소리는 잘 전달되었다. 그 유명한 "I have a dream"이 말해질 땐 교수가 손가락으로 딱, 스냅 소리를 냈다.

킹 목사 다음으로는 크리슈나무르티의 강연이 이어졌다. 이 사람은 뭘 하는 사람인지 당최 알 수가 없었다. 고등교육을 받은 인도 쪽 사람 같은데 옷차림은 안쓰러울 정도로 소박하다. 가만히 보면 종교지도자 같기도, 재야의 증권 브로커 같기도 했다. 영상 안에서 그는 한 무리의 영국인 고등학생에게 둘러싸여 뭔가 조언 같은 걸 해주고 있었다. 시종 얼굴이 편안하고 말투엔 독특한 리듬이 있어 고교생들은 도취된 듯한 표정으로 경청하고 있다. 아무래도 종교나 명상 쪽의 거물 같다. 이후 물리학자 칼 세이건과의 담화, 영화배우 브래드 피트의 인터뷰가 차례로 이어졌다. 각각 3, 4분 분량의 짧은 영상이었다. 인물들은 모두 영어로 말했고 한글 자막은 없었다. 비디오테이프가 다 돌아가자 교수는 리모컨을 눌러 비디오를 끄고 다시 강의실 조명을 켰다.

크리슈나무르티라는 사람의 영어는 뭔가 딱딱한데.

영상에서 내가 알아낼 수 있는 정보란 그 정도였다.

교수는 안경을 고쳐 쓰고 오늘의 토픽에 대해 부연해 설명하기 시작했다. 늘 그렇듯 영어라서 정확히 알아듣긴 어렵다. 다만 돌아가는 분위기로 보건대 세상엔 여러 인생이 있다. 각 인생은 고유하다, 여러분의 인생은 어떠한가, 다 함께 토크 어바웃해보자, 정도의 말을 하는 걸로 추측된다. 중간에 뭔가 재미있는 농담을 한 것도 같았는데 역시 영어였기 때문에 나로선 조크였는지 뭔지 구분할 도리가 없었다. 몇몇 학생만이 알아듣고 웃었다.

"유."

교수가 갑자기 손가락으로 이쪽 라인을 가리켰다. 나는 뒤를 돌아보았다. 뒷자리엔 아무도 없다. 교수는 날 지목하고 있었다. 예스, 하면서 나는 허리를 펴고 당당히 응했다.

"당신의 인생은 어땠는가? 대학에 들어오기 전."

"비즈니스를 했다."

강의 룰에 따라 나도 영어로 대답했다. 짧은 대답이라 그리 어렵진 않았다. 'I', 'do', 'my business'만 차례로 발음하면 되었다. 교수가 'do'를 'was doing'으로 바로잡아주었다.

"무슨 비즈니스?"

교수는 턱을 쓰다듬으며 질문을 이어갔다.

"여자를 보호했다."

"무슨 말인가. 여자를 보호하다니?"

"말 그대로다. 아가씨들이 위험해지면, 보호했다."

'아가씨'란 표현을 분명히 하기 위해 'lady'란 단어를 썼다.

122

"그게 당신의 비즈니스?"

"그렇다."

"보디가드 같은 건가?"

"보디가드와는 다르다."

"흥미로운 학생이로군. 좀 더 설명을 해줄 수 있을까. 그 비즈니스에 대해?"

"예를 들면, 남자들 후배위를 요구한다. 아가씨는 싫다고 말한다. 그러면 남자들, 불같이 화를 낸다. 그러면 아가씨 위험해진다. 남자들, 술 먹고 힘이 세다. 나이프 같은 걸 쓰기도 한다. 나는 아가씨들을 보호했다. 그 남자들, 나는 매우 때렸다. 피, 많이 났다."

이 부분에서 나는 조금 더듬거렸다. 뜻밖으로 문장 호흡이 길어졌기 때문이다. 말이 되었는지나 모르겠다. 어쨌든 영어로 그럭저럭 끝까지 완성시킬 수는 있었다. 후배위는 'Doggy style'로 표현했다. 지난 2년 동안 프로로서 쇼윈도를 관리했다. '후배위' 정도는 영어로 말할 줄 안다.

"사람을 때렸다고?"

"그런 남자들은 맞아야 한다."

순간 강의실이 쥐 죽은 듯 조용해졌다.

"그건 기사도 같은 건가?"

당시 나는 '기사도'라는 단어를 알지 못했다. 나중에 스펠링을 추측해서 영한사전을 찾아보고 나서야 뜻을 파악할 수 있었다.

"글쎄. 나는 단지 나의 여자를 보호하고 싶었을 뿐."

"그것이 당신의 비즈니스였나?"

"예스."

각오를 다져가면서 끝까지 영어로 대답했다. 그러자 교수가 손바닥으로 교탁을 탁 치며, "그레잇" 했다. 정말 흥미롭다고 그는 덧붙였다. 내 영어가 박력 있다는 것이다. 그러고는 출석부를 들춰보면서 "당신 이름이?" 하고 영어로 물었다.

김성훈.

나는 대답했다. 굿, 굿, 교수는 연방 고개를 끄덕이고는 출석부 속 페이퍼에 체크 표시를 해 넣었다. 발표를 한 학생에겐 가산점을 주게 돼 있다. 여러분들도 미스터 김처럼 말이 되든 안 되든 무조건 영어로 내뱉으라고, 영어는 자신감이 정말 중요하다고, 교수는 한껏 고무된 얼굴로 설파했다.

점심은 김서희와 먹기로 했다.

교양 영어 수업이 끝나자 김서희는 가방을 챙겨 내게 다가왔다. 그녀는 두말할 것 없는 A급 친구로, 월수금 교양 영어를 듣고 난 후 이따금 점심을 같이 먹는다. 김서희는 딱히 미녀라고는 할 수 없다. 여배우나 탤런트, 패션모델 그 누구도 연상시키지 못한다. 다만 귀여운 면은 분명히 있는 애다.

가만히 보면 분유통 아기 사진과 햄스터의 장점이 잘 섞여 있는 얼굴이다. 하지만 당사자는 그런 비유를 별로 좋아하는 것 같진 않다. "호오." 샴푸 향기를 풍기며 다가온 그녀는 두 팔을 엇갈려 팔짱을 꼈다.

"용감하던데."

"뭐가?"

"교수님이랑 영어로 대화했잖아. 전혀 기죽지도 않고."

"그 정도야, 뭐."

"아냐. 저번 달에 한 사흘 실종돼서 나타나더니 너 좀 달라졌어. 너 외국인이랑 영어로 얘기해본 적 있어?"

"뭐, 가끔 미군하고."

그건 사실이다. 이따금 주한미군과 흥정을 했다. 대단한 영어 실력이 필요하진 않았다. '이 여자 얼마냐', '80달러다', '모텔로 데려갈 수 있는가', '그렇다면 200달러를 내라', '애널이 가능한가', '그것만큼은 곤란하다' 식의 회화였다. 기싸움에서 밀리면 양키들이 깽판을 치므로 당당히 말하는 태도가 몸에 뱄을 뿐이다.

"아까 혹시 '나는 단지 나의 여자를 보호하고 싶었을 뿐'이라고 한 거니?"

나는 그렇다고 했다.

"와, 말도 안 돼. 너 김성훈 아니지?"

김서희와 이런저런 얘기를 주고받으며 학생식당 쪽으로

걷고 있는데 맞은편에서 다가오는 수염이 텁수룩한 서양인 신부와 마주쳤다. 그가 우릴 보고 살짝 미소를 짓길래 나도 고개를 숙여 답례했다. 저분 유명한 심리학 교수야, 김서희가 내게 바짝 다가와 속삭였다. 우릴 보고 웃으셨다는 건 우릴 꿰뚫어봤다는 뜻 아닐까, 라고 말하기에 나는 심리학 정도로 날 꿰뚫지는 못할 것이라고 대답했다.

점심 식사를 마친 뒤 우린 가볍게 산책도 할 겸 잔디광장 쪽으로 걸었다. 후식으로 마실 음료는 각자 학생회관 매점에서 샀다. 김서희는 오렌지주스를, 나는 캔 커피를 각각 골랐다. 등교할 때만 해도 살짝 빗방울이 흩날렸는데 지금은 언제 비가 왔냐는 듯 날씨가 무척 좋다. 구름은 완전히 걷혔고 잔디광장 주변의 버드나무는 그새 새파랗게 잎을 냈다.

"보통 그런 건 여자한테 안 시키는데."

김서희가 잔디밭에 잡지를 깔고 앉으며 볼멘소리로 말했다. 점심을 다 먹은 뒤 우리는 가위바위보를 했다. 내가 가위를, 김서희가 보를 냈다. 내가 이겨서 식판을 그녀에게 맡겨버리고 일어섰다. 김서희는 묵묵히 두 사람 몫의 식판을 퇴식구에 갖다 놓았다. 고작 식판 두 개와 빈 그릇들뿐이었는데 그게 무거웠는지 꽤나 낑낑거렸다. 젓가락과 숟가락을 분리해서 바구니에 넣을 땐 균형을 잃어서 하마터면 식판을 엎을 뻔했다. 나는 가위바위보 승부에서 이겼으므로 옆에서 가만히 지켜보기만 했다. 김서희는 그걸 지적하는 것이었다.

"시킨 게 아니지. 가위바위보를 한 거잖냐."

잔디광장에서 올려다본 신촌의 하늘은 유난히 높고 파랬다. 빽빽이 돋아난 잔디 사이로는 작은 풍뎅이 같은 것들이 기어 다녔다. 잔디밭엔 우리처럼 점심 식사를 마치고 한가롭게 봄볕을 즐기는 학생들이 많았다. 대학생들은 거의 내 또래였고, 나와 그렇게 다르게 생기지 않았다. 다들 눈 두 개, 귀 둘, 코 하나, 입 하나였다. 키는 162센티에서 187센티 사이. 손가락도 나처럼 모두 다섯 개 달려 있다. 나는 그 점이 눈부셨다.

김서희는 오렌지주스 팩을 흔든 뒤, 마시는 쪽의 접합 부분을 갑작갑작 손톱으로 긁어 떼어냈다. '이쪽을 눌러주십시오'라고 제조사에서 친절히 화살표까지 그려놨건만, 무슨 이유에서인지 결코 그 지시를 따르질 않는다. 꼭 심술궂은 어린애가 벽지를 갑작갑작 긁어서 떼어내듯 검지 손톱을 쓰고야 만다. 습관인가 보군, 나는 생각했다. 내가 캠퍼스에 처음 왔던 날, 우유팩을 오픈했던 방식 그대로다.

성훈이구나. 살아 있었네.

그날 내가 석탑의 '진리에 순종하라'를 골똘히 들여다보고 있을 때 한 여학생이 내 곁으로 성큼 다가왔다. 청순하다, 라는 말로도 설명이 안 된다. 손대면 부스러질 것만 같은 여

127

자애였다. 막 쪄낸 두부처럼 하얗고, 또 부들부들했다. 그 애는 대뜸 자신의 숄더백에서 카스텔라와 우유를 꺼내 내게 건넸다. 그 애가 바로 김서희였다. 그때도 우유팩 주둥이 양옆을 누르지 않고 손톱으로 접합 부분을 긁듯이 떼어냈다. 일곱 살 어린애 같은 동작이라서 아직까지 선명히 뇌리에 남아 있었던 것이다.

카스타운 사장님이 니 가방 정문에 맡겨두셨어.

나는 정문 경비실에서 김성훈의 군청색 이스트팩 가방을 찾아왔다. 안을 살펴보니 다이어리와 노트, 워크맨 따위가 들어 있었다. 가방 속 다이어리에 적힌 정보 덕분에 나는 김성훈이 무슨 강의를 수강했는지, 어느 하숙집에 사는지, 이름은 한자로 어떻게 쓰는지 파악할 수 있었다. 김성훈은 이룰 성(成)에 공 훈(勳) 자를 썼다. 사람 이름에 보편적으로 쓰이는 한자인지 아닌지는 잘 모르겠지만 그렇게 어려운 한자는 아니었다. 하숙집 주소는 다이어리 커버 뒷면에 쓰여 있었다. 근처 신수동이었고, 중식당에 들어가 주소를 물어봤더니 배달직원이 간단히 지도의 한 지점을 찍어주었다. 하숙집은 일반 가정집 비슷한 벽돌집이었고 방마다 호실 번호가 붙어 있었다. 방 열쇠는 친절하게도 화분 밑에 있었다. 김성훈의 다이어리는 교무수첩 같은 물건이 아니라 속지를 교체할 수 있는 신식이었다. 캘린더, 월별 스케줄, 메모장 등이 끼워져 있었고, 주소록이 부록으로 첨부돼 있었다. 맨 뒤에는 비닐 파우치가 있었는데 거기엔 클립 두 개와 네잎클로버, 쓰다 만 지하철 정액권이 들어 있었다.

진짜 자살한 줄로만 알았어.

김서희의 말에 의하면 김성훈은 못 말리는 술꾼이었던 모양이다. 늘 술에 취해 "인생은 불가해(不可解)", "그저 막연한 불안"이라고 중얼거리고, 틈만 나면 죽고 싶다며 분수대 물에 머리를 담갔다고 한다. 수업엔 거의 들어가지 않았다. 처음 보는 타입의 신입생이라고 선배들은 놀라워하며 하나같이 엄지를 치켜올렸다. 그러던 어느 날 카스타운에서 술을 마시던 김성훈은 죽어버리겠다 선언하고 사라지게 된다. 김서희의 말을 종합해봤을 때 그로부터 약 3, 4일 뒤 내가 캠퍼스에 도착한 걸로 추측된다. 이야기를 다 듣고 나는 아득해졌다. 도대체 몇 퍼센트의 확률로 이 우연이 성립된 걸까. 그와 나의 얼굴이 제아무리 빼닮았다고 한들 만약 김성훈이 캠퍼스에 남아 있었다면, 이런 표현 좀 그렇지만, 때맞춰 죽어주거나 사라져주지 않았다면 나의 대학 생활은 시작될 수조차 없었다.

"넌 시를 쓸 거니?"

김서희가 오렌지 향 섞인 숨을 뱉으며 물어왔다. 갑작스러운 질문에 선뜻 답이 나오지 않는다. 응? 왜 대답이 없어?

시를 쓸 거야? 김서희가 재차 물어서 나는 아니, 라고 대답
했다.

"그럼 소설?"

"무슨 의미지?"

"소설을 쓸 생각이냐는 말이야."

소설은 출판사에서 찍어내는 거 아닌가. 사람이 쓸 수 있
는 거라고 생각해본 적은 없다.

"내가 소설을?"

"그래."

"쓴다고?"

"응."

나는 아니라고 말했다. 김서희가 계속 날 빤히 쳐다보길
래 아니라고, 정말 생각 없다고, 반복해 말했다.

"그럼 국문과에 왜 온 거야?"

"난 인문학부인데."

"그건 교육부가 학부제 시행하라고 명령하니까 대학들이
대충 이름만 갖다 붙인 거잖아."

"그런가."

"그래. '인문학부'라는 대문 간판만 새로 만든 거지. 국문,
철학, 사학, 종교 같은 인문계열과 영문, 불문, 독문 같은 외
국어계열을 한 덩어리로 슥슥 비벼서 '인문학부'라고 그럴
듯하게 부르는 거야. 너하고 나는 국문과, 정확히 말하면 국

어국문학과야."

"너하고 나?"

"너 학번 961349 아니야?"

"그걸 어떻게 알았지?"

성훈아, 하면서 김서희는 차분한 목소리로 말을 이었다.

"학교에 관심 좀 가져. 너하고 나는 국문과 매섹 2조잖아. 국문과 신입생 이름을 가나다순으로 배열하면 김서희 다음에 김성훈이 오잖아. 그러니까 내 학번은 니 바로 앞 961348이 되는 거지. 오리엔테이션에도 같이 가놓고 왜 그래. 김서희 다음이 김성훈, 김성훈 다음 김은지, 은지 다음은 하영, 그렇게 출석부처럼 나가잖아. 하영이부터는 매섹 3조가 되는 거구."

"아까부터 매섹, 매섹, 하는데 매섹이 뭐지?"

"얘가 오늘따라 왜 이럴까? 동네 아저씨처럼. '매'는 매난국죽 할 때 매잖아. '섹'은 섹션(section)을 줄여 부르는 말이고. 섹션엔 부, 반, 이라는 뜻이 있으니까. 경영대나 경제학부 같은 데는 A섹, B섹, C섹, D섹으로 구분하는데 문과대는 매섹, 난섹, 국섹, 죽섹, 이렇게 나가. 그중에서도 우린 국문과 매섹이지. 선배들 집회하러 나갈 때 깃발을 봐도 알 수 있잖아. '통일국문 한울매섹'이던가, 아무튼 그래. 같은 섹끼리는 한 번이라도 밥을 더 같이 먹게 되고 때때로 일일 호프 같은 것도 여니까 아무래도 친해지기가 쉽지."

오후 1시 무렵, 김서희는 동양철학 강의를 들으러 일어났다. 나는 수업이 없었으므로 잔디밭에 더 앉아 있었다. 참으로 더할 나위 없는 오후인 것 같았다. 하늘엔 구름이 느릿느릿 떠갔고, 강이 있는 쪽에서 부드럽게 바람이 불어왔다. 한없이 평화로워서 나는 혼자 조용히 〈스와니강〉을 불렀다.

디스켓을 찾습니다.
쓰리엠 3.5인치, 핑크색입니다. 도서관 5층 서가에서 잃어버렸습니다. 중요한 팀 프로젝트 과제가 들어 있습니다. 습득하신 분은 도서관 분실물 센터에 맡겨주시거나 아래 번호로 연락 주십시오. 사례하겠습니다.

언제나처럼 도서관 화장실에서 양치를 하다가 누군가 거울 옆에 붙여놓은 알림글을 발견했다. 나는 입을 헹구며 최근에 핑크색 디스켓을 본 적이 있던가 생각해보았다. 굴러다니는 카세트테이프는 몇 번 본 적 있지만 디스켓을 본 적은 없었다. 중요한 팀 프로젝트 과제라니 정말 안 됐다는 생각이 든다. 원서를 번역하느라 며칠 밤을 새웠을 것인가. 하지만 딱히 내가 해줄 수 있는 일이 없었다.

오후 2시, 서가 책상에 앉아 독후감 과제라는 걸 한다. 독후감 두 편+한자 연습. 이걸 2주에 한 번씩 제출하는 게 이 대학의 원칙이다. 교양 필수이기 때문에 신입생이라면 예외

없이 모두 의무적으로 해야 한다. 이번 회차 독후감 과제는 〈중국 철학의 정신〉, 〈서양 합법주의의 기원〉 두 편이다. 읽기에 다소 빡빡한 텍스트였지만 나는 회피하지도, 도망가지도 않는다.

— 각오를 굳게 하고 돌진하라.

— 아무런 목적도 이루지 못하고 죽는 건 개죽음.

그런 가르침을 뼈에 새기며 살아왔다. 그런 돌파력으로 〈중국 철학의 정신〉 독후감은 며칠 전 미리 써뒀고, 오늘은 두 번째 테마 〈서양 합법주의의 기원〉에 대해 쓰기만 하면 된다. 이것도 대략 초고를 작성해두었기 때문에 오래 걸리진 않을 것 같다.

대학 과제물, 이라고 하면 뭔가 위압감이 드는 게 사실이다. 하지만 뭐가 됐든, 어렵든 쉽든, 하달된 '과제'는 반드시 완수해야 한다는 게 내 생각이다. 우리 같은 똘마니들은 '과제', '의무', '할당치' 같은 말을 들으면 목숨 걸고 밀어붙이는 습성이 있다. 꼭 죽인다, 꼭 죽인다, 중얼거리면서 텍스트를 몇 번이고 반복해 읽었더니 그 어렵기만 하던 '중국 철학'이나 '서양 합법주의'가 차차 내게 굴복하는 것이 느껴졌다.

개인적으론 신문 스크랩을 해온 것도 큰 도움이 되었다. 지금 와 생각해보면 스크랩하는 데만 그치지 않고 틈틈이 요약문을 적어보거나 떠오르는 단상을 메모해두는 습관을 들였다면 어땠을까 하는 아쉬움은 든다. 하지만 당시엔 그런 걸 생각할 겨를이 없었다. 아가씨 관리는 물론 불쑥불쑥 찾아오는 경찰을 다뤄야 했고 수금과 '해결'을 담당하는 동시에 형님들의 잔시중까지 들어야 했다. 변태들은 또 어디서 그렇게 좀비처럼 기어 나오는 건지 그것들을 제압하다 주먹을 다치면 한동안 오른손은 쓰지도 못했다. 그런 생활이었다. 독후감 한번 써볼까, 하는 목가적인 생각은 도저히 할 수가 없었다.

오후 5시, 과제를 마치고 '영화의 이해' 강의를 들으러 갔다. 오늘은 알프레드 히치콕 감독의 〈현기증〉을 보았다. 뉴욕대 출신의 교수는 "볼륨 적절합니까?" 묻고는 강의실 창문에 암막 커튼을 쳐주었다. 소용돌이 이미지를 잘 찾아볼 것, 녹색과 빨강의 대비를 주목할 것, 교회 첨탑 신에서의 줌 인 트랙아웃 기법을 유심히 살펴볼 것, 교수는 몇 가지 관전 포인트를 주지시키면서 리모컨을 눌렀다. 그렇게 50분 동안 비디오테이프가 돌아갔다. 나는 손등에 턱을 얹은 자세로 비디오를 감상했다. 그게 수업의 전부였다. 세상에 이런 수업도 다 있구나, 감탄하면서 영화를 보았다. 흡사 〈출발! 비디오 여행〉 아닌가 했다.

'영화의 이해' 강의가 끝난 뒤엔 독후감 과제를 제출하러 인문대로 갔다. 신입생들은 전원 오후 6시까지 독후감을 수거함에 넣어야 한다. 지각 독후감은 6시 30분까지 받아주기도 하지만 이 경우 감점을 받는다. 나는 감점을 받고 싶지 않았다.

독후감 수거함은 인문대 2층 계단 쪽 벽면에 붙어 있었다. 군데군데 칠이 벗겨진 일종의 나무 궤짝으로, 마감을 지키려는 인파에 둘러싸여 있는 데다 의외로 부피가 웅장해서 뭔가 멸종한 고대 생물이 되살아난 듯한 느낌도 준다. 전면에 우편물 투입구 같은 슬롯이 뚫려 있어서 여기에 과제물을 넣으면 조교가 수거해가 점수를 매긴다. 한두 번 D나 F를 맞는 건 오케이. 그러나 최종 낙제를 받으면 곤란해진다. 반드시 이수해야 하는 교양필수이기 때문에 졸업이 불가능해진다고 한다.

나는 완성해둔 독후감 두 편을 가방에서 꺼냈다. 원고지 커버에 학번과 이름이 기입된 걸 재차 확인하고 한자 연습과 함께 투입구에 넣었다. 스륵, 소리가 마치 생명체의 움직임처럼 느껴진다. 창밖을 바라보니 어느새 저녁놀이 조용히 캠퍼스에 내려앉아 있었다. 따뜻한 붉은빛은 버드나무와 커피 자판기, 여학생의 헤어밴드에 공평하게 스몄다. 학생식당에서 풍겨오는 쌀밥 냄새조차 그 빛과 무람없이 어울렸다. 그건 한숨이 나올 정도로 아름다운 광경이었다.

이런 삶도 있구나.

몸이 뜨는 듯한 상승감을 느끼며 나는 사양이 비낀 인문대 복도를 뚜벅뚜벅 걸어 나왔다.

정문 5분 거리의 카스타운은 이미 한잔하는 학생들로 가득 차 있었다. 대부분 독후감 과제를 마감한 신입생들이다. 얼굴에 안도감이랄까, 원고 교열의 여운이랄까, 그런 게 느껴졌다. 프랜차이즈 술집답게 카스타운은 내부 인테리어가 깔끔했다. 벽은 회칠한 듯 깨끗했고 천장엔 세련된 갤러리처럼 밝은 조명을 달아두었다. 다만 술은 생맥주 일변도였다. 임페리얼이나 밸런타인 같은 건 없었고, 밴드도 준비돼 있지 않았으며 당연히 아가씨도 나오지 않는다. 지미는 메뉴판을 대충 훑어보더니 오백 세 잔과 훈제칠면조를 주문했다.

"세상에 별일 다 있군."

말보로에 불을 붙이며 지미가 말했다.

지미라는 친구는 김서희와 같은 A레벨의 친구로, 점심을 함께 먹는 것은 물론 종종 사다리 타기를 해서 맥주도 같이 마시는 사이다. 록 음악을 좋아해서 상당히 요란하게 치장하고 다니기 때문에 함께 길을 걸으면 늘 흘끔거리는 시선을 받게 된다. 머리칼은 튀는 보라색으로 물들였고 언제나 쇠구슬 박힌 가죽 허리띠를 애용한다. 왼손 약지엔 항상 큼지막한 해골 반지가 끼워져 있다. 오늘은 새까만 '아이언 메이든' 티셔츠를 입고 왔다. 지미라는 별명은 물론 천재 기타리스트 지미 헨드릭스에서 따온 것이다. 정말 믿을 수가 없어, 맥주를 한 모금 마신 뒤 지미가 거칠게 잔을 내려놓았다.

"도대체 어떻게 된 거야?"

"뭐가?"

김서희가 입술의 맥주 거품을 핥으며 되물었다.

"김성훈이 독후감을 냈잖아. 그것도 마감 시간을 지켜서. 나 원 참."

"그걸 왜 나한테 따져?"

"저번 달에 성훈이 술 먹고 실종됐을 때 니가 처음 발견했다며?"

"그랬지."

"개처럼 취해서 멍하게 캠퍼스 석탑을 처다보고 있었다고."

"개처럼은 아니었어."

"개강 이래, 김성훈이 개가 아닐 때가 있었던가."

"아무튼 그날은 평범한 모습이었다구. 오리엔테이션에서 처음 봤을 때의 풋풋한 모습 그대로였어."

"그때 니가 성훈이한테 뭐 먹였다면서?"

"국문과 96 동기로서, 먹였어. 배고파 보였으니까."

"이상한 거 먹인 거 아니야?"

"나는 카스텔라와 우유를 줬을 뿐인걸."

흐음, 카스텔라와 우유였던가, 지미는 해골 반지를 한참 만지작거리다가 고개를 절레절레 내젓고는 맥주를 200밀리쯤 들이켰다. 그런 뒤 담배 연기를 내뱉으며 내 얼굴을 지그시 처다보았다.

니가 김성훈이라면 학생증을 보여줘봐.

그런 요구를 해올 태세여서 나는 최대한 자연스러운 동선으로 지갑에 손을 뻗었다. 원한다면 당당히 학생증을 보여줄 생각이다. 나로서는 겁낼 것도, 거리낄 것도 없다. 그런데 지미는 날 삐딱하게 쳐다보기만 할 뿐, 끝내 학생증을 보여달라는 말을 하진 않았다.

"넌 성훈이가 정상이라고 생각해?"

"아, 그만 좀 해."

김서희는 입으로 가져가려던 팝콘을 던져 지미의 이마에 맞혔다.

"이상하잖아."

"성훈이가 뭘 어쨌다는 거야? 대학생이 과제를 제출한 게 당연한 거지."

"그게 문제야."

"문제라고?"

"김성훈이 그러면 안 되는 거잖아."

지미는 손깍지를 끼고 그 위에 턱을 얹었다. 눈빛이 게슴츠레해지면서 어딘가 슬픔에 빠진 듯한 표정이 되었다.

"난 성훈이가 호텔 카지노를 건설할 거라 생각했어."

"무슨 소릴 하는 거야, 카지노라니."

"벅시."

"벅시?"

"영화 〈벅시〉 말이야. 워렌 비티 나오는."

"그게 성훈이랑 무슨 상관이 있는데?"

김서희는 고개를 갸웃 기울이며 맥주를 2센티 정도 마셨다.

"내 생각에 성훈이는 진짜였어. 죽어버리겠다고 분수대에 머릴 담근 거만 봐도 알 수 있잖아. 그런 신입생은 어딜 찾아봐도 없었지. 겨우 수업 째고 술 퍼마시는 것 정도로 폐인 자처하는 애들과는 깊이가 달랐어. 혼자 쓸쓸히 '인생은 불가해', '그저 막연한 불안'이라고 중얼중얼할 땐 소름이 돋더군. 어떤 의미에서 그건 순수라는 거야. 그 지점에서 벅시의 분위기가 느껴졌어."

"무슨 말인지 이해가 안 돼."

벅시는 뉴욕의 갱이었지, 지미가 말했다.

갱, 이란 단어가 말해질 때 내 가슴이 잠깐 철렁했다. 감정의 동요를 들키고 싶지 않아 나는 팝콘 사발 속의 덜 튀겨진 옥수수알을 골라냈다.

"벅시는 뉴욕에서 활동하다가 서부인 캘리포니아로 진출했어. 다시 동부로 돌아오는 길에 라스베이거스의 사막과 마주하게 돼. 너도 영화를 봐서 알겠지만 그땐 1940년대라서 라스베이거스엔 모래하고 개미밖에 없었지. 벅시는 그 황량한 땅에 거대한 카지노 호텔을 건설할 계획을 세워. 한

마디로 미친 짓이었지. 하지만 벅시도 미친놈이긴 마찬가지였어. '벅시'라는 별명엔 미친놈이라는 뜻도 있으니까. 결국 그 황무지에 기어이 궁전 같은 카지노가 들어서게 되지. 그 때부터 라스베이거스의 전설이 시작되는 거야. 못 말리게 막무가내인 사나이였어. 아름다울 정도였다고 생각해."

"하지만 살해당했잖아."

김서희가 볼멘소리로 말을 받았다.

"그랬지."

"난 성훈이가 살해당할 거라 생각하지 않아."

"그런 얘기가 아니라. 내 말은 성훈이가 여학생과 미팅을 하거나 동아리 활동을 하며 착실히 대학에 다닐 친구는 아니란 거야. 잠자코 책상 앞에 앉아서 윤동주를 전공하거나 포스트모더니즘을 연구하는 김성훈이 넌 상상이 돼?"

"그건 그렇지만."

"난 이 친구가 왜 수능을 봤을까, 왜 국문과에 왔을까, 늘 의아했어. 최소한 중퇴 정도는 해줄 거라는 믿음이 있었지. 그 믿음의 끝에서, 폐광이나 갯벌에 50층짜리 카지노 호텔을 개발하는 한 사나이의 모습이 후광처럼 솟아오르곤 했어. 그건 정말이지 멋진 그림이었어. 돈, 명예, 여자에 둘러싸였으면서도 권총을 툭툭 이마에 대고 '인생은 불가해' 중얼거리는 김성훈. 그야말로 한 편의 영화잖아. 96학번 김성훈에게서 나는 그런 걸 기대했던 거야. 저번 달 죽어버리겠다고 선언하고 실종됐을 땐 아, 내 기대가 틀리지 않았구나, 솔직히 안도하는 면이 있었지. 남몰래 응원하는 마음도 있었어. 그런데 그 김성훈이 오늘 독후감 과제를 제출해버린 거야. 그것도 마감을 지켜서."

그때 아르바이트생이 훈제칠면조를 접시에 담아 왔다. 고기는 족발처럼 두툼하게 썰렸고, 단면에 스모크햄과 비슷한 선홍빛이 돌았다. '중'짜리라서 분량은 많지 않았다. 뼈를 발라내면 닭 반 마리 정도. 접시 옆엔 머스터드 소스와 새우젓이 담긴 종지가 함께 놓였다.

"이제 그만해. 안주 나왔어. 돌아온 탕아를 따뜻하게 받아주자구. 아무튼 난 지금의 성훈이가 좋아. 성실하고 건강하고, 무엇보다 젠틀하고. 난 이게 성훈이의 본모습이라고 생각해. 잠깐 길을 잃었던 것뿐이야. 사람은 변하기 마련이니까. 이제 치아 교정기도 뺐잖아, 그치?"

김서희는 '그치'를 '그치이이'라고 길게 빼서 발음하며 내 뺨을 꼬집어 흔들었다. 나는 볼이 잡힌 채 가만히 훈제칠면조를 씹었다. 칠면조 고기는 오늘 처음 먹어보는 건데 맛이 제법 괜찮다.

지미는 혼란스럽다는 얼굴로 후, 한숨을 내쉬고는 결국 체념했다는 듯 내게 맥주잔을 부딪쳐 왔다. 친구의 건배 제의에 나는 같은 높이로 잔을 들어 올렸고, 김서희도 빗각으로 끼어들어서 셋은 쩍, 소리가 나도록 건배를 했다.

오늘 난 그럭저럭 술이 잘 받는 편이다. 안주로 나온 칠면 조도 그런대로 먹을 만했다. 순식간에 오백 두 잔을 비우고 한 잔 더 주문했다. 아르바이트생이 다가와 빌(bill)지에 추가 분을 표시한 뒤 내 유리잔을 거둬 갔다. 그는 능숙하게 카운 터 탭을 돌려 생맥주를 받았다. 잔을 기울이는 각도에 센스 가 있었다. 거품이 많지도 적지도 않게 적당히 얹히고 있다. 나는 세 잔째 맥주가 오기를 기다리며 창밖을 바라보았다.

정감 가는 대학가 술집 골목이 아닐 수 없다. 호객꾼도 경 찰 패트롤카도, 눈이 퀭한 창녀도 보이지 않는다. 횟집 주인 은 뜰채로 활어를 건져 올렸고, 공중전화 부스엔 사람들이 길게 줄을 서 있었다. 아직까진 먹은 술을 토해내거나 여자 를 사이에 두고 주먹다짐을 벌이는 남학생은 없었다. 불 꺼 진 가로등 아래선 어린 연인이 키스를 했고, 술집을 일순한 껌팔이 할머니는 숨어서 돈을 센다. 그때 내 앞에 탁, 새 맥 주잔이 놓였다. 그러나 잔에 담긴 건 맥주가 아니라 얼음물 이다.

"성훈 학생은 이제 스톱."

카스타운 여사장이었다.

더 이상 나한테 술을 줄 수 없다며 그녀는 왼손 검지를 좌 우로 왔다 갔다 했다. 나는 영문을 몰라 아르바이트생을 쳐 다보았다. 카운터에 몸을 기대고 있던 그는 어깨를 으쓱하 며 '저 여자가 사장이니 나로선 어쩔 수 없다구요'라는 표정을 지어 보일 뿐이었다.

"세 살 버릇 여든까지 가."

그런 말을, 나는 30대 중반의 카스타운 여사장에게 듣고 있었다. 알겠다고, 명심하겠다고, 나는 대답했다. 세 살 버릇 여든까지 간다는데 달리 대꾸할 말이 없었다.

"술버릇 좀 고치라구."

여사장은 중학교 담임선생처럼 내 귀를 쭉 잡아당겼다가 놓았다. 그런 뒤 빌지를 집어 들고는 방금 전 아르바이트생이 써넣었던 생맥주 추가 표시를 볼펜으로 직 그었다.

독후감 뒤풀이 엠티는 금요일로 결정되었다.

오후 5시 학생회관 4층 과방에 다 같이 모여 출발한다. 독후감 정도 마감했다는 걸로 어째서 1박 2일 엠티까지 가는가, 나로선 이해가 잘 되지 않았지만 이곳 시스템이 그렇다고 하니 어쩔 수 없이 따르기로 했다. 금요일 당일, 도서관에서《영웅문》을 읽고 있다가 약속 장소로 갔다. 과방엔 김서희와 지미 외에 국문과 동기 세 명이 와 있었다. 나는 그들과도 인사를 나눴다.

"다 모였으니 슬슬 출발해볼까."

"기대된다. 재미있을 거야."

신촌역에서 전철을 타기 전 먼저 마트에 들어가 장을 봤다. "세 근은 너무 많다", "입이 여섯이다. 세 근은 사야 한다", 정육코너 앞에서 구이용 고기를 살 때 의견이 엇갈렸다. 냉동 삼겹 대신 생삼겹을 사자는 덴 모두 동의했지만 양을 얼마나 구입할 건지가 문제였다. 쉽사리 결정이 나지 않자 동기들은 내 쪽을 돌아보았다.

"세 근으로 하지."

나는 말했다.

엠티는 그런대로 즐거운 이벤트이었으나 하필 강촌으로 간다는 점이 마음에 걸린다. 강촌에 가려면 경춘선 열차를 타야 한다. 그러니까 다 같이 청량리역에 가서 기차를 타야 한다는 건데, 나로선 그게 영 내키지 않았다. 그쪽 동네는 별로 가고 싶지 않은 것이다. 그러나 이제 와 빠지겠다는 말을 할 수가 없어서 입 꾹 다물고 1호선 전철을 탔다.

청량리역 광장은 예전에 비해 별로 달라진 게 없었다. 예전이라고 해봤자 고작 4주 전쯤이지만. 4주 전이건 네 달 전이건 4000년 전이건, 영원히 되돌아올 수 없다는 점에서 과거는 존재하지 않는다는 것과 같지 않을까. 자연엔 결코 연식이 없고, 우주엔 과거도 없고 미래도 없다. 그러나 인간만이 구태여 시간의 흐름을 엄격히 구분해, 청량리와 결부된 내 과거는 죽지 않는 유령처럼 역 광장을 배회하고 있었다.

"기차 타기 전에 한 대씩 피우자."

강촌행 티켓을 나눠 주며 지미가 제안했다. 승준이라는 친구도 골초에 가까워 남자 셋은 나란히 담배를 물었다. 지미가 자신의 지포 라이터로 간단한 묘기를 선보인 뒤 나와 승준에게 불을 붙여주었다.

"묘한 동네 아니냐, 여기?"

승준이라는 친구가 담배 연기를 코로 내뿜으며 롯데백화점 옆쪽을 턱짓했다. 모두가 알고 있듯 그쪽이 바로 쇼윈도 골목이다. 숏타임으로 한 번 놀아봤는데, 하며 승준이라는 친구가 대뜸 갱의 말투를 빌려 입을 열었다.

"청량리 아가씨가 최고야."

용산도 봐줄 만한데 청량리만큼은 아니다, 미아리는 얼굴은 별로지만 쇼에 강하다, 남대문 여관 골목은 화대가 터무니없다, 화양리는 친척 누나 느낌, 영등포는 아예 너구리굴, 북창동과 역삼동은 압도적이지만 대학생 용돈으로는 무리다, 식의 품평이 이어졌다. "난 여자를 돈으로 사는 건 옳지 않다고 생각해." 지미가 반박하듯 대꾸했으나 말투엔 이미 패배감이 묻어 있었다.

"성훈, 넌 어떻게 생각해?"

승준이라는 친구가 담배 연기로 도넛을 만들며 물어왔다.

"응? 나?"

"그래, 너 말이야."

"글쎄, 나로선 뭐라 단정 짓기 어렵군. 단정 짓는 순간, 아무것도 아닌 것이 특별한 걸로 바뀌게 되니까."

잠시 고민하다 그렇게 대답했다. 달리 뭘 더 어떻게 말해야 좋을지 알 수 없었다. 어두워진 역 광장을 조금 더 바라보다가 나는 검지로 담뱃불을 튕기고 대합실로 들어왔다.

강촌역엔 저녁 8시를 조금 넘겨 당도했다. 우리가 예약한 방은 넓긴 했지만 거울 하나 걸려 있지 않았다. 방이라기보다는 '벽과 천장이 있는 공간'이라고 부르는 게 옳을 것 같다. 구석엔 10년 전 마지막으로 세탁한 듯한 모포와 이불이 쌓여 있고, 모노륨이 깔린 바닥은 담뱃불 구멍 때문에 마치 수십 마리의 벌레가 한꺼번에 죽어 있는 듯했다. 우리는 바로 삼겹살을 구웠다.

소쩍새가 울기 시작한 야심한 밤엔 개울가로 나가 모닥불을 피웠다. 다들 술에 취해 있어 제대로 걸을 수 없었고, 누구라고 할 것도 없이 갑자기 웃음을 터뜨리거나 맥락 없는 말들을 지껄였다.

모닥불 주변에 빙 둘러앉아 친구들은 노래를 부르기 시작했다. 지미가 기타를 가져왔기 때문에 그럴듯한 반주가 곁들여졌다. 모두 〈솔저 오브 포춘〉, 〈투 비 위드 유〉, 〈헤이헤이, 마이마이〉를 한목소리로 합창했다. 가사를 모르는 나는 그냥 모닥불에 나무를 던져 넣거나 빈 술병을 일렬로 세우거나 했다. 그렇게 신나게 노래를 부르던 중 채원이라는 애가 갑자기 울음을 터뜨렸고, 현아라는 애도 울먹울먹거려서 우린 잠시 서로 솔직히 감정을 털어놓는 시간을 가졌다.

모닥불이 거의 꺼지려 했기 때문에 나는 나뭇가지를 주우러 갔다. 자정을 훌쩍 넘긴 밤이지만 달빛이 훤해 랜턴은 필요 없었다. 근처 숲에 들어가 잣나무 가지와 솔방울을 줍다가, 말라 죽어 있는 소나무를 발견하고는 그걸 조각조각 부러뜨렸다. 라면 박스 가득 땔감을 들고 돌아왔을 땐 새벽 1시에 가까운 시각이었다. 한 15분쯤 자리를 비운 것 같은데 그사이 풍경과 분위기는 완전히 변해 있었다. 가령,

"너두 자릿세 내라."

게스 청재킷을 입은 남자가 투바이투 각목으로 내 복부를 쿡쿡 두 번 찔렀다. 20대 중반으로 보였고, 키는 178센티, 광대뼈가 툭 불거져 인상이 별로 좋지 못했다. 그의 뒤에는 머릴 모히칸 스타일로 반삭한 두 남자가 서 있었다. 셋 다 담배를 꼬나물었고, 모히칸 중 한 명은 '隼'이라는 스티커가 붙은 오토바이 헬멧을 옆구리에 끼고 있었다.

나의 학구파 친구들은 다들 순순히 돈을 바친 것 같았다. 텅텅 빈 지갑들이 그들의 발아래 버려진 과자 봉지처럼 흩어져 있다. 동기들은 술기운에 고개를 푹 숙인 채 앉아 있다가 이따금 흔들리는 버스라도 탄 듯 단체로 몸을 픽 기울였다.

"엠티 왔냐?"

청재킷이 물어서 나는 그렇다고 대답했다.

"재미있겠다, 응? 기집애들 하나씩 끼고."

"그냥 같은 과 동기들인데요, 뭐."

"경제학과?"

"아니, 국문과요."

대답하면서 나는 모닥불 주변에 있는 목장갑을 집어 한 쪽씩 끼웠다. 무심결에 버튼을 잠그려다 아, 이거 가죽장갑 아니지, 깨닫고 고무밴드 부분만 살짝 한 번 튕겼다.

"장갑은 왜 끼워, 새끼야?"

"공기가 좀 쌀쌀하지 않습니까?"

"자릿세는 두당 3만 원이다."

그렇군요, 하면서 나는 허리를 숙여 땔감이 든 박스를 뒤적였다. 거기서 솔방울 세 개를 찾아내 그걸 청재킷에게 내밀었다.

"이게 내 자릿세다."

한 5초 정도 시간이 멈췄던 것 같다.

개울물이 얼어붙었고, 소쩍새도 울음을 그쳤다. 다시 소쩍, 들려왔을 때 나는 청재킷의 목울대를 수도치기로 쳤다. 캑캑대는 그에게서 각목을 빼앗아 0.5초 간격으로 두 모히칸의 무릎관절을 후렸다. 다신 일어나지 못하도록 놈들의 머리통을 각목으로 세 대씩 후려갈기자 상황이 대충 정리되었다. 피니시 터치는 오토바이 헬멧으로 했다. 헬멧의 턱 부분을 잡고 놈들의 얼굴을 계속 내리찍었더니 세 명 모두 코뼈가 주저앉았고, 앞니는 쪼개져 'W' 형태 비슷하게 되었다. 뾰족뾰족한 건 아름답지 못하다. 풀스윙으로 헬멧을 내리쳐 말끔히 '一' 자로 만들어주었다.

"한 가지만 묻자. 국문과라고?"

부서진 이빨 조각을 뱉으며 청재킷이 물어왔다. 그래도 한 무리의 리더쯤 되는 인물이라 말투가 제법 사나이답다. 나는 국문과가 맞다고 확인해주었다. 매섹 2조라는 것도 덧붙여 말해주었다. 그러고는 목장갑을 벗어 바지와 신발에 튄 피를 닦았다.

"희한한 꿈을 꿨어."

다음 날 아침, 숙소에서 다 같이 둘러앉아 라면으로 해장하고 있을 때 지미가 말했다.

"성훈이가 볼링공을 들고 막 이상한 춤을 추는 거야."

어머, 나도, 하면서 채원이라는 애가 말을 받았다.

"근데 내 꿈속에선 성훈이가 소머리뼈를 들고 있었는데."

"내 꿈에선 지구본."

현아라는 애도 말했다.

"치어리딩 폼폼."

김서희가 말했고,

"타조알."

승준이라는 친구가 말했다.

숙소 주변에 개나리를 심어놓아 바깥은 온통 노란색이었다. 딱새 한 쌍이 마루까지 날아와 과자 부스러기를 쪼았고, 다람쥐는 삑, 새 울음 비슷한 소릴 냈다. 문득 바지 주머니에 손을 넣었더니 바싹 마른 솔방울이 만져졌다. 나는 그것을

149

밖으로 던져버리고 가스버너의 불꽃을 1단으로 줄였다.

화요일 '작문과 독해' 수업은 평소대로 11시 15분에 끝났다. 교수는 〈동명왕편 병서〉를 다음 시간까지 읽어 오라고 말하고 강의실을 나갔다. 수업 후 동기 하나가 다가와 "조교가 널 좀 보자는데?" 하며 말을 전해주었다. "무슨 일인데?" 물었지만 그는 어깨를 으쓱하고는 가버렸다. 가방을 챙겨 국문과 사무실로 내려가자, 한 남자 대학원생이 "성훈 학생?" 하면서 손짓했다. 유감이지만, 하면서 조교가 안경을 벗으며 말했다.

"이건 낙제를 줄 수밖에 없군요."

지난주 내가 제출한 독후감은 여백에 빨간 'F'가 쓰인 채 조교의 책상에 놓여 있었다. 축 늘어진 원고지를 나는 말없이 내려다보았다. 구겨지거나 찢어진 데는 없지만 지난주와는 완전히 다른 느낌을 주었다. 왜인지 모르겠는데 문득 관자놀이에 총 맞고 죽은 옛친구의 모습이 떠올랐다.

"전 마감을 지켰습니다만."

그런 문제가 아니고요, 조교는 손수건으로 안경 렌즈를 닦으며 말했다.

"성훈 학생은 규정을 지키지 않은 겁니다."

단어의 70퍼센트 이상을 한자로 채워 국한문 혼용으로 써야 하는 게 독후감 과제의 규정인데 나는 처음부터 끝까지 한글로만 썼다는 것이다. 그건 그의 말이 옳았다. 내가 쓴 독후감엔 순 한글뿐이다. 한국 사람이 한글로 글을 쓰는 게 당연하다고만 여겼지, 그 외의 가능성이 있을 거란 생각은 하지 못했다. 한자를 섞어 써야 한다는 규정이 있다는 건 정말 몰랐다. 그런 건 상상하지 못했다.

"이게 다 신입생들한테 도움이 되는 거예요. 이런 엄격한 과제 때문에 다들 이 대학을 고등학교라고 놀리기도 하지만."

"독후감은 다시 써서 내일 제출할까요?"

"됐어요, 그건. 다음 마감에 함께 제출하세요. 그때 다시 새롭게 채점될 겁니다. 감점은 이미 기록됐어요. 그러니까 내일 제출하나 다음 마감 때 제출하나 달라지는 건 없어요."

"그렇군요."

나는 퇴짜 맞은 원고지를 가방에 넣었고, 조교는 채점용 색연필의 실을 당겨 종이띠를 벗기기 시작했다. 색연필 까는 게 그리 시급한 일은 아닌 것 같았지만 딱히 취해야 할 행동을 찾지 못하고 있었다. 나는 이 심약해 보이는 남자한테 한 50만 원쯤 슬쩍 쥐여주면 어떨까, 하는 생각을 했다. 그러면 결과가 좀 달라지지 않을까 하고. 하지만 결국 단념했다. 《현대시작법》, 《바흐친과 문학이론》, 《예술과 책임》 같은 서적이 쌓여 있는 곳이다. 여기선 그럴 수 없었다. 그러지 않는 게 좋을 것 같았다.

"독후감 F라며?"

두 번째 수업 '적응심리학'을 듣고 나올 때 지미가 히피처럼 '피스' 하면서 다가왔다. 내가 F를 맞았다는 소문은 이미 교내에 좍 퍼져 있었다. 정확한 문장 형식은 '김성훈 독후감 F 맞았대'. 풍편에 실리기 좋도록 핵심만 추려 압축했다.

"그렇게 됐어."

"독후감을 제출한 지 일주일 만에 F를 맞은 셈이군. 역시 그건 최단시간이겠지?"

"그렇겠지."

나는 순순히 인정했다.

그러자 "이거 내가 괜한 오해를 한 것 같군" 하면서 지미가 대뜸 악수를 청해왔다. 일전에 카스타운에서 날 의심했던 걸 사과하는 것이었다. 자신의 생각이 짧았다고, 기분 나빴다면 용서하라고, 거듭 정중히 사과했다. 덧붙여 앞으로도 쭉 이런 모습 부탁한다, 라고도 말했다. 야, 너무 그러지 마, 옆에 있던 김서희가 지미의 가방을 발로 찬 뒤 내 어깨를 토닥여주었다.

점심은 학교 밖으로 나가 해장국을 사 먹기로 했다. 셋 다 어제 맥주를 꽤 마셨던 것이다. 해장국집까지 가려면 신촌 로터리 쪽으로 15분쯤 걸어야 한다. 지미가 이따금 찾아간다는 식당인데 국물에 잡맛이 없고 굉장히 깔끔하다는 평이다. 주인아저씨가 이순신 장군의 방계 후손으로, 손님이 없을 땐 먹을 갈아 붓글씨 연습을 한다는 풍문이 있었다. 화선지에 왕희지체로 '大道無門'을 쓰는 해장국집 아저씨. 그 당당한 모습을 지미는 몇 번이나 목격했다고 한다. "신뢰할 수밖에 없지 않겠냐, 취미로 '대도무문'을 쓰는 해장국집 주인." 지미가 말했다. 일리 있는 이야기라고 나는 생각했다.

해장국 맛은 소문대로 절제돼 있었고 선이 굵었다. 대파는 대파대로, 선지는 선지대로, 고집스레 흙 맛과 피 맛을 유지하면서도, 거대한 육수의 흐름이 밀려오자 전체적인 국물 맛에 대승적으로 녹아들었다. 나는 국에 밥을 말아 한 그릇 다 먹었다. 그랬더니 속이 말끔하게 풀려 우리는 다시 술을 마시러 갔다.

"'콜라' 가자."

밤 10시쯤 불콰해진 얼굴로 지미가 말했다.

적당히 취한 우리는 노래도 부르고 서로 귀를 잡아당기기도 하면서 신촌 유흥가를 통과했다. 매번 느끼는 거지만 신촌엔 신기할 정도로 나이 든 사람이 없었다. 대부분 얼굴에 주름 하나 없는 20대 전후 남녀들이다. 간혹 30대가 보였고, 드문드문 40대가 섞여 있었다. 50대 이후로는 아예 전멸이었다. 동교동이나 이대 쪽에서 검문이라도 하는 게 아닐까 생각했다.

"오랜만에 한 판 칠까."

앞장서 걷던 지미가 오락실 펀치 머신에 동전을 넣었다.

미트가 올라오자 기세 좋게 달려들어 주먹으로 쳤다. 팡파르가 울리며 점수판엔 158점이 떴고, 점수는 바로 톱 랭크에 올라갔다. 지미가 뒤돌아서서 손가락으로 V자를 만들어 보였다.

"후후, 성훈. 니 차례야."

나더러 펀치 머신을 쳐보라는 건데 글쎄, 어째야 좋을까. 쳐야 될지 말아야 될지 판단이 서질 않는다. 고등학교 졸업 무렵이었던가. 리버사이드 호텔 난입 때 나는 선두에 서서 얼굴로 날아드는 손도끼를 막고 회칼과 쇠사슬을 피했다. 그대로 일직선으로 돌진, 대성개발 김춘모 회장의 어깨에 칼을 꽂았다. 성북동 나이트클럽에선 혈맹회 행동대장 이민성의 턱을 야삽으로 부수고, 죽은 닭 스무 마리를 스테이지에 뿌렸다. 제법 쓸 만한 놈이군그래. 그때 대순이 형님이 내 뺨을 뜨겁게 어루만져주셨다. 그분의 손바닥에 밴 럭키스트라이크 냄새를 아직 기억한다.

"미안. 칠 수 없을 것 같군."

나는 담배꽁초를 땅에 떨어뜨리고 발로 비벼 껐다. 그러고는 날 향해 올라와 있는 펀치 미트를 그냥 손가락으로 살짝 눌러 눕혀놓았다. 팡파르도 뭣도 없이 점수판엔 그냥 0점이 떴다.

세븐일레븐 앞에서 왼쪽 골목으로 꺾자 바로 '콜라'가 보였다. 여긴 이른바 록카페라는 곳인데 결코 카페라고 할 순 없었고, 록과는 더더욱 거리가 멀었다. 난 음악은 잘 모른다. 그러나 지금 들리는 이 곡이 록이 아니란 건 안다. 록이라는 건 지미 헨드릭스, 롤링 스톤즈, 레드 제플린 아닌가. 아무리 범주를 넓혀봐도 '붐치키붐치키'를 록이라 할 수는 없었다. 우리는 스테이지 옆 테이블로 안내되었다. 양쪽 귀에 피어싱을 한 웨이터가 버드와이저 세 병을 놓고 갔다.

"다음 타임에 나가자."

"뭐라구?"

"다음 타임에, 스테이지로, 나가자고!"

김서희가 내 귀를 잡고 소리쳤다. 댄스음악이 꽝꽝 울려대서 대화는 두 번씩 반복되었고, 게다가 서로 귀에 바짝 대고 소릴 질러서 귓속 고막이 팽팽한 실처럼 떨리는 게 물리적으로 느껴졌다.

이후 잔잔한 발라드곡이 흘렀지만 10분도 안 돼 다시 댄스음악으로 돌아갔다. 요즘 유행하는 〈Tonight is the night〉인 것 같은데 확실친 않다. 댄스음악들은 악기 어레인지도 그렇고 비트나 분위기도 비슷비슷해서 구분이 잘 되지 않는다. 사실 뭐가 됐든 그다지 관심은 없었다. 지미와 김서희는 환성을 지르며 바로 스테이지로 달려나가 재주도 좋게 발밑에서 조명이 번쩍번쩍 올라오는 핫스폿을 점거했다. 나는 그냥 맥주나 홀짝이며 DJ 박스라든가 미러볼을 올려다보았다. 아직까지 내겐 품위유지 의무가 배어 있는 것 같다. 함부로 막춤을 춰선 안 된다고 몸이 경계하고 있었다.

언제까지 내가 대학생인 척할 수 있을까.

홀로 버드와이저를 마시며 나는 생각했다. 김성훈이란 녀석, 지금까지 안 나타나는 걸 보면 확실히 죽긴 죽은 모양이다. 내 생각에도 보통 이상의 우울증과 자기혐오를 끌어안고 살아가던 사나이였다. 언제든 목을 매거나 손목을 그어도 이상할 것이 없다. 그나저나 그 자식, 대체 어떤 얼굴로 죽었을까. '인생은 불가해'라……. 들으면 들을수록 묘한 말인 건 분명하다.

"야, 너 혼자서 뭐 해?"

그때 지미가 다가와 내 목에 헤드록을 걸더니 스테이지로 끌고 나가버렸다.

신촌의 밤거리를 터덜터덜 걷다가 술도 좀 깰 겸 편의점에서 사이다 한 캔 사서 캠퍼스에 들어왔다. 늘 하던 대로 차가운 캔을 왼뺨, 오른뺨 번갈아가며 굴리자 뭔가 그리운 느낌이 든다. '콜라'에선 새벽 1시 반쯤 나왔다. 김서희는 택시를 타고 귀가했고, 지미는 아는 형이 홍대 앞에서 조개구이집을 한다며 그리로 갔다. 내게도 같이 가자고 권했으나 나는 사양했다. 뭘 더 먹고 싶은 생각이 없었고, 무엇보다 좀 피곤했다.

참으로 긴 하루였다. 잔디광장 벤치에 앉아서 캔을 따며 오늘 일을 차분히 생각해보았다. 별로 특별하게 한 일은 없다. 아침에 일어나 커피 한 잔 마셨고, 학생회관에서 아침 식사를 한 뒤 '작문과 독해' 수업을 들었다. 수업 후 국문과 조교와 면담하고 독후감 과제에 대한 충고를 받았다. 그런 뒤 '적응심리학' 수업에 들어가 칼 융과 아들러에 대한 정보를 얻었고, 오후 1시쯤 친구들을 만나 함께 점심을 먹었다. 이후 '서양사 개설' 수업을 째고 피아노가 있는 신촌의 바에서 칵테일과 맥주를 마신 뒤 록카페에서 춤을 췄다. 그리고, 지금이다. 지금 나는 이렇게 홀로 사이다 캔을 쥐고 캠퍼스에 앉아 있다. 쓸데없는 일로 하루를 낭비한 것 같기도, 가슴 벅찬 일들만 골라서 한 것 같기도 하다. 남자답지 못한 수치스러운 하루를 보낸 것 같기도, 선택받은 자의 생활 같기도 했다. 어느 쪽인지 판단이 잘 서지 않는다.

사이다를 다 마시고 하숙집으로 돌아와 간단히 샤워를 했다. 귀찮아서 머리는 감지 않고 몸만 대충 비누질해 닦았다. 졸려서 어질어질한 상태로 알람을 맞추다가 무심코 책상 위의 삐삐를 집어 보았다. 그사이 음성메시지가 두 통 들어와 있었다. 나는 하품을 겨우 억제하면서 전화기를 들고 사서함으로 들어갔다.

첫 번째 것은 김서희가 남긴 메시지였다. 내용은 별게 없었다. 집에 도착해보니 내 라이터가 자기 주머니에 들어 있었다는 것이다. 아까 2차로 간 록카페에서 김서희는 내 88라

157

이트를 몇 개비 얻어 피웠다. 아마 그때 내 라이터가 그녀의 주머니에 딸려 들어갔던 것 같다. 김서희는 "라이터에 '클럽 안나'라고 찍혀 있는데 네가 왜 그런 걸 들고 다니는지 모르겠다"라며 짐짓 힐난조로 말했다. 그런 뒤 오늘 정말 재미있었다, 너도 계속 그렇게 긍정적인 생각을 갖고 살았으면 좋겠다, 웃는 모습이 정말 보기 좋았다, 그런 것들을 두서없이 말했다.

두 번째 음성메시지는 처음 보는 번호다. 길고 체계가 없는 번호라 도심 어딘가 공중전화에서 걸어온 것이라고 짐작했다. 누구지? 지미인가? 고개를 갸웃하면서 다이얼 1을 눌렀다. "두 번째 메시지입니다"라는 안내음이 나오고 곧 음성메시지가 재생되었다. 뜻밖에도 그것은 허스키한 여자 목소리였다.

아, 아.
이 삐삐 되는 건가? 이거 되는 거 같은데. 진짜 녹음되잖아, 이거. 죽은 사람의 삐삐인데 왜 정지가 안 된 거지? 통신 회사 인간들, 영 복지부동이군. 회선 관리를 엉망으로 하고 있잖아. 그나저나 나도 모르게 이 삐삐 번호를 눌러버렸네. 뭐 상관은 없겠지. 어쨌든 옛 남자한테 연락하는 것 같고 스릴은 있군.
봐요, 잘 지내나요?

나는 그럭저럭 지내요. 여러모로 쓸쓸한 새벽이에요. 하늘엔 달도 보이지 않는군요. 태양은 지금쯤 뉴욕 쪽을 비추고 있으려나. 아, 정말, 이것저것 다 털어버리고 뉴욕이나 한번 가봤으면 좋겠다. 당신은 지금 어디에 있나요? 생전에 여자 장사를 하고 사람을 때렸으니 천국 갔을 리는 없고, 꼼짝없이 지옥에 빠져 있겠군요. 어때요, 불구덩이는 견딜 만해요? 그래도 수완이 남다르시니 지옥 관계자들한테 용돈 좀 찔러주고 아가씨 상납도 하면서 여차저차 빠져나왔을 것 같긴 한데, 찔러줄 돈과 여자가 지옥에 있을런지.

내 목소리 기억하겠어요?

나 주리예요. 오늘 손님도 없구, 혼자 술 한잔했어요. 편의점에 담배 사러 나왔다가 공중전화로 삐삐 한번 쳐봤어. 설마설마했는데 삐, 소리 후 녹음하라고 하잖아. 깜짝 놀랐지 뭐야. 영춘파 남자들은 큐 당구장에서 죄다 살해당했다는데. 보스건 중간보스건 행동대장이건 남김없이 싹 다. 가슴 떨려서 난 거기 가보지도 못했어요. 시체들이 다 치워진 다음에야 멀찍이서 봤지요. 인부들이 당구대니 큣대니 모두 덤프트럭에 싣고 있더라구요. 피 냄새가 얼마나 역했던지 일하는 아저씨들 모두 마스크를 쓰고 있었어요. 몇몇은 일하다가 헛구역질을 하더라구요. 당구대는 핏물을 뒤집어써서 멀리서 봐도 거뭇거뭇했고요. 당구장은 싹 리모델링돼서 지금은 보험회사 대리점으로 바뀌었네요. 자동문도 만들고 유리창도 새 걸로 바꿔 끼웠어요. 멀리서 봐도 막 개업한 은행처럼 아주 깨끗해. 사람들은 거기서 생명보험에 가입해요.

남자들이란 참. 대체 왜들 그러는 거예요? 서로 못 죽여 때리고 찌르고 베고 썰고 쏘고. 영춘파 보스는 이마 한가운데에 총 맞아 죽었고, 같이 당구 치던 박 회장이라던가 뭔가 하는 사람은 목이 잘렸다던데. 아, 정말 끔찍해. 당신 친구 오민식도 총 맞아 죽었어요. 당신은 도대체 어떻게 죽은 거예요? 총알? 칼? 머리에 총 맞는 게 그나마 고통이 없었을 것 같긴 한데.

당신 방에 있는 유품은 내가 수습해 태웠어요. 나 원 참, 비디오테이프에 〈나디아〉가 1편부터 녹화돼 있더군요. 고민 끝에 전부 태웠어요. 유품 중에 손톱깎이 세트만은 내가 가졌습니다. 손톱용, 발톱용이 따로 있더군요. 나, 그런 게 필요했어. 가죽 재킷이나 입생 로랑 셔츠는 구세군 같은 데에 기부할까도 생각했지만, 그러면 당신 옷을 입은 사람이 거리에 돌아다닐 거 아냐? 그런 거 보고 싶지 않았어. 다 태웠어.

다 늦은 말이지만, 난 당신 같은 사람이 시인이나 소설가가 되면 좋았을 거라고 생각해요. 모르긴 몰라도 당신, 절대 따분한 글은 쓰지 않았을 거야. 누구보다도 섬세한 남자니까. 여자를 챙길 줄 아니까. 자신한테 엄격하니까. 이 바닥 사람치고는 머리도 좋았던 거 같아. 사람 때릴 땐 좀 무섭긴

160

했지만 그래도 여자들한텐 젠틀한 편이었지요. 유머 감각도 있고, 천장 전구도 군말 없이 갈아주고. '비타민 사 먹어'라 면서 가욋돈을 쥐어준 남자는 내 평생 처음이었어. 나한테 남자란 돈과 순정만 쏙 빼가는 빨판상어들이었거든요. 당신 만 좋다고 하면 우린 잘될 수도 있었을 거예요. 아기가 생기 면? 낳지.

하아.

이제 아무 소용 없는 일이지. 담배 연기처럼 다 사라져버 렸네. 나는 지금 당신을 위해 88라이트를 피우고 있습니다. 원래 난 88은 안 피우는데 향 대신 사르는 겁니다. 이렇게까 지 당신을 생각해주는 건 아마도 나뿐이겠지.

96년은 정말 마가 낀 해인가. 내가 좋아하는 사람은 다 죽 는군. 김성재는 진작 떠났고, 서지원도 가고, 김광석도 갔네. 당신이 살아 있을 때 마지막으로 함께 먹었던 음식이 피자 여서, 난 아직까지 피자를 먹지 못합니다. 종교를 믿진 않지 만, 다시 환생하게 되면 주전자로 태어나시길 바랍니다. 주 전자라면 칼 맞아 죽을 염려는 없겠지요. 그러고 보니 여태 당신 이름도 몰랐네. 당신 이름은 무엇이었나요? 이제 유령 이 됐으니 이름 같은 건 아무 상관 없겠지만.

안녕.

2

요즘 몸이 좀 이상하다.

증상을 느낀 건 5월 초순부터다. 어디가 아픈 건 아니다. 딱히 통증은 아닌데, 하여간 좀 이상하다. 몸무게는 85킬로 그램을 유지하고 있다. 가끔 한강으로 나가 조깅을 했고, 물구나무로 3미터쯤 움직이곤 했다. 건강에는 아무런 문제가 없었다.

시작은 지난주 '서양사 개설' 수업에서였던 것 같다. 사실 그때도 별 특별한 조짐은 없었다. 평소대로 나는 맨 뒤쪽 책상에 앉아 노트 필기를 하고 있었다. 5월 들어 강의는 중세 유럽의 역사를 다루고 있었다. 나로선 십자군 전쟁과 이탈리아 통일 전쟁 부분이 무척 흥미로웠다. 수업이 10분쯤 진행됐을 때 한 남학생이 강의실 문을 삐걱 열고 들어왔다. 지각을 했으면 조용히 뒷자리에 앉는 게 예의인데 그 학생은 뚜벅뚜벅 걸어서 교수 바로 앞 책상에 앉았다. 그다지 호감 가는 스타일은 아니었다. 체격이 왜소하고 웃음기 없는 얼굴로 판단하건대 무리하게 자신을 증명하려고 수시로 소란을 일으키는 열등생임에 틀림없었다.

"강의실에선 모자를 벗게."

교수가 차분히 분필을 내려놓고 말했다. 지각한 남학생은 남색 보스턴 레드삭스 모자를 삐딱이 눌러쓰고 있었다.

"강의에 방해가 되지 않는다고 생각합니다만."

태연하게 말대꾸하면서 그는 노트와 필통을 책상에 꺼내놓았다.

"내게는 방해가 돼."

"저는 교수님이 카우보이모자를 쓰고 강의를 하셔도 아무런 문제 제기를 하지 않을 텐데요."

"자네가 강의를 하는 건 아니지."

"제가 강의를 한다면 모자 같은 건 신경 쓰지 않겠습니다."

"그건 자네가 나중에 교수가 되면 그렇게 해."

"여긴 고등학교입니까?"

"물론 대학교지. 교수가 마음에 들지 않으면 언제든 나가도 돼."

"수업을 듣겠습니다. 등록금을 냈습니다."

찬물을 끼얹은 듯 강의실이 조용해졌다.

강의실 뒤에 조교가 서 있었지만 출석부만 움켜쥔 채 손을 벌벌 떨고 있을 뿐이었다. 노교수는 결국 비틀거리며 칠판에 손을 짚었다. 레드삭스는 아무렇지도 않게 샤프펜슬의 꼭지를 책책 누르면서 필기할 준비를 했다. 모자는 끝까지 벗지 않고 있었다.

해야 할 일이 생각난 나는 자리에서 일어나 레드삭스에게 갔다. 갔다기보다는 몸이 저절로 움직였다. 프로로서 다년간 쇼윈도 변태들을 처리해왔다. 이런 일은 내 전문인 것이다. 야구모자는, 하면서 나는 말했다.

"야구할 때 쓰도록."

레드삭스의 멱살을 잡고 힘을 주자 그는 낚시터의 붕어처럼 번쩍 끌려 올라왔다. 키 165센티미터, 몸무게 55킬로, 중학생이나 다름없는 체격이었다. 이 입만 산 애송이를 어떻게 할까. 따귀를 때려줄까, 팔을 꺾어줄까 생각하고 있는데 그가 말없이 고개를 뒤로 젖히는 게 보였다. 그러더니 헤딩을 하듯 내 얼굴을 들이받아버렸다. 순식간의 일이었다. 눈앞에 불꽃이 튀면서 나는 한쪽 무릎을 꿇고 말았다. 얼굴에 손을 갖다 대자 코에서 피가 흘러나왔다. 너무 어이가 없어서 나는 그대로 서 있기만 했다. 그 사태를 어떤 언어로 표현할 수 있었을까. 이럴 수가, 이럴 수가, 라고 중얼중얼할 뿐이었다.

164

중학교 때부터 목숨을 건 싸움을 해왔다. 난다 긴다 하는 전국구 갱들을 상대해왔으며 야구 배트에 뒤통수를 맞기도, 일본도로 옆구리를 베이기도 했다. 그러나 코피만큼은 터진 적이 없었다. 동체시력과 스피드만큼은 전국 톱이라고 자부해왔다. 그런데 나의 첫 코피가 인문대 강의실에서, 그것도 키 165센티 대학생에 의해 터진 것이다. 그건 전혀 예상하지 못했던 일이다. 후드득 떨어지는 피를 손바닥으로 받으며 그렇게 나는 넋 놓고 서 있었다. 몸에 이상이 있다는 건, 예컨대 그런 일이다.

　이런 일도 있었다.
　금요일 저녁, 지미의 주선으로 3 대 3 미팅에 나갔다. 학교 앞 카페에 가보니 여학생 세 명이 나란히 앉아 있었다. 아나운서를 여럿 배출했다는 유명 여자대학교의 신입생들이라고 들었다. 영어영문 전공에 스쿠버다이빙 동아리, 하나같이 부잣집 딸들로 보였다. 얼굴엔 잡티 하나 없었고, 헤어는 항공사 승무원처럼 쪽머리를 했다. 나로선 처음 보는 유형의 여자들이었다.
　"음악 좀 바꿔주시겠어요? 엘라 피츠제럴드로."
　한 여학생이 카페 웨이터를 불러 똑 부러지게 말했다. 내 혀로는 발음조차 하기 어려운 재즈 싱어였다. 스피커에서 〈미스티〉란 곡이 흘러나오자 그 여학생은 그제야 안심한 듯

165

환하게 웃어 보였다. 산뜻하면서도 남자를 긴장시키는 미소였다. 짝짓기 게임 끝에 엘라와 나는 커플이 되었다. 우리는 따로 나와 칵테일을 곁들여 해산물 요리를 먹었다. 엘라는 모차르트와 듀크 엘링턴, 왕가위에 대해 얘기했다. 나는 주로 듣기만 했다. 약간 망설이다가 〈나디아〉를 화제로 꺼내봤지만 별 호응은 얻지 못했다. 식사 후 소화도 시킬 겸 우리는 가볍게 신촌 거리를 산책했다.

"아, 바다 보고 싶다."

엘라가 말해서 나는 근처 렌터카 사무실에 들어갔다. 첫 데이트인데 경차는 좀 그렇고 준중형으로 골랐다. 계약서에 사인하고 하루치 대여비를 지불한 뒤 키를 받았다. 콧수염을 기른 렌터카 직원이 내 운전면허증을 카피하고 다시 건네주었다. 이건 여담이지만, 당연히 면허증엔 '김성훈'이 아닌 내 본명이 쓰여 있었다. 내 본명은 실로 오랜만에 보았다.

"동해로 갈까, 서해로 갈까? 부산은 가지 말자."

오른손으로 사이드 브레이크를 내리면서 나는 말했다.

"부산은 왜 안 돼?"

"롯데 자이언츠가 싫거든."

"그럼, 동해로 가."

엘라는 샴푸 모델처럼 멋들어지게 쪽머리를 풀어헤치고 안전벨트를 맸다. 영동고속도로를 거쳐 강릉에 도착했을 땐 새벽 1시가 넘어 있었다. 우리는 밤바다를 보면서 담배 한 대씩 피웠다. 두 개비째 피울 때 자연스럽게 키스를 했고, 이후 누가 먼저랄 것도 없이 해변의 호텔로 향했다. 바다가 내려다보이는 오션뷰 객실에서 엘라는 상당히 적극적으로 나왔다. 포도주를 입에 머금고 와서 내 입에 넣어주거나 여고 시절 과외 선생들과 벌였던 모험을 속삭이며 분위기를 고조시켰다.

"샤워하고 올게."

엘라의 자주색 속옷은 근사한 것이었다. 가슴은 작은 편이었으나 다리가 길어 하체 비율이 좋았다. 나는 킹사이즈 침대에 누워 샤워 물 소리를 들으며 엘라를 기다렸다. 그녀의 샤워가 좀 길어져서 심심풀이로 〈라디오 토익〉을 생각했다. 왜 하필 토익이었는지는 모르겠다. 그냥 떠오른 것이 며칠 전 우연히 청취한 〈라디오 토익〉이었고 곱씹으며 시간을 보내기에 그다지 나쁘지 않은 주제라고 생각했다. chairman, promotion, salesperson 등 배웠던 단어를 하나하나 되새겨보는 건 꽤 재미있었다. 어떤 건 금방 기억해냈고, 어떤 건 머리를 쥐어짜 간신히 스펠링을 복기했다. 사역 동사 'make, have, let' 뒤에는 왜 동사원형이 오는지, 'stop' 뒤에는 어째서 '~ing'가 붙는지에 대해서도 진지하게 고민해보았다.

그러다가 깜박 잠이 들고 말았다. 눈을 떴을 땐 다음 날 아침이었다. 엘라는 사라져 있고 내 옆엔 젖은 비치타월뿐이었다. 킹사이즈 침대에 홀로 멍청히 앉아 나는 바닷바람에 펄럭이는 객실 커튼을 그저 바라보고만 있었다.

왜 잠이 들었던 거지?

수백 번 자문해봤지만 도무지 이유를 알 수 없었다. 간밤에 딱히 피곤하지도 않았다. 나는 엘라가 무척 섹시하다고 생각했으며 5분 뒤 펼쳐질 낙원에 대한 기대감으로 가슴이 두근두근했었다. 그 상황에서 잠이 들리라고는 정말 생각지도 못했다. 예전엔 한 번도 겪어본 적 없는 증상이었다. 정말이지 몸이 이상해졌다고 느끼지 않을 도리가 없었다.

"알 수가 없군."

그다음 주 월요일, 지미가 도대체 무슨 짓을 저지른 거냐는 표정으로 내 목을 가볍게 졸랐다. 인문대 화장실에 들어간 우린 소변기 앞에 나란히 서서 허공 45도 지점을 올려다보며 일을 보았다.

"셋 중에서도 제일 예뻤잖냐."

예상대로 역시 엘라 얘기였다.

안다고, 정말 고맙게 생각한다고, 나는 대답했다. 지난 금요일 미팅은 지미가 입시학원에서 함께 공부했던 여자애들 중 가장 예쁜 애들만 엄선해 소개해준 일생일대의 이벤트였고, 누가 봐도 엘라는 그중에서도 가장 미인이었다.

"걔가 울면서 나한테 전화했어. 그런 수모는 겪어본 적이 없다는군."

그럴 것이라며 나는 깨끗이 인정했다. 초면에 정말 실례 되는 짓을 하고 말았다. 엘라에게 사과를 하고 싶어서 나는 그 애 전화번호 좀 알려달라고 했다.

"다 끝났어. 나도 절교당했어."

지미는 바지 지퍼를 올린 뒤 세면대로 가 손을 씻었다. 그 러다 거울을 통해 이쪽을 흘끔 쳐다보고는 너 혹시, 하면서 약간 뜸 들이는 말투로 물어왔다.

"처음이냐?"

질문의 요지가 파악되지 않는다.

여대생과 처음 미팅을 해봤냐는 건지, 동해안 호텔에 들 어간 게 처음이냐는 건지, 아니면 포괄적 관점에서 섹스를 해봤냐는 건지 가늠되지 않았다. 각자 답변이 천지 차이로 달라진다. 내가 머뭇거리고 있자 지미는 됐다, 하고 손을 홰 홰 내저었다.

"처음이구나."

그는 내 뒤로 다가와 어깨를 살며시 주물러준 뒤 나갔다. 화장실에 혼자 남은 난 묵묵히 수세 버튼을 눌렀다. 소변기 배수구는 약간 막혀 있어서 물이 한동안 고였다가 내려갔 다. 부력에 나프탈렌 두 알이 뜨는 걸 가만히 관찰하면서 벨 트 버클을 채웠다. 그때 소변기 위에 붙은 작은 팻말이 눈에 들어왔다. 뒷면에 얇은 스티로폼을 덧댄 깜찍한 알림판이다.

'물을 꼭 내립시다', '자원 절약' 정도의 문구이겠거니 했는데 아니었다.

우리 대학은 전인(全人)적 인간을 양성한다.

그런 문장이었다.

대학 당국이 벌이고 있는 캠페인인 모양으로, 학교에 대해 자부심을 갖자는 취지인 것 같은데 좋은 아이디어이고 또 문구도 멋지다고 생각하지만 왜 이것이 남자 화장실에 붙어 있는 건지는 알 수 없었다. 알림판은 소변기마다 같은 위치에 붙어 있다. 나는 그 문구를 몇 번이나 되풀이해 읽고는 비누로 손을 씻고 화장실에서 나왔다.

전인(全人)

【명사】 지(知)·정(情)·의(意)가 완전히 조화된 원만한 인격자.

도서관 국어사전을 찾아보니 그렇게 쓰여 있다. '인격자'라는 단어에 가슴을 치는 듯한 울림이 있었다. 인격자, 인격자, 라고 작게 발음해봤다. '쌍방폭행', '후배위'와는 확실히 다른 느낌을 준다. 인격자와 쌍방폭행 사이의 거리, 혹은 인격자와 후배위 사이의 거리를 나는 헤아려보았다. 그리고 현재 내가 어느 지점에 서 있는지 가늠했다. 그러자 요즘 내게 일어났던 이상한 일들이 이해될 것도 같았다.

문학, 음악, 영화.

요즘 내가 몰두하는 세 가지다.

이중 문학이 가장 먼저 다가왔다. 이 대학에선 2주에 한 번씩 반드시 독후감을 제출해야 했기 때문이다. 독후감 과제를 하기 위해 나는 책을 여러 권 읽었다. 그 과정에서 자연스럽게 소설에도 손이 갔다. 도서관 서가엔 웬만한 소설책은 전부 꽂혀 있었다. 어떤 날엔《죄와 벌》을, 어떤 날엔《성》을 읽었다. 그리고 어떤 날엔《퇴마록》을 읽었다.《퇴마록》같은 걸 왜 읽냐, 아무도 뭐라 하지 않았다. 책을 읽으면서 요점을 메모하거나 좋은 문장을 필사하는 습관이 자연스럽게 들었다. 책을 다 읽고 나서는 노트에 글을 쓰면서 생각을 정리했다. 책에서 얻은 정보를 요약하고 거기에 내 견해를 덧붙이는 작업은 뜻밖으로 즐거운 것이었다.

두 번째, 음악.

음악을 알게 된 건 지미 덕분이다. 목련이 하얗게 피기 시작한 3월 말, 나는 잔디광장에서 우연히 지미의 기타 연주를 들었다. 지미 헨드릭스의 〈리틀 윙〉이나 이글스의 〈호텔 캘리포니아〉 같은 유명한 곡은 나도 잘 알고 있었다. 그날 지미는 내게 기타의 기본적인 테크닉을 가르쳐주었다. 어찌 된 일인지 나는 지미가 한 번 들려준 코드를 그대로 재현할 수 있었다. 별로 어려울 건 없었다. 내 귀에 들리는 대로 화음을 표현했을 뿐이다. 음, 하면서 지미는 턱을 쓰다듬으며 말했다.

너한텐 절대음감이 있는 것 같군.

그렇게 나는 음악에 눈을 떴다.

마지막으로 영화.

영화는 원래 많이 봐왔다. 쇼윈도에서 밤을 새울 때 비디오만 한 게 없었던 것이다. 다만 대학에 와선 취향이 좀 달라졌다. 그토록 열광했던 장 클로드 반담이나 이연걸은 더 이상 보지 않는다. 이곳 캠퍼스엔 '목요 청년극장'이라는 게 있다. 학생회가 매주 고품격의 영화를 선별해 상영해주는데 나는 이 프로그램을 통해 고다르와 펠리니, 스탠리 큐브릭, 짐 자무시를 알게 되었다. 오시마 나기사의 〈감각의 제국〉 같은 문제작도 접할 수 있었다. 이후론 틈틈이 종로의 아트홀이나 시네마테크에 혼자 가서 영화를 보았다. 매표소에 학생증을 제시하면 티켓값이 10퍼센트 할인된다는 점을 십분 활용했다.

이것이 지난 두 달여간 나의 생활이다. 혹자는 너무 안이한 삶이라고 비난할 수도 있겠다. 하지만 나는 꼭 그렇게만 생각진 않는다. 그간 땀 흘리며 샌드백을 치거나 킥을 단련하지 않은 건 사실이다. 정육점 돼지를 회칼로 찔러가며 실전 감각을 유지하지도 않았다. 요즘은 나이프조차 잘 들고 다니지 않는다. 강의실에선 키 165센티미터 대학생에게 코피가 터졌고, 신디 크로포드 뺨치는 미녀 여대생에게 나

의 남자다움을 보여주지 못한 것도 사실이다. 하지만, 이라
고 나는 생각한다. 그것이 인격자의 라이프스타일 아니겠는
가. 조심스럽게 긍정적인 마인드를 가져보는 것이다.

나는 캠퍼스에 있었다.

토요일 오전, 느지막이 일어나 샌드위치 하나 만들었다.

샌드위치라고 해봤자 식빵에 슬라이스 치즈 하나 넣은 것
이다. 오전 11시 넘어서 하는 식사를 아침 식사라고 할 수 있
을진 모르겠다. 샌드위치는 그런대로 맛있었다. 식빵이 말도
못 하게 푸석푸석했지만 내 신세가 초라하다는 생각은 들지
않는다. 토요일엔 원래 이렇게 먹는 것이다.

커피 캔을 하나 딴 뒤 발끝으로 리모컨을 끌어와 텔레비
전을 켰다. 채널을 이리저리 돌리다 유선방송에서 〈에일리
언〉을 해주길래 그걸 보았다. 〈에일리언〉은 지금까지 다섯
번 정도 본 것 같지만 한 번 더 보기로 했다. 달리 할 일도 없
다. 마침 존 허트의 배를 찢고 에일리언이 튀어나오는 유명
한 장면이 나왔다. 늘 그렇듯 리플리는 기겁을 했고, 램버트
는 공포에 질려 울었다. 과학장교 애쉬만이 침착히 에일리
언을 관찰한다. 그 장면을 보는데 이유 없이 허기가 느껴져
샌드위치를 한 입 베어 물었다. 그때 전화벨이 울려서 식빵
을 내려놓고 수화기를 들었다. 여보세요, 했더니 대뜸 왓썹,
하면서 껌 씹는 소리가 들려왔다.

"뭐 하나?"

지미 이 친구는 언제나 껌을 질겅질겅 씹으며 전화를 걸어온다. 〈에일리언〉을 보고 있다고 나는 대답했다.

"비디오?"

"아니, 유선방송."

"재미있냐?"

재미로 보는 건 아니라고, 리들리 스콧의 연출 기법을 연구해보는 동시에 시고니 위버가 맡은 리플리 역을 페미니즘 관점에서 재고해보고 싶었다고, 나는 말했다.

"그렇군."

나와라, 하고 지미는 전화를 끊었다.

거리 공연을 12시로 변경했다는 것이다. 원래 약속하기를 우린 오후 2시에 대학로에서 라이브를 하기로 했었다. 하지만 김서희에게 예정에 없던 아르바이트가 생겨서 어쩔 수 없이 공연을 두 시간 앞당기기로 했다는 거였다.

일정이 변경되었으므로 나는 서둘러 샌드위치를 먹고 이를 닦았다. 옷은 리바이스 청바지에 이대 앞 옷가게에서 두 장에 만 원 주고 산 흰색 티셔츠를 입었다. 삐삐와 지갑, 방 열쇠를 차례로 챙기고는 뭐 빠진 게 없나 방을 한 번 둘러보았다. 보자, 창문은 잠갔고. 냉장고 문도 잘 밀폐돼 있다. 하숙방은 원룸형 독방이지만 취사 시설이 없으므로 가스 밸브를 잠글 건 없었다. 마지막으로 책상 옆에 기대어둔 기타 케이스를 메고 방을 나왔다.

대학로에 가려면 2호선을 탄 뒤 동대문운동장역에서 4호선으로 갈아타야 한다. 플랫폼으로 내려가니 금방 순환선 열차 한 대가 서서 그걸 탔다. 전동차가 터널로 진입하자 명암 차 때문에 유리창에 내 얼굴이 비쳤다. 창에 반사된 이미지는 뭐랄까, 이런 말 남부끄럽지만, 꽤 쿨해 보인다. 눈앞에 비친 훤칠한 대학생은 어깨에 기타 케이스까지 메고 있어서 한창때의 닐 영이나 밥 딜런을 보는 것 같기도 하다. 도저히 내 모습 같지 않아 나는 살며시 왼손을 들어보았다. 그러자 그 이미지도 똑같이 손을 든다. 귀신이라도 본 것처럼 무서워져 그쯤에서 그만두었다.

"빨리 와."

지미와 김서희는 이미 도착해 있었다. 둘은 마로니에공원과 미술관 사이 소로에 자리를 잡고 앉아 있다. 지미는 끊어진 기타 줄을 갈고 있고, 김서희는 틴휘슬로 스케일을 연습하고 있었다. 틴휘슬, 하면 무슨 대단한 악기 같은데 그냥 피리라고 보면 된다. 연주법은 그다지 어렵지 않다. 리코더를 불 줄 알면 누구나 금방 배울 수 있다. 나 역시 '대니 보이' 정도는 더듬더듬 불 줄 안다. 틴휘슬은 아일랜드 포크송에선 반드시 필요한 악기로, 리코더와는 비교할 수 없이 맑고 높은 음색을 낸다. 이것 덕분에 아일랜드 포크임이 명확해지는 것이다.

"미안. 갑자기 과외가 생겨서 말이야."

김서희가 내게 사과부터 건넸다.

괜찮다고, 〈에일리언〉이야 언제든 다시 볼 수 있다고, 나는 말했다. 김서희는 방배동에서 과외 아르바이트를 한다. 고교 2학년 남자애를 가르치는데 오늘 아침 갑자기 그 애 엄마에게서 전화가 왔다. 아들의 중간고사 기간이니 주말에도 교습을 해달라는 것이었다. 간청과 강압이 뒤섞인 태도에 어쩔 수 없이 추가 교습을 나가기로 했다고 한다. 이따가 4시까지 방배동 아파트에 가야 한다.

"미 좀 불어볼래?"

지미의 부탁에 김서희가 틴휘슬로 길게 '미' 음을 냈다. 거기에 맞춰 지미는 1번 기타 줄을 조율한다. 나 역시 그 음에 내 기타를 튜닝했다. 미≠미, 미>미, 미≥미, 미≈미, 미≒미, 미=미.

미=미.

이런 게 행복 아닐까 하는 생각이 든다. 이대로 시간이 영원히 멈춰버렸으면 하는 동심 비슷한 감정도 일었다. 우리가 내는 악기 소리를 듣고 사람들이 이쪽을 흘끗 쳐다보고 지나갔다. 기본적으로는 호감이었고, 적어도 혐오나 불쾌감은 아니었다.

김서희가 연습 삼아 틴휘슬로 아일랜드 민요를 연주하자, 발랄한 켈틱 멜로디에 마음이 끌린 사람들이 하나둘 모여들기 시작했다. 유모차를 끌고 온 젊은 엄마가 "신청곡 받아요?" 하면서 대뜸 티나 터너의 노래를 신청했지만 지미가 죄송하다고, 그런 건 할 수 없다고 정중히 거절했다.

"〈더티 올드 타운〉부터 시작하지."

밴드 리더인 지미의 결정에 김서희가 고개를 끄덕이며 G키 틴휘슬을 입술에 댔다. 나 역시 오른손으로 피크를 집고 스탠바이했다.

"자, 가볼까."

지미가 사인을 보냈고 나는 G코드를 후렸다.

거리 공연이 끝나자, 기타 케이스 안에 7210원이 모였다.

3등분 할까, 내가 친구들에게 물었다. 그러면서 암산으로 재빨리 7210을 3으로 나눠보았다. 끝이 잘 떨어지지 않는다. 10원짜리는 도대체 누가 던진 걸까.

"그냥 맥주나 사 마시자."

지미가 말했다.

삐삐로 시간을 확인했더니 오후 2시 30분이 조금 지나 있었다. 김서희는 아르바이트를 하러 가기 전, 미술관 화장실에서 찬물로 세수를 하고 나왔다. 손수건으로 얼굴을 닦고는 틴휘슬을 챙겨 넣은 뒤, 불쑥 지미의 뺨에 키스했다. 지미는 지미대로 김서희의 허리에 팔을 두르고 그녀의 이마에 입을 맞췄다. 젊은 남녀가 키스하는 게 이상할 건 없다. 적어도 야유를 하거나 비난할 일은 아니라고 생각한다. 다만 그들과 밴드를 하는 내 입장에선 다소 소외감이 느껴지는 게 사실이다. 하지만 아주 약간이었다. 배신감이나 박탈감으로까진 번지지 않았다. 두 사람을 뚫어지게 쳐다보는 것도 이상한 일이라 나는 눈을 딴 데로 돌렸다.

"일이 이렇게 돼서 유감이다."

대학로의 한 아이리시 펍에서 지미가 유감을 표해왔다. 나는 말없이 어깨를 으쓱했다. 지미와 김서희가 사귄다는 데 내가 나쁘게 생각할 리 없다. 같은 학번 동기로서도, 연인으로서도 둘은 무척 잘 어울린다. 지미는 밴드에서 내가 소외감을 느끼지 않을까 걱정하는 모양인데 이러니저러니 해도 나는 한때 당대의 협객. 소외감 같은 건 얼마든지 이겨낼 수 있다.

어쿠스틱 기타와 틴휘슬로 구성된 3인조 아일랜드 포크 밴드 '400밀리'는 지난달 8일에 결성되었다. 아마 날씨 좋은 월요일이었을 것이다. 수업도 없고 해서 김서희와 나, 지미는 잔디밭에 앉아 두런두런 얘기하다가, 정문 앞에 주차된 적십자 출장 버스를 발견하고는 모두 함께 내려가 헌혈을 했다.

우리 밴드나 할까.

팔에 주삿바늘을 꽂은 채 지미가 제안했고, 김서희와 나는 별 이의 없이 동의했다. 그렇게 '400밀리'가 탄생했다. 밴

178

드 이름이 '400밀리'가 된 건 그날 우리 셋이 똑같이 $400\,ml$ 의 피를 뽑았기 때문이다. 아무리 머릴 굴려도 그 이상 그럴 듯한 밴드명을 생각해낼 수 없었다. '사백 밀리', '포헌드레 드 밀리' 어느 쪽으로 불려도 상관은 없다. 기왕 헌혈차 안에 서 결성된 거, 밴드 리더는 헤모글로빈 수치로 결정하기로 했다. 헌혈 전에 받은 혈색소 검사를 비교해보니 지미의 헤 모글로빈 수치가 가장 높아서 그가 리더로 추대되었다. 지 미는 밴드의 정체성을 아일랜드 포크로 정했다. 왜 하필 아 일랜드 포크냐고 김서희가 고개를 갸웃하며 물었다.

남들과 똑같은 걸 할 순 없지.

지미가 대답했다.

그 말에 김서희와 나는 아무런 반박을 할 수 없었다. 친 구에게서 '남들과 똑같은 걸 할 순 없지'라는 말을 들었다. 1996년의 X세대라면 반드시 그 말에 동의해야 한다는 걸 본 능적으로 느꼈던 것이다. 그렇게 지미가 리드 기타와 보컬 을, 내가 백업 기타, 김서희가 틴휘슬을 맡게 되었다.

잠시 뒤 웨이터가 기네스 맥주를 가지고 왔다. 아일랜드 의 상징 토끼풀이 인쇄된 받침대를 깔고 잔을 내려놓는다. 맥주 거품이 넘치지 않도록 신중히 서빙하고 있다.

"아일랜드 공화국을 위해."

지미와 나는 건배했다. 기네스는 오늘 처음 마셔본다. 아 일랜드산 흑맥주라는데 볶은 콩을 우려낸 듯한 고소한 끝

맛이 느껴진다. 맥주 위엔 아이보리색 거품이 2센티 정도 얹혔다. 전체적으로 한약 비슷한 색깔이지만 맛은 괜찮다.

"아일랜드엔 이런 말이 있어. 기네스 한 잔에 바나나 한 개, 감기 같은 건 금방 낫는다."

이 친구는 도대체 어디서 이런 지식을 얻는 걸까. 진짜 대학생은 확실히 다른 면이 있는 것 같다.

지미는 윗입술의 맥주 거품을 핥으며 아일랜드에 대해 얘기하기 시작했다. 영국과의 기나긴 독립 전쟁, 세인트 패트릭스 데이와 가톨릭 문화, 켈틱 문화권의 특징과 기질에 대해 막힘없이 술술 풀어놓는다. 포크록 밴드 Pogues의 보컬 셰인 맥고완에 대해 말할 땐 좀 흥분했다. 아일랜드 정신을 제대로 느끼려면 반드시 Pogues의 콘서트에 가봐야 한다는 것이다. 셰인이 나타났을 때의 광란, 럼에 취한 채 대형 선풍기를 틀어놓고 노래 부르는 셰인, 아일랜드인들이 떼 지어 합창하는 〈더티 올드 타운〉, 지미는 콘서트를 직접 보기라도 한 것처럼 생생히 묘사했다. 나는 잠자코 고개를 끄덕이면서 들었다.

"그런데 니가 재수를 했던가?"

오마샤리프에 불을 붙이며 지미가 화제를 돌렸다.

내 실제 나이를 물어보는 것이었다. 지금까지는 서로 96학번이라는 타이틀에 묶여 편하게 반말을 써왔다. 글쎄, 하면서 나는 좀 애매하게 대답했다. 아마도 나는 올해 스물둘이 되었을 것이다. 아니면 스물셋. 사실 그것도 확실치는 않다. 내 나이는 언제나 헷갈리고 만다. 정확한 생년월일을 알수 없기 때문이다. 주민등록상에는 1974년생이라고 되어 있긴 하다. 하지만 그건 그다지 믿을 수 없는 기록이다. 경찰인가 수녀인가가 발견할 당시 나는 버려진 갓난아기였다. 그러니까 1974년은 내가 발견된 해이지 태어난 해는 아니다. 어쩌면 1973년생일 수도 있는 것이다.

"73년생일 수도 있다는 건 또 뭐냐?"

"말 그대로야. 내가 어찌할 수 있는 일이 아니지."

"출생신고를 늦게 했다는, 뭐 그런 스토리인가."

대충 그런 셈이라고 나는 얼버무렸다.

"그러니까, 공식적으로는 74년생이라는 거지?"

"그래."

"나보다도 한 살이 많구나. 난 75년생이야. 삼수를 했거든. 넌 사수냐?"

"아니 뭐, 꼭 그런 건 아니고."

"아무튼 이번 96학번 중 최고령이군."

"존댓말은 쓰지 않아도 돼."

"당연하지. 다 같은 96인데."

지미는 웃으면서 내 어깨를 툭 쳤다.

김서희도 그렇고 올해 대학에 입학한 96학번 신입생들은 대체로 1977년생이다. 질병으로 학교를 쉬었다거나 재수를

하지 않았다면 그렇게 되는 모양이다. 다들 혈기왕성한 20
대인 데다 심한 노동에 시달려본 적이 없는 인생이라 한두
살 차이쯤은 그다지 눈에 띄지 않는다. 적어도 머리가 벗겨
지거나 앞니가 빠진 학생은 보지 못했다. 간혹 상당히 늙어
보이는 학생들이 있긴 한데 그건 꼭 나이 탓만은 아닌 것
같다.

지미와 나는 두 잔째 기네스를 주문했고, 다시 잔을 부딪
쳤다. 이 아이리시 펍은 처음 와봤는데 분위기가 썩 괜찮다.
곳곳에 황금빛 하프 모양의 기네스사 로고가 박혀 있는 가
운데 스피커에선 아일랜드 민요 〈더 로키 로드 투 더블린〉
이 흘러나오고 있었다. 밴조로 연주되는 솔로 부분을 유심
히 들으며 나는 기분 좋게 기네스를 마셨다.

축제도 끝난 5월 20일, 김서희가 아르바이트 페이를 받았
다.

"저녁을 사지."

김서희는 봉투에 든 지폐들을 살랑살랑 흔들어 보였다.
강의가 모두 끝난 오후, 우리는 인문대 앞에서 만났다. 김서
희가 지도하는 고교생 제자의 성적은 이번에 10등에서 3등
으로 훌쩍 도약했다. 특히 김서희가 가르쳐온 국어와 영어
에선 95점을 받았다. 과연 추가 교습을 한 보람이 있었다. 학
부모와의 계약대로 보너스 포함, 60만 원을 받아냈는데 그

건 우리 같은 대학생에겐 상당히 큰 액수였다. 요즘 편의점이나 카페에서 파트타임으로 일하면 고작 시급 1500원을 받는다. 우리는 늘 벼르고 있던 멕시코 음식점에 가기로 했다.

음악이라기보단 스포츠에 가까운 풍물패 합주를 들으면서 캠퍼스 정문을 막 빠져나왔을 때였다. "거기, 신입생들" 하며 한 여학생이 우릴 불렀다. 그녀는 정문 옆에 데스크를 차려놓고 앉아 있었다. 아, 선배, 하면서 김서희가 그쪽으로 갔고 지미도 따라갔다. 분위기상 나도 갔다. 가까이 가보니 누군지 알 것 같다. 학생회관 식당에서 몇 번 본 적 있는 국문과 여선배다. 나이는 나와 비슷하지 않을까 싶다. 볼 때마다 식당 테이블에 엎드려 대자보를 쓰고 있었다. 대체로 '미군 철수', '노동', '국가보안법' 같은 키워드였다고 기억한다. 다 쓴 대자보를 게시판에 붙일 땐 청테이프를 잘게 찢어 손등에 붙인 뒤 하나씩 떼어서 종이 귀퉁이를 고정시키곤 했다. 꽃꽂이를 하듯 산뜻한 동작이어서 나는 매번 감탄하면서 구경했었다.

여선배는 오늘도 수더분한 모습이었다. 김서희가 그렇게 꾸미고 다니는 편은 아닌데 여선배 옆에 있으니 화사해 보일 정도다. 화장기 일절 없는 얼굴에 머리칼은 문구용 고무줄로 질끈 묶었다. 셔츠엔 페인트 얼룩이 묻었고 직물 조끼까지 입고 있어서 마트 직원 같다는 느낌도 있었다. 조끼의 가슴 부분엔 '제26대 총학생회'라고 찍혀 있다. 여성성을 지

우려고 애쓴 차림이었는데 그게 전혀 밉지 않고 잘 어울렸다. 몸에선 향수 대신 희미한 시너 냄새가 풍겨왔다.

"서명을 받고 있어. 너희들, 이런 거 관심 있니?"

여선배는 데스크에 놓여 있는 서류철을 가리켰다.

주한미군지위협정(SOFA) 개정을 위한 100만인 서명운동.

가두 캠페인답게 데스크 옆에는 커다란 사진을 전시해두고 있었다. 뭔가 하고 들여다봤더니 그것은 한 장의 살인사건 사진이었다. 상당히 잔혹한 사진이라서 우리 셋은 흠칫하며 뒤로 물러섰다. 룰루랄라 멕시코 음식점에 가던 길이었다. 20초 전만 해도 나초가 옥수수로만 만들어지는가 아니면 밀가루도 조금 섞이는가를 두고 논쟁을 벌이고 있었다. 정문 앞에서 이런 끔찍한 사진과 맞닥뜨리게 될 줄은 몰랐다.

사진 속 여자는 벌거벗었고, 질구에 콜라병이 꽂힌 채 죽어 있었다. 얼굴은 뭔가에 맞아 부어 있고, 몸엔 멍투성이다. 시체 위로는 하얀 가루가 뿌려져 있었다. 가정에서 흔히 쓰는 일명 '하이타이'로 여자를 살해한 미군이 증거를 없애기 위해 뿌렸다고 한다. 그러니까 여자는 주한미군을 상대하는 양색시였던 것 같다. 하룻밤 손님이었던 미2사단 소속 병사가 말다툼 끝에 여자를 죽이고 질에 콜라병을 박아 넣은 것이다. 그렇게 요약되는 사건이었다. 누구나 살인을 할 수는 있다. 어차피 살인은 어디서나 매일 일어나는 거니까. 이 치열한 나라에서 부대끼며 살아온 인간으로서, 살인이 아예 이해가 안 되는 바는 아니다. 각양각색의 싸이코들도 소시민의 탈을 쓰고 우리 옆에서 조용히 살아가고 있는 현실이다. 그러나 왜 굳이 그곳에 콜라병까지 박아 넣었던 것일까. 그건 도무지 이해할 수 없었다. 여자의 항문엔 끝이 뾰족한 장우산까지 찔러 넣어졌다. 설마 저게 우산인가 했는데 우산, 이었다. 일이 여기서 끝나지도 않는다. 사진 속 여자의 자궁엔 맥주병이 두 개 들어가 박혀 있었다고 한다. 그건 부검 결과 밝혀진 사실이다. 사건 자체도 끔찍하지만 이후 이뤄진 얼빠진 수사와 재판 역시 충격적이었다. 살인범이 주한미군인 탓에 우리나라 경찰이 구속수사하지 못했고, 법정에서도 고작 징역 15년을 받는 데 그쳤다는 것이다. 그게 다 불공평한 SOFA 협정 때문이라고, 여선배는 담담히 브리핑해주었다.

"너무해."

김서희는 한숨을 쉬면서 서명란에 사인했다. 지미도 연인의 손을 살며시 잡고 이름과 주소를 적었다.

나는 넋을 완전히 놓은 채 살인사건 사진을 멀거니 쳐다보고 있었다. 특히 죽은 양색시의 높은 콧날이라든가 긴 머리칼, 귓불이 거의 없는 작은 귀를 집중해서 보았다. 그러자 기분이 좀 이상해진다. 어디가 어떻게 이상한지는 잘 모르겠다. 정말 희한하게도, 지금 이 순간 내게 느껴지는 건 친밀감이었다. 혹은 반가움이라고 해도 좋았다. 비참하게 살해당한 양색시 앞에서 왜 그런 다정다감한 감정이 드는 건지는 알 수 없었다. 내심 혼자 의아해하고 있는데 갑자기 머릿속이 윙 울리더니 발밑이 흐물흐물해져 저 아래로 끌려 내려가는 듯한 기분 나쁜 감각에 휩싸였다. 순간 몸이 기우뚱거려 빈혈 환자처럼 데스크에 손을 짚어야 했다. 일시적인 현기증인가 했지만 빙빙 도는 느낌이 도무지 가시지가 않았다. 그렇게 한참 허우적거리다 얘, 얘, 하는 여자 목소리가 들려와 가까스로 정신을 차릴 수 있었다.

"서명하려면 빨리해. 니 동기들은 벌써 갔다."

국문과 여선배가 내 눈앞에 볼펜을 흔들었다.

멕시코 음식점은 창천교회 뒤편에 있었다.

출입문을 열기도 전에 후추 계열의 향신료 냄새가 물씬 풍겨왔다. 카운터엔 테킬라 병이 늘어서 있고, 군데군데 사람 키만 한 선인장이 놓였다. 입구에 전시된 인디오들의 사진과 토기들도 적절히 남미 분위기를 살려주고 있었다. 웨이터도 훈련이 잘돼 있는 편이다. 제대로 된 턱시도 복장을 했고 여자 손님이 자리에 앉을 땐 매너 좋게 의자를 빼주었다. 다만 음악이 최신 인기가요였다.

우리는 거리가 내려다보이는 창가 쪽에 자리 잡았다. 주문은 김서희가 알아서 했다. 메뉴판 맨 위에 있는 타코와 처음 들어보는 이름의 음식을 시켰다. 스페인어풍의 발랄한 이름이었는데 기억은 나지 않는다. 맥주는 코로나로 통일했다. 웨이터가 주문 내역을 확인한 뒤 레몬 슬라이스가 끼워진 코로나 세 병을 먼저 가져다주었다. 이어 나초와 살사 소스가 테이블에 놓였다. 우리는 일단 방배동에서 과외 지도력을 인정받은 김서희를 위해 건배했다.

"2등 할 수도 있었어."

국어에서 틀린 한 문제가 윤동주의 시였다는 것이다. 김서희가 〈별 헤는 밤〉을 통째로 외우라고 그렇게 신신당부했는데, 그걸 흘려들은 제자는 빈칸에 '북간도'를 채우지 못해 틀리고 말았다. 그 문제를 맞혔다면 반 석차 2등이 될 수 있었다는 얘기였다. 시가 어렵긴 하지, 하면서 지미가 끼어들었다. 그러면서 이번 수능 언어 영역이 얼마나 까다로웠는지 회상했다. 그 말에 김서희도 동의했다. 이육사의 〈자야곡〉이 나올 줄은 몰랐다고, 모의고사에 비해 언어 영역 지문이 너무 길었다고, 오랫동안 곱씹어온 듯 자분자분 말했다. 나는 그냥 듣고만 있었다. 수능에 대해선 아무런 할 말이 없었다. 얘기 도중 지미가 살사 소스 종지 좀 밀어달라고 해서 그렇게 했다.

곧 웨이터가 주문한 음식을 가져왔다. 타코는 대나무 바

구니에 포개져 나왔고, 다진 고기와 잘게 썬 양파, 토마토,
볶은 해산물은 큰 접시에 담겼다. 덩어리째 나온 치즈는 직
접 강판에 가는 식이다. 지미가 먼저 손을 비비며 옥수수 빛
깔의 타코에 이것저것 눌러 담았다.

"그런데 그건 어떻게 됐어?"

김서희가 일회용 물티슈 비닐을 째며 묻는다.

"뭐가?"

"밴조 말이야."

얼마 전 지미와 나는 종로3가의 악기 상가에 밴조를 보러
갔었다. 밴조가 필요하다는 데 멤버들 모두 이견이 없었다.
Pogues, Chieftains 등의 음악을 들어보면 반드시 밴조가 들
어간다. 본격적인 아일랜드 분위기를 위해선 밴조가 반드시
필요하다. 스코틀랜드 민속음악에 백파이프가 빠질 수 없는
것과 마찬가지 이치다. 김서희가 틴휘슬을 불어주고 있긴
하지만 그것만으론 아무래도 부족한 감이 있었다.

"그게 좀 비싸더라구."

"얼만데?"

"100만 원."

"그럼 다 같이 아르바이트를 해야 하나?"

아티스트는, 하면서 지미가 정색하며 말을 받았다.

"일하는 거 아니야."

"그럼 이건 어떨까."

김서희가 잠시 생각하고는 숄더백에서 뭔가 꺼냈다. 그것은 반으로 접힌 대학 학보였다. 그녀는 1면이 잘 보이도록 신문을 완전히 펴서 테이블에 올려놓았다. '청년문학상 공모'. 하단 광고란에 그렇게 인쇄돼 있다.

　"상금이 꽤 많아."

　김서희가 공모 요강의 첫 줄을 손톱으로 꾹 눌렀다. 상금 액수 부분엔 이미 빨간색 볼펜으로 동그라미가 여러 겹 둘려 있었다. 밴조를 살 수 있는 금액, 딱 100만 원이다.

　"문학상 상금이라면 아티스트의 영역이지."

　"하지만 대상을 받아야 해."

　"받으면 되지."

　지미는 뭐가 문제냐는 듯 리더십 있게 맥주를 마셨다. 그러고는 학보를 자기 쪽으로 돌려놓고 문학상 광고를 다시 한 번 눈으로 훑었다. 원고지 70매라, 중얼거리며 그는 손으로 턱을 쓰다듬었다.

　"좋아, 단편소설 하나 쓰지 뭐."

　"왠지 두근두근해."

　"우리에겐 유리한 점이 있어."

　"국문과라서?"

　"아니. 음악을 하고 있다는 거."

　"소설 집필은 감각만으론 안 될 것 같은데."

　"중요한 건 정신이야."

"남들과 똑같은 걸 하지 않는다?"

"바로 그거지."

지미와 김서희는 쩍 소리가 나도록 코로나 병을 부딪쳤다. 나는 묵묵히 둘의 대화를 들으며 타코 속에 고기와 치즈, 사워크림을 채워 넣었다. 그 과정에서 손바닥에 떨어진 소스를 혀로 핥았다. 타코는 좀 번잡스러운 음식이라는 생각이 든다.

"세 명이 동시에 응모하면 확률이 높아지기도 하고. 분명 셋 중 한 명은 당선될 거야."

지미의 말에 나는 퍼뜩 고개를 들었다. 그 바람에 타코 속 내용물이 반 넘게 흘러내렸다.

"나까지?"

"당연하지. 넌 400밀리 멤버 아니냐?"

하지만, 하면서 나는 이의를 제기했다.

"난 소설을 써본 적이 없어."

간혹 심심하면 대학 노트에 글을 끄적이긴 한다. 강의실 칠판 위에 붙어 있는 십자가라든가 복사대 아저씨의 갈라진 손가락, 혹은 학생회관 식당의 맛없음에 대해 생각나는 대로 쓰곤 한다. 분명히 한글로 쓰인 문장들이긴 하다. 최근에 개발한 멋진 글씨체로 써서 권위가 있어 보이기도 한다. 하지만 《태백산맥》, 《무기의 그늘》과는 완전히 다른 글이다. 내게도 안목이라는 게 있다. 그 정도 주제는 파악하고 있다.

"야, 나도 그래. 서희도 마찬가지일걸."

그렇게 말하고 지미는 공모 요강을 낭독하듯 죽 읽었다. 단편소설 1편 이상. 원고지 70매 내외. 6월 10일 마감. 학보사 사무실에 직접 제출 혹은 우편접수. 원고 말미에 이름과 학번, 연락처를 적을 것. 프린터 출력 요망.

"근데 타이틀이 쿨하지 못하군."

지미가 콧등에 주름을 만들며 지적했다. '청년문학상'이란 이름이 너무 고색창연하다는 것이다. 듣고 보니 그런 듯도 했다. 어렴풋이 근대화 시대의 행사라는 느낌이 있었다. 그건 전적으로 '청년'이란 단어 탓이다. 그것엔 미성숙, 경제적인 무일푼, 그런 이미지가 짙게 배어 있었다.

"우리끼리는 그냥 밴조문학상이라고 하자."

지미가 테이블을 탁 치며 말했다.

내 생각에도 그편이 훨씬 세련돼 보인다. 쿨하고 글로벌한 1996년의 느낌이 잘 반영돼 있었다. 그렇게 우리 셋은 밴조문학상을 위해 맥주병을 부딪쳤다.

오랜 기간 나는 같은 꿈을 반복해 꾸어왔다.

보육원 시절 시작된 꿈이니 열 살 무렵부터가 아니었을까 짐작한다. 이후 두세 달에 한 번씩은 반드시 꿈을 꾼다. 딱히 악몽은 아닌데 그렇다고 기분 좋은 꿈이라고도 할 수 없다. 꿈은 언제나 두 챕터로 나뉜다. 1부는 어릴 적 친구 진수가,

2부는 탤런트 김미숙이 등장한다. 서로 에피소드가 겹치진 않지만 묘한 연관성이 있다. 1부는 대체로 진수의 내레이션<u>으로</u> 시작한다.

1부.

세상에, 그런 비디오가 다 있냐.

나는 놀라서 자빠질 뻔했다. 같이 봤던 원석이, 성원이, 민규, 전부 다 뒤로 넘어갔어. 민규 걔는 훌쩍훌쩍 울었다. 비디오 속 여자는 희한한 신음 소릴 내었어. 수컷 말 역시 이히힝, 이히힝, 하고 울었지. 그러나 딱히 고통들은 아니었어.

진수가 비디오 내용을 담담히 말해주었다.

— 말도 안 돼. 수컷 말이랑 인간 여자라구?

정말이라니까.

— 아기는 어떡하냐?

문득 나는 궁금해졌다.

아기라니?

— 그런 걸 하면 아기가 생기는 거 아냐?

그렇지.

— 그러면 생겼겠네, 아기.

정말 그렇겠는데.

— 어떤 모습일까, 그 아기.

음, 그것까진 생각해보지 않았는데.

그때 진수의 머리 위로 잠자리가 지나갔다. 진수는 잽싸게 손을 뻗어 잠자리를 잡는다. 그리고 주머니에서 실을 꺼내 잠자리의 몸통을 묶었다. 잠자리가 날개를 떨며 붕 날자, 실 끝을 움켜잡은 진수의 몸도 둥실 떠올랐다.

— 야, 너 어디 가?

미국.

— 밥 먹을 시간이야. 늦게 들어가면 최사무엘 선생님한테 혼나.

흥, 보육원 따위 이제 지겨워. 뭐가 '천사의 집'이야? 단무지에 밥만 주면서. 잘 있어라. 난 미국 가서 햄버거 먹을 거야.

혼자 쓸쓸히 남겨진 나는 터벅터벅 둑방길을 걷다가 풀숲에서 개구리 한 마리를 잡았다. 그리고 진수가 그랬던 것처럼 개구리 뒷다리에 실을 묶어보았다. 개구리는 잠자리처럼 하늘로 솟아오르지는 못하고 앞으로 폴짝폴짝 뛰기만 했다. 하는 수 없이 나는 실을 부여잡은 채 개구리와 산책을 하기 시작했다. 육교를 두 번 건너고 버드나무가 우거진 공원을 관통한 뒤 횡단보도 앞에 나란히 서 있을 때였다.

너도 그 생각 하지?

그때 개구리가 갑작스러운 한국어로 말을 걸어왔다.

— 뭘?

수컷 말과 섹스한 여자 말이야.

나는 아무 대답도 하지 않았다. 그러자 개구리가 앞다리로 팔짱을 끼고 말을 이어갔다.

흐음. 니 생각대로야. 그 비디오 여자는 남자아이를 출산했어. 화장실에서 몰래 낳았지. 어떡하겠어? 애 아빠가 말인데. 산부인과에 갈 수도 없잖아. '애 아빠 어디 있습니까?' 의사가 묻는데 '지금 마구간에서 건초를 먹고 있습니다' 할 수는 없지 않겠냐. 그래서 여자는 아기를 혼자 낳았던 거야. 그런 뒤 포대기에 싸서 갖다 버린 거지. 수치스러워서 '못난 어미입니다. 잘 키워주십시오'라는 메모도 못 써넣었지. 그래, 맞아. 니 예감대로야. 그 아기가 바로 너야. 너 정말 안 됐다. 어우, 그게 뭐냐, 인간하고 말이. 차라리 개구리가 낫지.

그렇게 말한 뒤 개구리는 달리는 트럭으로 뛰어들었다.

2부.

장면이 바뀌어 나는 어느 단칸방에 누워 있다. 눈을 떠보니 옆에 탤런트 김미숙이 앉아 있다. 김미숙은 평범한 주부처럼 가계부를 쓰는 중이다.

이번 달엔 돈이 남네.

김미숙은 정리해둔 영수증들을 집게로 집어 가계부에 끼워넣는다. 김미숙은 나이가 좀 들어 보였으나 미인이라는 점은 변함이 없다. 드라마 〈사랑의 굴레〉에 출연했던 모습 그대로다. 세탁기 CF에서처럼 지적인 면모도 엿보인다. 지금은 컬을 넣은 풍성한 머리에 엷게 화장을 했다.

아가, 잘 잤니.

김미숙이 빙긋 웃으며 말한다.

— 엄마?

그래, 우리 아들. 배고프지 않니?

— 배고파요.

나는 눈물이 날 것만 같았다. 그래, 그랬구나. 그랬던 거였어. 나한테도 이렇게 예쁜 엄마가 있었던 거로구나.

좋아. 계란빵을 해줄게. 그전에 잠깐만.

김미숙은 담배를 꺼내 문다. 라이터 휠을 당겨 불을 붙인 뒤 아주 맛있다는 듯 연기를 후, 내뱉는다. 호흡의 끝 무렵 연기는 콧구멍에서 미세하게 흩어져 나왔다.

아가, 잘 봐라.

김미숙은 손가락으로 라이터를 돌리기 시작했다. 라이터는 새끼손가락에서 엄지로 타다닥, 올라왔다. 그리고 또다시 엄지에서 새끼손가락으로 타다닥, 내려간다. 참으로 능숙한 손놀림이었다. 김미숙은 그걸 몇 번이나 반복했다.

엄마 잘하지?

— 네.

나는 대답한다. 하지만 말을 하면서 나는 왠지 슬퍼진다. 왠지, 말이다. 김미숙은 담배를 다 피우고 재떨이에 꽁초를 눌러 껐다. 그런 뒤 아무렇지 않게 그 위에 침을 뱉었다. 노랗게 살아 있던 담뱃불이 치, 소릴 내며 꺼졌고 나는 고개를 딴 데로

195

돌렸다. 침 뱉는 김미숙의 모습을 나는 보고 싶지 않았다. 그런 건 정말 보고 싶지가 않다.

잠시 후 김미숙은 본격적으로 계란빵 만들기에 돌입했다. 믹싱볼에 계란 흰자를 분리해 넣고 거품기로 열심히 휘저었다. 점점 점도가 높아져 반죽이 단단해지자 설탕과 밀가루, 노른자를 넣어서 다시 열심히 젓는다. 김미숙은 최종 반죽을 완성한 뒤 프라이팬에 붓고 쿠킹호일로 덮었다. 빵이 부풀기를 기다리며 그녀는 오프너로 콜라병을 땄다.

너두 마실래?

김미숙이 콜라병을 내민다. 나는 마시기 싫다. 콜라병에 담긴 것이 빨간 피처럼 보였기 때문이다.

자, 어서.

김미숙이 자꾸 권해서 어쩔 수 없이 나는 콜라병을 받긴 한다.

— 이 여자는 엄마가 아니야.

나는 울 것만 같다.

이 여자는 나의 엄마가 아니다. 세상에 어떤 엄마가 자식에게 이런 콜라를 먹이는가. 엄마라면 라이터를 그토록 능란하게 돌리지도, 담배 연기를 코로 내뿜지도 않는다. 또 아무렇지도 않게 재떨이에 침을 뱉지도 않는다. 나는 가슴이 미어질 것만 같았다. 하지만 꾹 참고 상냥하게 웃어 보였다. 겁이 났던 것이다. 이 여자마저 떠나버리면 나는 '엄마'라고 부를 사람조차 없어진다. 그게 두려워서 나는 '아유, 맛있어, 엄마' 하며 콜

196

라병에 담긴 것을 꿀걱꿀걱 삼켰다. 숨을 꾹 참고 마셔서 아무 맛도 느껴지지 않는다.

콜라는 참 맛있지 않니?

— 네, 맛있어요.

콜라는 말이야.

— 네.

정말 맛있지 뭐니.

— 하지만…….

마셔, 아가야, 그것이 삶의 본질이란다. 아가, 기억해둬라, 시대정신이야, 콜라는 말이야, 누가 뭐래도, 이것이 숙명이란 거야, 숙명을 무시할 순 없지, 눈에 보이는 게 전부라고 생각하니? 아니란다, 아가, 두 번 아니야, 세상에 끝이란 건 없어, 누구도 끝이라고 말할 자격은 없어, 안드로메다에선 우리가 외계인인 거야, 네가 어디에 있든, 어느 시간 속에 있든, 아가, 명심해라, 3 곱하기 3이 반드시 9라고만은 할 수 없어…….

김미숙은 도대체 말이 되지 않는 문장을 중얼거렸다. 나는 뭐라 대답해야 할지 알 수가 없다. 그러다 갑자기 김미숙은 의미 없는 중얼거림을 멈췄다. 순간 그녀의 얼굴이 점점 조랑말로 변하는가 싶더니 김미숙은 이히힝, 하고 울었다.

스케줄대로 일요일엔 빨래를 하기로.

달력은 벌써 6월로 넘어갔다. 해는 점점 높아지고 갈수록 기온도 올라간다. 미용실이나 어학원에선 이미 플라스틱 부채를 나눠 주기 시작했다.

나는 한껏 기지개를 켜고 세탁기에 옷가지들을 쏟아 넣었다. 가루세제는 계량스푼의 3/4만 사용했다. 그것이 이 하숙집의 룰이기 때문이다. 뜨겁다 싶은 정도의 초여름 날씨였다. 아마도 직사광선의 영향이겠지만 욕실 외벽에 걸린 온도계는 벌써 섭씨 30도를 넘어섰다.

첫 문장을 뭐라고 써야 좋은가.

세탁기 모터 돌아가는 소리를 들으며 소설에 대해 생각한다. 도대체 뭘 어떻게 써야 좋을지 알 수가 없다. 플롯은 어떡할 것인지, 캐릭터는 어떻게 구축할 것인지, 독자는 또 누구로 상정해야 되는지, 그런 것도 답이 잘 안 나온다. 열심히 노력은 했으나 유감스럽게도 지난 열흘 동안 단 한 줄도 쓰지 못했다. '밴조문학상' 마감날은 이번 달 10일이다. 이제 일주일 조금 넘게 남은 셈인데 아직까지 원고지도 백지, 내 머릿속도 백지인 상태다. 도무지 진척이라는 게 없다. 원고지 70장을 채우는 일은 역시 내 능력을 넘어서는 일인가. 하긴, 내가 평생 쓴 글자의 양이 원고지 70장이 안 될지도 모르겠다. 싸움에 눈뜬 중2 여름방학 때부터 공부와 완전히 담을 쌓은 인생이다. 이후 일절 숙제나 필기를 해본 적이 없었다. 신문이나 잡지를 꾸준히 읽어오긴 했지만 소설 집필은 그것과는 또 다른 차원의 일이다. 캠퍼스에 와서 독후감을 써보기도 했지만 그것 역시 원고지 7매 정도의 분량에 불과했다.

밴조를 그냥 훔쳐 오면 어떨까.

그런 생각도 잠깐 해본다. 악기 상가의 보안 시설은 그다지 철저하지 않았다.

생각할수록 골치가 아파져 관자놀이를 꾹 누르며 빈 세탁 바구니를 집어 들었다. 세탁기 타이머는 탈수까지 마치고 50분 뒤 자동으로 꺼지도록 설정돼 있다. 뭐로 시간을 때울까 하다가 머리도 복잡한데《파이브 스타 스토리》나 다시 한 번 읽자, 라고 나는 생각했다.

그렇게 방으로 돌아가려는데 별안간 욕실 바닥의 흰 얼룩이 눈에 띄었다. 뭔가 했더니 조금 전 내가 실수로 흘린 가루세제였다. 발로 짓이겨버릴까 하다가 그냥 내버려둔다. 왠지 모르게 내 감각에 어필하는 면이 있었다. 무늬랄까 패턴이랄까, 그 흩어진 형태가 점점이 떨어진 흰 꽃잎처럼 보이는 것이다. 특히 습기 때문에 뭉쳐 있다가 터진 알갱이는 벚꽃잎과 거의 흡사했다. 그러나 딱히 아름답다고 할 순 없었다. 그저 바닥에 떨어진 가루세제가 우연히 낙화 이미지로 나타난 것으로, 따지고 보면 그리 신기할 것도 놀라울 것도 없다.

빨래하다 그냥 실수로 세제를 흘린 것일 뿐.

나는 세탁 바구니를 집어 들고 털레털레 방으로 돌아왔다. 방구석에 바구니를 내려놓은 뒤 침대에 누워《파이브 스타 스토리》를 1권부터 읽기 시작했다. 하지만 건성건성 세 페이지 정도 넘겼을 때 결국 만화책 읽는 것을 포기했다. 조금 전 욕실 바닥에서 본 꽃잎 패턴이 자꾸 기분 나쁜 안개처럼 떠다녀 뒤숭숭한 느낌을 주는 것이다. 하는 수 없이 다시 슬리퍼를 신고 욕실로 되돌아갔다. 그리고 세탁기 옆에 흩뿌려진 가루세제의 패턴을 살펴보았다. 이번엔 아주 유심히 들여다보았다.

역시 이 패턴이 문제였다. 기시감이라고 해야 하나, 이걸 어디선가 본 듯한 기분이 자꾸만 든다. 알 수 없는 힘에 이끌려 나는 지갑 속 사진을 꺼내 보았다. 경찰인가 수녀인가가 찍은 내 아기 적 사진이다. 늘 보던 사진이지만 이상하게도 오늘은 어딘가 미세하게 달라져 있었다.

이거 꽃잎이 아닌 것 같은데.

특히 아기 옷과 포대기에 점점이 떨어진 흰 꽃이 이상하다. 여태껏 그것을 당연히 벚꽃잎이라고 여겨왔는데 지금 보니 꽃잎이 아닌 것 같은 느낌이 든다. 어째서 이걸 벚꽃이라고 단정했던 걸까. 절대 꽃일 수가 없었다. 흩어져 있는 패턴이 지금 욕실 바닥의 세제 가루 패턴과 너무도 비슷하게 일치하는 것이다. 결정적으로 꽃잎이라기엔 영 크기가 일정

치 않고 둘레도 번져 있다. 이건 마치, 라고 나는 생각했다.

하이타이야.

갑자기 피가 머리로 쏠려와 나는 손으로 벽을 짚어가며 겨우 방으로 돌아왔다. 그대로 쓰러질 것만 같아 간신히 몸을 추슬러 책상 앞에 앉았다. 정신을 차리기 위해 결승을 앞둔 유도선수처럼 스스로 뺨을 두 번 때려봤으나 각성 효과는 나지 않는다.

주술에라도 걸린 듯 나는 내 아기 적 사진의 네 귀퉁이에 손가락을 대고 조금씩 넓혀보았다. 그러자 사진 프레임이 서서히 늘어나면서 안 보이던 공간이 차츰 드러나기 시작했다. 마치 시야가 넓어지는 것처럼, 혹은 영화의 부감처럼 아기의 포대기, 이불, 방바닥이 차례로 한 프레임에 담겼다. 확대된 사진 속 공간은 평범한 옛날 단칸방 풍경이지만 가정의 냄새는 없다. 살풍경하다고까지 할 순 없었으나 어딘지 쇳물 냄새 비슷한 피 냄새가 나는 것도 같다. 그리고 불길하게도 방바닥 도처에 하얀 세제 가루가 떨어져 있었다. 그것은 아기 주변에 꽃처럼 흩뿌려진 흰 분말과 같은 성분이지만 방의 중심부로 갈수록 패턴의 혼잡성이라든가 밀도, 악마적 기운 같은 것들이 점점 높아지고 있다.

그 분말이 '하이타이'라는 걸 어쩐지 나는 잘 알 수 있었다. '수퍼타이'도, '한스푼'도 아니다. 하이타이다. 그걸 깨닫자 지금까지 안개처럼 뿌옇기만 했던 불길함이 분명한 현실로 응결되었다.

사진 프레임을 조금 더 넓혀봤더니 이내 축 늘어진 여자의 팔이 나타났다. 그리고 곧 죽어 있는 젊은 여자의 나신이 보였다. 시체를 보고도 나는 그다지 충격받지 않았다. 어렴풋이 이것을 예상했기 때문이다. 반듯하게 쭉 뻗은 콧날, 긴 머리, 귓불이 거의 없는 작은 귀. 이 여자라면 잘 알고 있다. 미군에게 살해당한 양색시 아닌가. 여기서부터 나는 좀 힘겨웠다. 하지만 용기를 내 끝까지 사진 프레임을 넓혀본다. 단칸방 왼쪽에서 새로운 공간이 드러나며 곧 하이타이가 뿌려진 여체의 전신이 보였다. 하체에 꽂힌 콜라병, 검은색 장우산도 보인다. 그리하여 내가 아기였을 때 누워 있던 방 전체의 그림이 나타났다. 젊은 양색시가 방 한가운데에서 처참하게 죽어 있고, 오른쪽 구석엔 그녀의 어린 아들이 세상모르고 자고 있다. 이로써 퍼즐이 완성되었다.

그러니까, 내 아기 적 사진은 이 잔혹한 풍경의 일부였던 것이다. 그 증거로 저 아이에게만 카메라 초점을 맞추면 바로 내 아기 적 사진이 나온다. 실제로 나는 실험을 해보았다. 손가락으로 네모 프레임을 만들어 이 참혹한 살인 현장의 오른쪽 코너에 갖다 대어보았다. 그러자 정확히 내 아기 적 사진이 잡혔다. 입을 번데기처럼 오므리고 잠든 아기와 점점이 떨어진 흰 얼룩의 구도. 한 치 오차도 없이 원본과 그대로다. 다만 다른 점이 하나 있다면 이제 그 흰 얼룩은 벚꽃이 아니게 돼버렸다는 것이다. 포대기 위의 흰 점들의 정체는 싸이코 미군 자식이 사람을 죽이고 미친 듯 뿌려댔던 하이타이가 튀어서 생긴 흔적이었다.

이제야 비로소 이해가 된다. 왜 그때 학생회 서명운동 테이블에서 죽은 양색시에게 친근감을 느꼈던 건지. 왜 터무니없는 반가움이 느껴졌던 건지. 왜 자꾸 탤런트 김미숙이 꿈에 나타나 콜라병 운운했던 건지. 죽은 양색시는 바로 나의 엄마였던 것이다. 내 어머니가 동두천에서 미군에게 살해당할 때 나는 같은 방에 있었다. 나의 아기 적 모습은, 경찰 현장 감식의 절차로서 촬영됐던 것이다.

나는 지금 어디에 있는가?

정신을 차렸을 땐 천장에서 흰 가루가 우수수 쏟아져 내리고 있었다. 손가락으로 비벼보니 위생적인 세제 향기가 난다. 눈처럼 쏟아지는 가루를 맞으며 나는 모나미 볼펜을 들었다. 그리고 원고지를 끌어당겼다. 책상 위에 쌓여가는 흰 분말들을 손등으로 치우면서 나는 문장을 적어 내려가기 시작했다. 첫 문장을 어떻게 쓸까에 대한 고민은 말끔히 사라져 있었다.

김미숙은 크리스마스가 싫었다.

원고지에 그렇게 써본다.

썼다기보다는 손이 저절로 움직여 글자를 남겼다고 하는 게 옳겠다. 첫 문장 이후로는 호흡을 하듯 자연스럽게 문장이 나왔다. 플롯을 어떻게 구성하지? 캐릭터는? 문장 호흡이나 문체는? 걱정할 필요는 없었다. 나는 지금 픽션을 쓰고 있는 게 아니기 때문이다. 존재하는 현실을 있는 그대로 옮길 뿐이다.

3

김미숙은 크리스마스가 싫었다.

도대체 좋은 기억이라곤 없다. 여섯 살 때인가, 밤에 양말을 걸어놓았다가 재수 없는 짓을 한다고 아버지한테 빗자루로 얻어맞았다. 교회 연극에서 거지 역을 맡은 것도, 무대 계단에서 넘어져 웃음거리가 된 것도 크리스마스다. 첫 남자 친구가 변심해 피아노 치던 성가대원과 읍내 극장으로 〈아라비아의 로렌스〉를 보러 간 것도, 만취한 아버지가 입안 가득 토사물을 문 채 죽어버린 것도, 혼자 사법시험을 준비하던 큰오빠가 자신이 선물한 넥타이로 목을 맨 것도, 안면마비로 어머니의 입이 돌아간 것도, 단짝 친구 금희가 달리는 장항선 열차에 뛰어든 것도, 서울에서 내려온 미국인 전도사 마이클 스튜어트와 로버트 L. 존슨, 빌 더글러스가 바통

터치하듯 자신의 몸에 올라탄 것도, 여차저차 양색시로 전락해 동두천까지 흘러들어온 것도 모두 크리스마스였다.

그리고 오늘 또 크리스마스다.

정확히 말하면 크리스마스이브.

창밖엔 아침부터 눈발이 날린다. 이건 눈이라고 할 수도 없겠어. 김미숙은 골목을 내다보며 중얼거렸다. 벚꽃처럼 한두 점 흩날리는 눈을 구경하다가 그녀는 창문을 닫았다. 길 건너 살롱 '하와이'에선 〈고요한 밤, 거룩한 밤〉이 들려왔다. 감미로운 피아노 반주에 색소폰 멜로디를 넣은 연주곡이다. 재즈풍으로 편곡해서 중간중간 엉뚱하다 싶은 꾸밈음이 자주 튀어나왔다. 〈고요한 밤, 거룩한 밤〉이 끝나자 〈울면 안 돼〉가 이어졌다. 라이브 실황 녹음인지 미국인 피아니스트가 겸연쩍게 웃으면서 직접 노래하고 있었다. 왠지 가슴이 따뜻해져 김미숙은 조용히 따라 불러보았다. 피아니스트는 미국인답게 "유 베러 낫 크라이"했지만 김미숙은 그냥 한국어로 "울면 안 돼"라고 했다.

내일은 죽은 지 3일 만에 부활해 승천했다는, 이른바 신의 아들이라는 남자의 탄생일이다. 이왕 내려온 김에 가난이든 질병이든, 전쟁이든 매춘이든 뭐 하나 딱 부러지게 해결하고 갔다면 좋았을 것을. 자기만 날개 달고 하늘로 슥 올라가 버렸다.

남자들이 다 그렇지 뭐.

생각하면서 김미숙은 말보로를 입에 물었다. 밖에 나가
한 개비 피우고 오려는데 아랫목에 잠들어 있던 아이가 칭
얼대기 시작했다. 김미숙은 담배를 내려놓고, 화장대 서랍에
개켜둔 순면 기저귀를 꺼냈다. 아기의 엉덩이를 타월로 닦
고 가볍게 탁 때린 뒤 기저귀를 갈아준다. 기분이 좋아진 아
기는 울음을 뚝 그치고 김미숙을 골똘히 올려다보았다. 아
이의 눈동자가 하도 맑아서 김미숙은 몸이 기우뚱하며 그
속으로 빨려 들어갈 것만 같았다.

정말이지 잘생긴 아이였다. 이렇게 잘생긴 놈이 어떻게
자신한테 왔는지 매번 보면서도 경이롭다. 이 녀석이 정말
자신의 배 속에 아홉 달 동안 들어가 있었던 건지, 기절할 것
같은 산통 끝에 출산한 게 맞는지, 육체는 그렇다 치더라도
이 맑고 아름다운 영혼은 대체 어디서 붙어 온 것인지 신기
하기만 했다. 장군감, 이라는 말이 있다. 진부하기 짝이 없는
말이지만 이 아이한테 정말 딱 들어맞는 표현이다. 적어도
김미숙은 그렇게 생각했다. 달리 적합한 말을 찾을 수가 없
었다. 자기가 배 아파 낳은 아들이라 특별히 잘생겨 보이는
건 결코 아니다. 여자가 애를 낳으면 뻔뻔해진다고들 하지
만 그 정도 객관성은 견지하고 있다. 김미숙은 축축한 기저
귀를 손끝으로 접어서 방문 밖에 내어두었다. 부엌에서 손
을 씻고 들어오자 아기는 말간 눈으로 제 엄마를 말똥말똥
쳐다보고 있었다.

요 녀석, 또 그걸 해달라는 거로구나.

곧바로 알아듣고 김미숙은 빙긋 웃었다. 그러고는 '빙글 빙글 쇼'를 위해 방바닥의 라이터를 집었다. 자, 시작한다. 잘 봐라. 김미숙은 라이터를 새끼손가락에서 엄지까지 타다 닥, 올렸다. 의장대의 총 돌리기처럼 박자가 잘 맞고 숙련된 동작이었다. 상승의 정점에서 라이터는 다시 새끼손가락으로 척척척, 내려졌다. 김미숙은 이걸 몇 번씩 반복했고, 아기의 눈동자는 라이터를 따라 탁구공처럼 왔다 갔다 했다. 그 모습이 숨넘어갈 듯 귀여웠다. 분유통 광고의 아기 모델보다 열 배 깜찍하고, 남극의 펭귄보다 스무 배 사랑스럽다고 김미숙은 생각했다. 이루 말할 수 없는 행복감이 차올라 그녀는 좌우 번갈아가며 아들의 뺨에 열세 번 키스했다.

벽에 걸린 괘종시계가 오전 10시를 알렸을 때 김미숙은 미지근한 보리차에 분유를 타 아이에게 먹였다. 빠는 힘이 좋아 젖병은 금방 비워졌다. 운동 겸 놀이 겸 김미숙은 아이를 안고 방을 서성였다. 바깥 공기라도 좀 쐬어줄까 했으나 아기에겐 너무 쌀쌀한 날씨다. 감기에 걸려선 안 된다. 여름엔 뇌염 조심, 겨울엔 폐렴 조심. 그것이 육아의 기본인 것이다. 김미숙은 비행기도 태워주고 디스코도 춘 끝에 겨우 아이를 다시 재우고 살며시 아랫목에 뉘었다. 그러고는 얼얼해진 자신의 팔을 한 쪽씩 번갈아가며 주물렀다.

김미숙은 그제야 아침 식사를 했다. 오전 11시 반에 먹는 식사를 아침이라고 할 수 있을진 모르겠다. 언제나처럼 아침은 토스트다. 토스트라고 해봤자 식빵에 버터를 바른 것이지만 그래도 그런대로 맛이 있었다. 두 개 정도 먹으면 적당히 요기도 된다. 편리한 음식이 아닐 수 없다. 따로 식재료를 준비할 필요도, 곤로를 켤 필요도 없었다. 식빵에 버터만 슥슥, 그러면 요리 끝이다. 토스트엔 대단한 면이 있다고 김미숙은 늘 생각해왔다. 이걸 먹다 보면 어째서 미국이 전쟁에서 이겨왔는지 어렴풋이 짐작할 수가 있었다. 그들에겐 허례허식이 없는 것이다.

토스트를 오물오물 씹으며 김미숙은 잡지를 펼친다. 잡지라기보단 카탈로그인데 컬러 인쇄인 데다 광택이 근사해 무척 고급스러운 느낌이다. 캠프 케이시에서 흘러나온 것으로 최신 카메라가 전부 소개돼 있다. 렌즈가 50mm네 조리개 f1.2이네 자세한 사양이 열거돼 있긴 하지만 사실 읽어도 뭐가 어떻다는 건지는 잘 모른다.

카메라는 김미숙의 오랜 소원이었다. 카메라로 아들의 사진을 꼭 찍어주고 싶었다. 요 귀여운 아기 펭귄이 성장하고 변해가는 모습이 그녀는 늘 안타까웠다. 머리숱이 점점 많아지고 이목구비가 뚜렷해지고 손발이 커지는 걸 지켜보는 건 분명 흐뭇한 일이지만 한편으론 소중한 시간이 손가락 사이로 모래처럼 술술 새어나가는 듯한 상실감도 느껴졌다.

- 어린이대공원에서
- 나팔꽃 앞에서
- 유치원 입학 날

앨범에 그렇게 메모해 넣을 수 있다면 더 이상 바랄 게 없을 것 같았다. 애지중지 딸을 키워 시집보내면 도둑맞은 기분도 들고 그렇게 억울하다고 하는데 애틋하기는 아들도 마찬가지다.

이렇게 잘생긴 놈을 어느 기집애에게 공짜로 준단 말이냐.

김미숙은 먼 훗날을 생각하고는 한숨 쉬었다. 그러나 이녀석이 늠름한 대학생이 되어서 학교 뺏지를 달고 캠퍼스 잔디밭에서 끼끗한 여대생과 시와 소설을 논하는 광경을 상상하면 눈물이 날 것처럼 가슴 설레는 것도 사실이었다.

김미숙은 라이카 쪽은 아예 쳐다보지도 않았다. 그녀는 보급형 캐논 F-1 모델이 마음에 들었다. 하지만 이것 역시 가격이 어마어마했다. 무려 255달러. 1974년 현재 환율을 적용하면 11만 원이 훌쩍 넘어간다. 요즘 정부미 한 가마니가 6800원쯤 한다. 캐논 카메라를 사려면 쌀 몇 가마니가 필요한가, 그녀는 계산해보았다. 계산이 잘 되지가 않았다. 그녀는 머리를 긁적이며 카탈로그를 한 장 더 넘겼다. 뒷장으로 갈수록 가격이 내려가긴 했다. 미놀타 183달러, 펜탁스 148

달러. 가장 끝에 있는 게 리코 브랜드였다. 그건 55.50달러라고 돼 있다. 원화로 바꿔보면 대략 2만 5000원을 상회한다. 쌀 세 가마니 반, 혹은 1년 치 방세가 조금 넘는 가격이다. 도대체 카메라를 사려면 돈을 얼마나 벌어야 하는지, 몇 명의 미군을 받아야 하는지 계산해보다가 김미숙은 그만 정신이 아득해지고 말았다. 입맛을 다시며 카탈로그를 덮어버리고는 밖으로 나가 말보로 한 대 피웠다. 부엌문의 삼분의 일만 열고 그 틈으로 길게 후, 했다.

"야, 케이크 먹자."

정오 무렵 들이닥친 박춘자는 케이크 상자를 들고 왔다. 우습게도 박춘자는 산타로 분장한 모습이었다. 머리에 빨간 모자를 쓰고 탈지면 같은 가짜 수염을 달았으며 콧방울엔 빨간 스펀지를 집어넣었다.

"뭐예요, 얼굴이 그게?"

"피엑스에서 구했어. 미국 애들은 이러고 노나 봐."

박춘자는 방에 들어오자마자 연탄난로 뚜껑부터 열었다. 내 이럴 줄 알았지. 그녀는 밖에서 연탄을 집어 와 난로에 갈아 넣었다. 밑불과 구멍을 맞추느라 연탄을 몇 번 들었다 놓았다.

"오늘 같은 날은 팍팍 때. 밖에 내가 두 장 더 갖다 놨어. 크리스마스 선물이야."

"고마워요. 근데 '하와이'는요?"

"그냥 셔터 내려버렸어. 크리스마스라 손님도 없구. 2사단 애들은 죄다 휴가받아서 진짜 하와이에 간 모양이야."

박춘자는 케이크 크림을 손가락으로 쿡 찍어 먹으며 말했다.

"케이크는 웬 거예요?"

"캡틴 제임스가 갖다 줬어. 접시하고 포크 좀 가져올래?"

한눈에 보기에도 예술 작품 같은 초콜릿 케이크였다. 버스 안내양 모자만 한 사이즈에 온통 반질반질한 초콜릿이 덮였다. 밑단엔 연한 갈색 크림이 둘렸고, 위엔 'Happy X-mas'라고 쓰인 초콜릿 데커레이션이 올라가 있다. 어쩜 미국인들은 뭐든 이렇게 멋지고 우아하게 만들어내는 걸까. 피엑스에서 나오는 물건들은 하나같이 놀라운 것들뿐이다. 예쁜 케이크를 들여다보고 있자 김미숙은 여기가 동두천이라는 사실을 잠시나마 잊을 수 있었다. 〈신사는 금발을 좋아해〉였던가. 마릴린 먼로가 유럽행 여객선에서 연애도 하고 샴페인도 마시고 하는 영화가 있었던 것도 같은데 꼭 그런 기분이었다. 김미숙은 부엌에서 접시와 포크, 컵을 챙겨 왔다. 마실 것으로는 콜라를 집었다. 집에 있는 그럴듯한 음료가 코카콜라뿐이었다. 아유, 아니지, 하면서 박춘자가 정색하고 말했다.

"초콜릿 케이크와 콜라는 안 어울리잖니. 너무 달아서 머리가 아파질 거야."

"그런가요?"

"그래. 홍차 없어?"

"없는데요."

"아, 홍차가 딱인데. 그럼 우유는?"

"우유는 있어요."

김미숙은 다시 부엌으로 가 우유를 가져왔다. 코카콜라 병은 다시 갖다 놓기도 뭣해 그냥 방 한구석에 놓아두었다.

"아니, 촛불은 왜 켜요?"

김미숙이 컵에 우유를 따르는 사이, 박춘자는 케이크에 초를 꽂고 있었다. 연필보다 가느다란 노란색 양초 한 개였다.

"니 아기 돌이었잖니."

"이미 지났는데요 뭐."

"어쨌든 12월 생일 아니야?"

"맞아요."

"그럼 파티해야지. 모처럼의 초콜릿 케이크인데 그냥 먹어버리면 아깝잖아."

"근데 생일 지난 지 2주일도 넘었는데."

김미숙은 고개를 갸웃거렸다.

"까다롭게 굴지 마. 사람이 융통성이 없어. 원래 다 같이 12월생이면 그걸로 퉁치는 거야. 어차피 12월생 아이들은 모두 띠도 같고, 오늘의 운세도 같을 텐데 뭘. 군번도 달수로 끊어."

박춘자는 성냥을 그어 초에 불을 붙였다. 두 여자는 조촐하게 해피 버스데이 투 유, 노래를 불렀다. 촛불이 흔들리며 노랗고 따뜻한 불빛이 아기의 얼굴 위로 어른거렸다. 루브르인가 바티칸인가. 김미숙은 유럽에 있다는 유명한 종교화를 떠올리다가 가슴이 벅차올라 한숨을 내쉬었다. 노래가 끝나자 그녀가 아들을 대신해 호, 촛불을 불어 껐다.

건강하게 자랄 것.
젠틀한 남자가 될 것.
무슨 일이 있어도 대학에 꼭 들어갈 것.

초 심지에서 피어오르는 연기를 보면서 그녀는 소원을 빌었다. 초콜릿 케이크는 그야말로 입에서 살살 녹았다. 먹으면서 김미숙은 미안해졌다. 이 맛있는 걸 아이에게 먹일 수 없었기 때문이다. 그녀는 죄책감에 밍밍한 흰 우유를 벌컥벌컥 들이켰다. 그렇게 자신의 입안을 제로로 세팅하자 미안함이 조금이나마 가셨다.

그렇게 초콜릿 케이크를 맛보며 김미숙과 박춘자는 카드놀이를 했다. 성인의 탄신일인데 차마 '섰다'를 할 순 없어서 원카드를 하기로 했다. 딱히 머리 쓸 일도, 돈이 오갈 일도 없는 간단한 게임이다. 손에 쥔 일곱 장의 카드를 먼저 다

버리는 사람이 이긴다. 버릴 땐 판에 깔린 카드와 짝을 맞춰야 한다. 즉, 문양이 일치하든지 숫자가 같든지 해야 하는 것이다. 마지막 카드가 남았을 땐 '원카드'라고 외친다. 그것이 게임의 절정이다.

"넌 김자옥, 유지인, 문숙 중에 누가 더 예쁘다고 생각하니?"

카드놀이를 하면서 박춘자가 물었다. 글쎄요, 자신의 패에서 눈을 떼지 않은 채 김미숙이 입가를 긁적긁적했다. 아, 있다, 하면서 그녀는 다이아몬드5를 뽑아 들었다.

"전 김혜자가 좋더라구요."

"김혜자는 그렇게 예쁜 건 아니지 않냐?"

"그렇지만 이화여대를 나왔잖아요. 중퇴이긴 하지만."

"연기력은?"

"상관없어요, 그런 거."

"없구나."

"없죠. 이대를 나왔는데요, 뭐."

"무슨 말인지 알 것도 같다. 이화여대는 신촌에 있지."

아, 신촌, 눈이 부신 듯 김미숙은 눈을 가늘게 떴다.

"신촌 가보셨어요?"

"응. 한 번."

"어때요?"

"확실히, 노는 물이 달라."

"이화여대도 가봤어요?"

"못 갔어. 이대인 줄 알았는데, 다른 대학이었어."

"무슨 대학이었는데요?"

"글쎄, 이름은 잊어버렸어. 그다지 큰 캠퍼스는 아니었는데 정문 뒤로 잔디밭이 좍 펼쳐져 있더라구. 초입에 원뿔 모양의 석탑이 있었던 것 같아. 그 대학 상징물 같았어. 천하대장군이나 이순신 장군 동상 같은 뭐 그런 거 아니겠냐. 석탑 안쪽엔 황금빛 글자로 뭐라 박혀 있었는데 뭔 말인지는 잘 모르겠더라. 아랍어인가 러시아말인가, 당최 알아먹기 힘든 알파벳이었어. 잔디밭 너머엔 신식 건물이 있었고. 커다랗고 창문이 많아서 무슨 종합병원 같기도 했어. 아마 정문 오른쪽엔 테니스 코트가 있었을걸. 반바지를 입은 학생들이 일렬로 서서 서브 연습을 하고 있던 게 생각나. 아마 초여름이었을 거야. 몇몇 대학생들이 잔디밭에 누워 책을 읽고 있더라. 남학생들은 다들 핸섬하고, 여학생은 날씬하고. 벤치에 앉아 통기타를 쳤던 남학생도 기억나."

그렇게 말하며 박춘자가 큼큼, 목을 가다듬었다. 재떨이에 침을 뱉을 줄 알았는데 그녀의 입에서 나온 건 잔잔한 포크 송이었다.

긴 밤 지새우고

풀잎마다 맺힌

진주보다 더 고운

아침 이슬처럼

내 맘에 설움이

알알이 맺힐 때

아침 동산에 올라

작은 미소를 배운다

"이 노래 알아?"

"모르겠는데요."

김미숙은 고개를 가로저었다. 처음 들어보는 노래였다. 라디오를 자주 들어서 웬만한 가요는 대략 다 아는데, 그건 들어보지 못했다. '풀잎', '설움', '이슬'이 주는 애매하고 울컥한 느낌인 것으로 보건대 금지 가요 아닐까 김미숙은 추측했다.

"이걸 부른 가수가 그 대학 출신이라더군."

그건 그렇고, 하면서 박춘자는 카드를 한 장 내려놓았다.

"원카드야."

그녀는 말했다.

친한 언니와 아늑하게 카드놀이도 하면서 수다를 떠니까 김미숙은 기분이 좋아졌다. 이번 크리스마스는 느낌이 괜찮다. 제대로라는 기분이 있었다. 올 1974년의 크리스마스는 성탄절다운 성탄절로 기억될 것 같다. 항상 나쁘란 법은 없지. 김미숙은 생각했다. 새로 시작된 카드 판에 스페이드 퀸을 낸 뒤 김미숙은 문득 눈이 부셔서 고개를 들었다. 창문으로 오후 3시의 햇살이 일직선으로 뻗어 들어오고 있었다. 실내에 부유하던 먼지가 빛기둥에 부딪치자 반짝 섬광이 인다. 그것은 별 가루 같기도, 심해 야광충 같기도 했다. 반짝임들은 나타났다가 사라졌고, 떠올랐다가 가라앉았으며 멀어지는가 싶다가도 어느새 코앞으로 다가왔다. 김미숙은 그것을 멍하게 바라보았다. 그러자 어느 순간 시야가 어두워지면서 주변 중력이 점점 옅어지는 걸 느낄 수 있었다. 몸이 입자 수준으로 가벼워져 어디라도 갈 수 있을 것 같았다.

이것이 저것인가.

저것이 이것인가.

정적뿐인 가운데 김미숙은 끝없는 공간에 떠 있었다. 마치 자신이 입자 단위의 우주먼지가 된 것 같았다. 원래 우주엔 변방도 중심도 없는 거였구나. 난데없이 펼쳐진 무한 속에서 그녀는 깨달았다. 자신의 어휘로 딱 부러지게 표현할 순 없었으나 분명 그런 개념이었다. 몽롱해진 의식 상태로 그녀는 제일 먼저 아들의 이름을 불러보았다. 우주 한복판에 나타난 아들은 더 이상 아기가 아니었다. 사춘기 소년이었다가 건장한 대학생으로 바뀌었고, 그러다 다시 노인으로 모습을 바꾸었다. 그런 뒤 순식간에 또다시 갓난아이로 돌

아와 있었다. 그렇게 아들은 모습을 끊임없이 바꾸며 암흑
속을 유영하고 있었다. 어느 순간엔 김미숙 자신이 그의 딸
처럼 느껴지기도 했다. 혹은 그가 깊은 사랑을 나눈 연인이
라고도 생각되었다. 그때 아득한 저 끝에서 애, 애, 하는 소
리가 들려왔다. 지극히 현실적인 목소리에 그녀는 퍼뜩 지
구의 중력장으로 빨려 들어왔다.

"네 차례잖니."

정신을 차려보니 박춘자가 눈앞에서 카드를 흔들고 있었
다. 김미숙은 서둘러 패를 냈다. 하지만 엉뚱한 카드여서 박
춘자에게 지적을 받았다.

"잠깐 걷다 오지그래?"

트럼프 카드를 추슬러 케이스에 넣으며 박춘자가 말했다.

"어딜요?"

"글쎄, 아무 데나. 공원에서 비둘기한테 팝콘이라도 던져
주든가, 오락실에서 핀볼을 하든가. 다방에서 커피를 마셔도
좋구. 오늘 크리스마스이브잖아. 아이는 내가 잠깐 봐줄게."

"괜찮아요. 갈 데도 없는데요 뭐."

"다만 30분이라도 나갔다 와. 지금 니 얼굴, 말이 아니야."

"제 얼굴이 어떤데요?"

"뭐랄까, 김신조 같달까."

"김신조?"

"남한 대통령을 암살하겠단 일념으로 휴전선을 넘어온 김

신조가 북악산에서 수류탄 핀을 뽑았을 때의 표정 말이야."

"그걸……, 언니가 봤어요?"

"꼭 눈으로 봐야 아니?"

"그럼 그게 어떤 건데요? 김신조가 수류탄 핀을 뽑을 때의 표정이란 게."

"조용하고 의지에 넘치지만, 분연히 죽음을 각오한 표정."

"설마. 제 얼굴이 그렇다구요?"

"세상의 모든 아기 엄마들의 표정이기도 하지."

그 말을 듣고 김미숙은 왠지 가슴이 철렁했다. 그러나 일부러 맹하게 웃어 보임으로써 속내를 감췄다.

"아까 뭐 쓰고 있던데 그거 편지 아니야?"

"그냥 엽서예요."

"그럼 그것도 우체통에 넣을 겸 나가면 되겠네. 걱정 말고 갔다 와. 바람 좀 쐬고 다른 사람과 얘기도 좀 해. 니 아들이 알랭 들롱 뺨치게 생긴 건 알겠는데 너무 아기만 바라보는 것도 좋지 않아."

의외로 설득력이 있는 말이라 김미숙은 일어나 가죽 코트를 걸쳤다. 인조가죽이지만 칼라에 여우 털 비슷한 게 덧대어져 있어 꽤 고급스러워 보이는 옷이었다. 김미숙은 거울을 보면서 머리를 빗은 뒤 가르마 양쪽에 실핀을 꽂았다. 목에는 빨간색 머플러를 둘렀다.

"음, 한창 좋을 때다. 기분 좀 내고 와."

"금방 올게요."

"당연하지. 이때가 기회다 하고 혼자 미국으로 튀면 곤란해."

"네."

김미숙은 웃으면서 방을 나왔다.

우선 엽서부터 부치기로 했다. 이 구역 우체통은 대로로 이어지는 골목 끝에 있다. 김미숙은 고개를 좌우로 돌려서 사람이 있나 확인한 뒤 "꼭 당첨되게 해주세요" 기도하고 슬롯에 엽서를 넣었다. 엽서는 라디오 방송국에 보내는 것이었다. 〈꿈과 멜러디 사이〉 5주년 기념 이벤트는 애청자 서비스가 화끈했다. 세 개의 퀴즈를 모두 맞히면 추첨해서 선물을 주는데 1등 경품이 무려 카메라였다.

당첨될지도 몰라.

김미숙은 팔을 뒤로 꺾으며 하늘을 올려다보았다.

엽서를 우체통에 넣은 뒤 그녀는 하천과 나란히 이어지는 큰길을 산책했다. 바람이 쌀쌀했지만 옷을 단단히 챙겨 입어 춥진 않았다. 그렇게 한참 걷다 보니 보산동 클럽 거리가 나왔다. 캠프 케이시와 인접한 클럽 거리는 오늘도 미군으로 북적였다. 부대 위병소 앞엔 인디언 전사의 석상이 서 있다. 미2사단의 상징인 이 조각은 언제 봐도 멋이 있었다. 인디언 전사는 복근이 잘 발달돼 있고 뭔가 일을 벌여줄 것 같은 눈빛을 하고 있었다. 머리엔 독수리 깃털 장식을 둘러썼고, 오른손엔 도끼, 왼손엔 방패를 들었다. 이름은 알 수 없지만 용맹한 부족의 추장 같았다.

날이 날이니만큼 클럽 거리는 음악 소리로 시끌벅적했다. 'V.I.P', 'KISS', 'Little Chicago' 같은 네온이 번쩍번쩍했고, 공중엔 커다란 태극기와 미국 국기가 펄럭였다. 음악은 지미 헨드릭스와 롤링스톤즈였다. 여기서 헨드릭스가 전자기타로 〈부두 차일드〉를 후리면, 저기서 믹 재거가 "새티스팩션" 외치는 식이었다. 이 음악 저 음악 뒤섞인 잡탕이지만, 분명한 퀄리티 제한이 있어 패티김이라든가 '김훈과 트리퍼스' 같은 건 끼이지 못한다.

김미숙은 〈새티스팩션〉 멜로디를 허밍하면서 클럽 거리를 통과했다. 골목 끝에선 앳된 G.I와 마흔은 족히 될 법한 양색시 커플이 소박하게 불꽃놀이를 하고 있었다. 커플이라기보단 마치 자원봉사 군인과 요양원 환자 같았다. 진짜 아픈 데가 있는 건지 아니면 단순히 나이가 들어서 그런 건지 양색시의 눈자위는 움푹 꺼져 있었다. 그때 G.I가 화약 파우더를 덧입힌 철사에 불을 붙이자, 파바바 불티가 튀었다.

쏘 뷰티풀.

나이 든 창녀가 깨진 앞니를 드러내며 중얼중얼했다. 왠지 등골이 서늘해져 김미숙은 빠른 걸음으로 코너를 돌았다.

클럽 거리를 지나자 달리 갈 데가 없었다. 공원 벤치에 앉아 팝콘을 몇 알 던져봤으나 한겨울이라 비둘기는 날아오지 않았다. 어둑어둑해질 무렵, 그녀는 동네 목욕탕에 들어갔다. 따뜻한 물에 몸을 담그자 새삼 원기가 솟았다. 비둘기는 알로 나온 날이 생일일까, 알에서 부화한 날이 생일일까. 온탕에 앉아 그런 쓸데없는 상념으로 한가롭게 시간을 보내니 자신이 마치 부잣집 막내딸처럼 생각되기도 했다.

목욕을 마치고는 삼거리에 있는 Jacob's Shop에 들어갔다. 아기를 봐주고 있을 춘자 언니에게 맥주라도 사다 주는 게 도리일 것 같았다. 김미숙은 냉장고에서 크라운 맥주를 두 병 꺼냈다. 그리고 기왕 숍에 온 김에 뭐 필요한 물건이 없나 하고 안을 좀 더 둘러보았다. 가만있자, 비누는 집에 있고, 두루마리 휴지도 있고……, 하면서 김미숙은 잡화 코너를 한 바퀴 돌았다. 세제 선반에 하이타이가 보이길래 그걸 하나 집어 들었다. 매일 기저귀를 빨기 때문에 가루세제는 금방금방 쓴다.

"오랜만이네."

카운터에 물건을 올려놓자 주인아저씨가 인사를 건네왔다. 크라운 맥주 두 병, 하이타이 하나, 중얼거리면서 그는 주판알을 톡톡 튕겼다. 김미숙은 지갑을 손에 쥐고는 더 살 게 없나 하고 카운터를 둘러보았다. 출입문 쪽 선반에 우산이 진열돼 있길래 하나 집어서 살펴보았다. 무척 튼튼해 보이는 장우산이었다. 약간 무거운 듯했지만 뼈대가 단단하니 좋아 보였다. 우산살도 견고했고 천도 질긴 것 같았다. 무엇보다 길이가 긴 게 마음에 들었다. 안 그래도 이런 큼직한 장우산이 필요하긴 했다. 지난여름 비 오는 날 아이를 업고 약국에 간 적이 있었는데 우산이 너무 작아 둘 다 홀딱 젖고 말았다. 태풍이 왔다거나 빗줄기가 그리 세찬 것도 아니었는데 그랬다. 김미숙이 골똘히 우산을 보고 있자 숍 주인이 30프로 할인해주겠다고 흥정을 걸어왔다. 김미숙은 뭔가 마음에 안 든다는 듯 흐음, 턱을 쓰다듬고는 도로 우산을 내려놓았다. 다급해진 주인은 크리스마스 기념으로 특별히 20원을 더 빼주겠다고 말했다. 김미숙은 배시시 웃으며 검은 장우산을 카운터에 올렸다.

집에는 7시쯤 돌아왔다. 과연 춘자 언니의 말이 옳았다. 산책 갔다 오길 정말 잘했다. 대책 없이 둥둥 떠 있던 마음이 착 가라앉으면서 머리가 시원하게 맑아지는 기분이 드는 것이다. 말이 좀 거창하지만 왠지 눈앞의 지평이 한결 넓어진 듯도 했다. 얍, 김미숙은 남몰래 기합을 주었다. 어떤 역경이라도 헤쳐나갈 수 있을 것처럼 기분이 고무되었기 때문이다.

신발을 벗고 방으로 들어가자 따뜻한 훈기가 얼굴에 훅 끼쳤다. 난로 열기의 아지랑이 사이로 박춘자와 아기가 시야에 들어왔다. 외출했다 돌아왔는데 방이 따뜻하다는 것, 누군가 자신을 기다리고 있다는 것, 무엇보다 이렇게 살아서 숨 쉬고 있다는 것, 그것만으로도 신께 감사할 일 아닌가 하는 생각이 들어 그녀는 가슴이 벅차올랐다. 올 크리스마스는 진짜 제대로야. 축배를 들기 위해 김미숙은 부스럭거리며 비닐봉지에서 맥주병을 꺼냈다.

"쉿, 조용."

박춘자가 입술에 검지를 갖다 댔다. 왜 그러나 했는데 박춘자는 아기에게 소설책을 읽어주고 있었다. 책은 누렇게 변색된 문고본이었다.

"못 알아들을 텐데요."

"아냐. 알아듣는 것 같아."

"아직 '엄마'도 제대로 못 부르는 아이예요."

"아까 말도 못 하게 울어 젖혔거든. 그런데 책을 읽어주니까 울음을 뚝 그치더라고."

김미숙은 어깨를 으쓱하며 박춘자의 말을 흘려들었다. 이제 막 돌이 된 아이가 문장을 이해한다는 건 터무니없는 주장이었다. 하지만 한편으론 자기 아들이 보통 이상으로 머리가 좋아서 장차 유명한 학자나 소설가가 될지도 모른다고 생각하면 기분이 좋아졌다. 그녀는 휘파람으로 캐럴을 부르며 간단히 술상을 차렸다. 밥상으로 쓰는 소반을 펴 맥주병을 올리고 글라스를 놓았다.

"어디 갔다 온 거야? 너한테서 좋은 냄새가 난다."

"목욕하고 왔어요."

맥주를 맛 좋게 한 모금 마신 뒤 둘은 누구랄 것도 없이 서로의 얼굴로 다가가 입을 맞췄다. 밥상의 한가운데 지점에서 키스는 이루어졌다. 서로 혀를 넣거나 돌리지는 않았다. 짧은 입맞춤이 끝난 뒤 박춘자는 여유 있게 후후, 웃었으나 김미숙은 얼굴이 약간 빨개졌다.

"창녀가 창녀에게 키스하면 죄가 두 배가 되는 건가. 아니면, 제곱을 해야 하나."

"에이, 뭔 말을 그렇게 해요."

500밀리 맥주 두 병은 금방 비워졌다. 박춘자가 세 잔 반, 김미숙이 두 잔 마셨다. 맥주를 마시자 갑자기 배가 고파져 둘은 밥을 차려 먹었다. 반찬은 김미숙이 시골에서 가져온 명란뿐이었지만 두 여자는 맛있게 밥 한 그릇씩 싹싹 비웠다.

"오병이어(五餠二魚)가 따로 없군."

박춘자는 배를 두드리며 입가심할 물을 찾았다. 주변을 두리번거리다 방구석에 있는 콜라병을 발견하고는 슬라이딩하듯 콜라를 집어 왔다. 그런 뒤 오프너로 뚜껑을 따고 맛좋게 한 모금 들이켠다. 김미숙도 콜라를 마셨다. 언제 마셔도 실망하는 법 없는 상큼한 맛이었다. 입안에 남은 음식 뒷맛이 톡 쏘는 라임 향에 깔끔하게 쓸려 내려갔다.

"아가, 오늘 하루 종일 우리만 맛있는 거 먹어서 미안해."

이거라도 마셔볼래? 김미숙이 아들 앞에 콜라병을 흔들었다. 음료의 탄산이 부서지며 쏴, 소릴 냈다. 아기는 잠깐 눈을 떠 수상쩍은 시커먼 음료를 빤히 올려다보다가 이내 다시 잠들었다.

"이제 난 슬슬 가봐야지."

밤 9시쯤 박춘자는 하품을 하며 일어났다. 자고 가세요, 김미숙이 빈 콜라병과 맥주병을 방구석에 정리하면서 말했다.

"아무래도 가는 게 좋겠어. '하와이' 연탄도 갈아야 되고. 새벽에 캡틴 제임스가 올지도 몰라. 걘 아무 때나 외출하거든. 여기선 헌병이 왕인데 누가 헌병을 말리겠어."

박춘자는 벗어놓은 스웨터를 주워 입고 신발을 신었다. 손가락으로 구겨진 뒤축을 펼 때였다. 아 참, 하면서 박춘자가 뒤돌아섰다.

"아까 어떤 남자가 찾아왔었어."

"언제요?"

"글쎄, 너 나가고 한 20분쯤 뒤였나."

"누구였는데요?"

"뭐, G.I.지. 크리스 월튼이라고 하던데?"

아, 크리스, 하면서 김미숙은 젊은 미군을 바로 떠올렸다. 요 앞 여인숙에서 딱 두 번 상대한 남자다. 계급은 프라이빗. 입대한 지 얼마 되지 않은 신병이라고 했다. 고향은 오하이오주 클리블랜드. 미국인치고는 꽤 과묵한 사람이었다. 영어를 정확히 이해한 건 아니지만, 엄격한 기독교 집안에서 자랐다고 했던 것 같다. 침대에 누워 담배를 피우며 마이 패밀리, 크리스천, 크레이지 크리스천, 이라는 말을 몇 번이나 반복했다. 그래서인지 오럴이나 이상한 자세를 요구하진 않았다. 김미숙은 그 점이 마음에 들었다. 크리스는 전희 없이 담백하게 삽입하고 4, 5분 만에 일을 끝냈다. 옷을 입고는 반드시 1달러를 더 주었다. 그런데 크리스 월튼이 내가 사는 곳을 어떻게 알았을까. 김미숙은 의아했다. 그에게 주소를 가르쳐준 기억이 없었다.

"왜 왔대요?"

"왜긴. 이쁜이 애인이 보고 싶어서 왔겠지. 문은 열어주지 않았어. 미스 미숙은 언제 오냐고 묻길래, '아이 돈 노우' 했지. 그러자 한숨을 푹 쉬면서 너한테 줄 선물이 있다고 하더군."

"선물? 무슨 선물이요?"

"뭔지는 모르지. 아무튼 이따 밤에 다시 오겠대. 좋겠네, 미스 미숙. 선물 주는 남자도 있고."

양쪽 신발을 다 꿰어 신은 박춘자가 섬돌에서 내려설 때 부엌문에 기대어 있던 장우산이 저절로 스르르 기울어 쓰러졌다.

"뭐야, 이건? 아깐 없었는데."

박춘자가 고개를 갸웃하며 쓰러진 검은 우산을 도로 똑바로 세웠다.

"아까 숍에서 세일하길래 하나 샀어요."

"이것도 오늘 산 거야?"

박춘자는 우산 옆에 있는 하이타이를 발로 톡 건드렸다.

네, 김미숙은 수줍게 대답했다. 자신의 궁상을 들킨 듯했던 것이다. 아니나 다를까 팔짱을 낀 박춘자가 고개를 절레절레 흔들면서 김미숙의 서민 근성을 지적했다.

"야, 야, 크리스마스 쇼핑을 하려면 화끈하게 해야지, 우산하고 하이타이가 뭐냐? 내년 크리스마스에는 밍크코트하고 샤넬 향수하고 양산을 사. 그래야 팔자를 확실히 고치지."

네, 알았어요, 김미숙은 엷게 웃으면서 박춘자를 대문 앞까지 배웅해주었다.

골목엔 그새 얇은 차렵이불처럼 눈이 덮여 있었다. 고운 봄꽃 같은 눈이었다. 처음엔 점점이 흩날리는 벚꽃잎 같았지만 이내 함박눈이 되어 하얗게 쏟아졌다. 김미숙은 골목 가로등 밑에 서서 눈을 맞고 있었다. 수직으로 일사불란하게 떨어지는 눈발을 보고 있자니 어느 순간부터는 눈이 낙하하는 게 아니라 자신이 하늘로 올라가는 듯 여겨졌다. 어느새 그녀의 머리와 어깨엔 눈이 소복이 쌓여갔다. 김미숙은 자신의 몸에 얹힌 하얀 눈을 손등으로 털어냈다. 그것은 가루처럼 부스스 떨어져 내렸다. 아마도 착각이겠지만 너무 하얘서 그런지 눈송이에서 위생적이고 좋은 향기가 나는 것도 같았다.

정말 크리스마스구나.

아무것도 믿어지지 않아 김미숙은 지금 막 떨어지는 눈송이에 혀를 갖다 대보았다.

4

"학생이세요?"

매표소 여직원이 손끝으로 창구의 투명창을 톡톡 두드려서, 잠깐 딴생각을 하고 있던 나는 서둘러 지갑에서 학생증을 꺼내 보였다. 그녀는 학생증을 확인한 뒤 숙달된 손으로 티켓과 잔돈을 내주었다. 여느 때와 다름없이 티켓값은 학생 할인이 적용돼 10퍼센트가 제해졌다. 대학생도 할인이 된다는 건 대학에 와서야 알았다. 경제가 호황이라서 그런 건지 아니면 단순히 배급사의 마케팅인지 이유는 알 수 없다.

상영 시간까지는 여유가 좀 있어서 88라이트 한 개비 물었다. 끊어야 할 텐데, 중얼거리며 라이터로 불을 붙였다. 여름방학이라 종로2가는 인파로 붐빈다. 젊은 여자들은 가판대에서 머리핀을 골랐고, 아르바이트생들은 유학 알선 업체

상호가 인쇄된 홍보용 부채를 나눠 주고 있다. 노점상들은 반건조 오징어에 버터 소스를 발라 굽는다.

"불 좀 빌립시다."

그때 한 남자가 다가와 내 앞에 섰다.

나이는 20대 중후반, 키 185센티미터 정도의 건장한 체격이었다. 이 더운 날에 칼라 있는 긴소매 셔츠를 입었다. 그러나 언뜻 봐도 샐러리맨이나 보험판매원으로는 보이지 않았다. 소매 밑으로 사슴뿔 문신이 흘끗 비쳤고, 머리는 삭발 비슷하게 바투 깎았으며 왼쪽 귓불엔 피어싱을 했다. 헤어스타일과 부리부리한 눈만 보면 얼핏 프랑스 배우 뱅상 카셀과 비슷한 생김새다. 여기, 하면서 나는 그에게 라이터를 건넸다. 불은 켜주지 않았다. 초면인데 굳이 불까지 켜서 바칠 필요는 없다고 판단했다. 남자는 라이터를 받아 들고 자신의 던힐에 불을 붙였다.

"영화 보러 오신 겁니까?"

라이터를 돌려주며 그가 물어왔다. 나는 대답은 하지 않고 그렇다, 라는 의미의 제스처만 보여주었다.

"공포영화 같군요."

극장 간판엔 〈이레이저 헤드〉의 포스터를 크게 확대한 그림이 걸려 있다. 감전된 듯한 머리칼의 남자 형상인데 흑백영화라 거의 음영으로만 그려졌다. 당신의 머리가 잘려나가는 체험. 포스터 카피는 그렇게 돼 있다. "이런 걸 컬트영화라고 부르는 것 같더군요"라고 나는 말했다. 잘난 척한다는 인상을 주지 않기 위해 어디서 읽었다는 말투로 말했다. 이후 각자 담배를 한 모금씩 빨았다. 혹시, 하면서 그가 다시 말을 걸어왔다.

"복권 사보셨습니까?"

뜻밖에도 그는 기입식 복권에 대한 얘기를 하기 시작했다. 요즘 새로 나온 복권인데 직접 숫자를 써넣는 거라 상당히 재미있다는 것이다.

"저번 주에 그걸 하나 샀지요. 게임 룰은 간단합니다. 볼펜으로 빈칸에 숫자 일곱 개를 쓰면 됩니다. 숫자를 순서대로 모두 맞추면 10억 따는 거지요. 벼락을 연달아 세 번 맞을 확률이라는데 해보지 않고선 아무도 모르는 거 아니겠습니까. 뭘 써넣을까 하다가 내 삐삐번호를 썼습니다. 앞의 015를 빼고 적으면 숫자가 일곱 개 되지 않습니까. 이번엔 예감이 아주 좋았습니다. 돌아가신 할아버지가 꿈에 나왔거든요. 영감이 '아가, 너도 이제 고생 끝이다'라고 말씀하시더군요. 그리고 어제 당첨 번호 추첨이 있었지요. 원, 가슴이 다 떨리더군요. 어떻게 됐는지 아십니까?"

그가 뜸을 들이며 난데없이 진지한 표정을 지어 보였다. 나는 결과가 몹시 궁금했지만 내색하진 않았다.

"젠장, 집 전화번호가 나온 겁니다."

남자는 손바닥으로 자신의 이마를 쳤다. 나는 웃었다. 재미있는 이야기라고 생각했다. 담배를 피우며 그와 나는 이 런저런 얘기를 나누었다. 그는 현재 특별한 일을 하고 있진 않다고 말했다. 그러나 언젠가 반드시 부자가 될 거라고 했다. 100억쯤 벌어 하와이에 별장을 사고 프랑스에서 콩코드 비행기를 탈 것이며 매일 송로버섯 요리를 먹을 것이라고 말했다. 나는 가만히 듣고 있다가 아직 젊으시니 충분히 가능하다고 대꾸했다.

"그런데 혹시 학생이십니까?"

대뜸 그가 화제를 바꿔 물었다.

갑자기 왜 학생이냐고 묻는 건가. 질문의 의도를 파악할 수 없었다. 그는 초상화라도 그리듯 꽤 오랫동안 내 얼굴을 쳐다보았다. 나 역시 시선을 피하지 않고 맞받아주었다. 눈을 내리깔아야 할 이유가 전혀 없었다. 그렇게 서로 10초쯤 팽팽히 마주 보고 있을 때였다. 아, 이거, 하면서 그가 먼저 침묵을 깼다.

"실례했군요. 제가 찾고 있는 사람인 줄 알았습니다."

그는 피우던 던힐을 땅에 버리고 구둣발로 밟아 껐다. 그런 뒤 침을 한 번 뱉고 종각역 쪽으로 걸어갔다.

영화를 보고 나오자 오후 4시 반이었다.

해가 기울어 아트홀 건물 그림자는 거리 쪽으로 길게 늘어져 있었다. 언제나 그렇듯 종로에 온 김에 교보문고에 들르기로 했다. 신간 서적과 음반을 훑어보다가 문구 코너에서 잘 써지는 젤펜 한 자루 샀다. 서점에 오면 이상하게 볼펜을 구입하게 된다. 연습용 종이에 필기감을 테스트하다가 건너편 여고생과 눈이 마주쳤다. 그 여학생도 펜을 테스트하고 있었다. 나는 '잘 나오나'라고 썼고, 여고생은 '2학년 3반 전미나'라고 썼다.

삼청동 갤러리까지 둘러보다가 신촌으로 돌아왔더니 저녁 7시가 다 된 시각이었다. 배가 고파서 백화점 푸드코트에 들어가 포크커틀릿 세트를 주문해 먹었다. 식사를 마치고 나선 간단히 쇼핑을 했다. 쇼핑이라고 해봤자 캔 맥주와 식빵을 산 것이다. 하숙집에 돌아와 냉장고에 캔 맥주부터 챙겨 넣었다. 식빵은 이틀 치 먹을 것만 남겨두고 나머지는 냉동실에 넣었다.

시원한 캔 맥주를 마시면서 오늘 본 〈이레이저 헤드〉에 대한 감상을 노트에 적는다. 새로 산 젤펜으로 글자를 한 자 한 자 적어 내려가는 건 꽤 기분 좋은 일이었다. 다 쓰고 보니 두 페이지 반 분량이 되었다. 써놓은 걸 죽 읽으면서 비문이나 문맥이 어색한 부분은 없는지 살폈다. 의미가 모호한 부분은 부연해 더 써넣었다. 교정을 보다가 뭔가 번뜩 떠오르는 게 있으면 그때그때 포스트잇에 메모해 붙였다.

※ '이레이저 헤드'는 영어로 'Eraser head'인데 이걸 미국인

234

처럼 빨리 말해보면 'r' 발음 때문에 'Erase your head'처럼 들린다. 결국 데이비드 린치 감독은 '당신의 머리를 지워버려라'라고 말하고 싶었던 것일까.

  ※데이비드 린치, 데이비드 핀처, 상당히 헷갈린다. 데이비드 크로넌버그, 스티븐 소더버그도 헷갈리는 편. 감독은 아니지만 하비 케이틀, 에드 해리스도 어쩐지 혼동된다.

그런 자잘한 것들을 추가해 적었다.

마지막으로 감상문을 한 번 더 읽고 클립으로 노트에 영화 티켓을 고정시켰다. 이로써 하루가 산뜻하게 끝났다. 노트를 책꽂이에 꽂은 뒤 욕실로 가서 이를 닦고 세수를 했다. 조용한 여름밤이었다. 1, 2층 할 것 없이 하숙방 대부분은 불이 꺼져 있었다. 방학이라 다들 고향에 내려갔거나 여행을 떠난 걸로 보인다. 어디선가 반딧불이가 나타나면 참 운치 있겠다고 생각했지만 여긴 서울 신촌의 하숙집이다. 반딧불 같은 건 보이지 않는다.

방으로 돌아와 발에 베이비파우더를 뿌리고 9시 뉴스를 보았다. 뉴스 말미에 미국 애틀랜타에서 적응 훈련 중인 이봉주 선수가 나왔다. 벌써 또 올림픽인가. 언제 4년이 지났는지 새삼스러워 인터뷰를 끝까지 지켜보았다. 이봉주는 텁수룩한 수염에 땀 젖은 러닝셔츠 차림으로 트랙을 돌고 있었다. 머리칼에 색깔을 넣거나 젤을 바르진 않았다. 오직 금메달뿐. 그는 어눌하게 한마디 하고 다시 트랙을 달렸다. 달리기 말고는 아무것도 없는 자의 얼굴이었다. 나는 그가 이번 올림픽에서 꼭 금메달을 따면 좋겠다고 생각했다.

스포츠뉴스와 일기예보까지 마저 본 뒤 텔레비전을 껐다. 선풍기 타이머를 한 시간으로 맞추고, 며칠 전 노점에서 산 왕골 돗자리를 침대에 깔았다. 피곤해서 일찍 잘 생각이었는데 전등불을 끄기 직전 삐삐가 울렸다. 액정을 보니 음성 메시지라 전화기를 들고 사서함 비밀번호를 눌렀다. 김서희 아니면 지미이겠거니 했다. 내가 받는 연락의 95퍼센트는 그들에게서 온다. 그래서 이봐, 하는 음산한 목소리가 들려왔을 때 나는 적잖이 놀랐다.

"이봐, 나는 니가 지난 3월 14일 청량리 큐 당구장에서 한 일을 알고 있다."

어제 사둔 새 담뱃갑을 뜯어 한 개비 물고 불을 붙였다.

양치한 뒤엔 담배를 피우지 않는다는 게 원칙이다. 하지만 지금 구강 청결이 문제가 아니다.

누굴까.

아무리 기억을 되짚어봐도 매치되는 목소리가 없다. 삐삐에 음성을 남긴 남자는 표준어를 썼고 나이가 그다지 많지 않았다. 20대 초중반, 많아야 30대 초반. 목소리를 깔아서 그

렇지 음색 자체는 맑았다. 적어도 담배를 많이 피우는 헤비
스모커는 아닌 걸로 보인다. 아는 목소리 중에 그런 깨끗한
보이스가 있었던가, 자문해봤지만 도무지 감이 잡히지 않는
다. 한참을 더 생각해보다가 머리가 지끈거려 탐색을 그만
두었다.

삐삐 목소리가 누구인가와는 상관없이 두 가지 사실을 깨
달을 수 있었다. 그날 밤 목격자가 있었다는 것. 나의 행운은
여기까지라는 것. 일이 결국 이렇게 되는 건가 싶다. 어쩌면
나는 2학기를 시작할 수 없을지도 모르겠다.

아까 극장 앞에서 만난 남자일까.

그는 팔에 문신을 새겨 넣었고 내게 학생이냐고 물었었
다. 지금 떠올려보니 자신이 찾고 있는 사람이 나와 닮았다
는 뉘앙스도 풍겼다. 하지만 아무래도 말투가 다르다. 삐삐
목소리는 분명한 표준어를 구사했다. 반면 문신 사나이의
말투엔 비교적 강한 부산 사투리가 섞여 있었다. 그 억양 때
문에 복권 이야기가 그토록 재미있게 들렸던 것이다.

혹시, 큰형님이 살아 계신 건가.

아니, 아니. 그건 너무 현실성 없는 얘기다. 그분은 내 손
으로 직접 보내드렸다. 실탄으로 정확히 이마를 쐈고, 고개
가 픽 꺾이는 걸 확인했다. 만에 하나 어떤 신비한 이유로 그
분이 부활했다 치자. 당장 내 목을 따거나 산 채로 제재소 분
쇄기에 처넣을 분이지 '나는 니가 당구장에서 한 일을 알고

있다' 식의 메시지를 남기진 않는다. 그럴 분은 아니다.

그날 밤 당구장 주변에서 날 엿본 사람이 있었나 생각해보지만 그럴 가능성도 극히 희박하다. 큐 당구장은 여러 상가의 벽을 터서 합친 공간이기 때문에 건물 2층에 입점한 다른 가게는 없었다. 공중화장실도 없어서 행인이 들락날락거리지도 않았다. 유리창엔 내부를 보이지 않게 하는 불투명 시트지가 부착돼 있었으며 주변은 공영주차장 부지라 안을 염탐할 만한 고층 건물도 없었다.

자자, 현실적으로 생각해보자.

지금 와서 그런 자잘한 디테일들을 따져봐야 아무 소용이 없다. 정말 중요한 것은 내가, 권총으로, 사람의 머리를 쐈다는 것이다. 그리고 그걸 알고 있는 사람이 존재한다는 것. 물론 그날의 대학살은 해부학 교수가 벌인 짓이고, 경찰에서도 그의 단독 범행으로 정리해 발표했다. 법적 책임은 전적으로 그에게 있는 것이다. 나한테 죄가 있다면 그날 밤 피에르가르뎅 양말을 사 들고 온 것뿐. 권총을 쏠 의도는 애당초 없었다. 나무를 찍어놓은 건 해부학 교수이고 나는 다 기울어진 나무에 입바람 한 번 후, 불었을 따름이다. 엄밀히 말하면 공범이라고 할 수도 없다.

그렇게 결론 내려보지만 역시 찜찜함이 가시질 않는다. 이래저래 합리화한들 끝을 본 건 나라는 사실은 변함없는 거겠지. 어쨌든 살인은 살인이다. 나는 손바닥으로 마른세수를 하고 책상 위의 담뱃갑을 집었다. 무더운 여름밤이었다. 겨우 팔을 뻗는 동작만으로도 이마에 땀이 배어 나온다. 어느새 멈춰버린 선풍기를 다시 작동시킨 뒤 다섯 개비째 담배에 불을 붙였다. 그나저나, 라고 나는 생각했다.

1억 원을 어디서 구하지?

삐삐 음성은 비밀을 함구하는 대가로 1억을 요구했던 것이다.

새벽까지 이것저것 생각하느라 다음 날 아침엔 좀 늦게 일어났다. 대충 얼굴만 씻고 가방을 챙겨 하숙집을 나왔다. 휴가철이라 신촌 거리는 텅 비어 있었다. 토스트 노점 자리에선 부채를 든 노인이 화분을 팔았고, 셔터를 내린 카페들은 여름휴가 팻말을 내걸었다. 제본소 사장만 선풍기 두 대를 틀어놓고 복사기를 돌리고 있다. 캠퍼스도 한산하긴 마찬가지였다. 아무리 더워도 웬만하면 농구 코트에서 3 대 3을 뛰는 팀이 있기 마련인데 오늘은 한 명도 보이지 않는다.

학생회관 매점에서 생수 한 통 사 들고, 계절학기 수업을 들으러 인문대로 갔다. 강의실엔 학생들이 띄엄띄엄 앉아서 부채질을 하고 있었다. 곧 반소매 셔츠 차림의 포동포동한 국문과 강사가 들어왔다. "덥군요." 그는 스스로 칠판을 닦은 뒤 지 소쉬르와 일반언어학에 대해 설명하기 시작했다. 나는 왼손으로 턱을 괴고 필기를 했다. 부지런히 받아 적었더니 심란했던 마음이 차츰 가라앉았다. 필기의 좋은 점이다. 골치 아픈 생각들을 잠시나마 잊게 해준다. 강사는 50분가량 칠판에 글씨를 채워 넣더니 셔츠 윗단추를 풀고는 좀 쉬었다 하자고, 심장 쪽을 만져가며 말했다. 수강생들은 화장실에 가거나 워크맨으로 음악을 들었고, 몇몇은 책상에 엎드려 쪽잠을 청했다. 나는 자리에 그대로 앉은 채 무심코 노트 여백에 '▲' 표시를 그렸다. 그러고는 그 옆에 '프로젝트 X'라고 제목을 달아보았다.

▲프로젝트 X (feat. 1억)
1) '성수동 거북이' P씨
50대 초반의 약쟁이. 성수동 공장지대에서 폐차장 운영. 현금 다량 보유. 폐차장 구석에 땅을 파서 돈을 묻어두는 습성. 도박 중독. 필로폰 중독. 다양한 전과가 있어 경찰을 싫어함. 세월아 네월아 하는 성격. 신고 가능성 제로. 세콤 미설치.
　장점: 성수동이라 접근성 용이.
　단점: 포클레인으로 땅을 파야 함.

2) '하야시' A씨
70대 후반의 재일교포. 전국 톱스리 규모의 전당포 운영. 현금 및 유가증권, 귀금속 보유. 고리대금업 겸업. 금융사기 전과 5범. 역시 경찰을 멀리함. 신고 가능성 낮음. 우면산 근처 단독

주택에 거주. 자택, 가게 모두 세콤 설치.

　　장점: 현금 풍부.

　　단점: 수전노라 극렬한 저항 예상.

　　3) '일산 폴 포트' S씨

　　60대 중반. 보석 밀매의 대부. 오팔, 사파이어, 토파즈, 희귀 다이아몬드 다량 보유. 전과는 없으나 마조히스트 변태. 여자의 발가락을 핥고 오줌을 받아 마시며 흥분하는 스타일. 경기도 일산에서 보석상 운영. 세콤 설치 여부 불확실. 신고 가능성 50퍼센트.

　　장점: 사디스트 아가씨만 구하면 비폭력 해결.

　　단점: 장물 처리의 곤란함.

이런 것들을 노트에 정리해보았다.

고개를 들자 강의는 이미 끝나 있었다. 텅 빈 강의실에 홀로 앉아 나는 리스트를 마저 작성했다. 그러고는 타깃들의 장점과 단점을 확률로 환산해 성공 가능성을 타진해보았다. 그러자 슬슬 답이 보이는 것도 같다. 수업 전보단 훨씬 가벼워진 마음으로 가방을 챙기고 강의실을 나왔다. 바깥은 요란한 매미 소리와 함께 푹푹 찌고 있었다. 요리조리 나무 그늘만 골라 걸으며 학생식당으로 갔다. 냉면으로 점심을 간단히 때운 뒤 도서관에 가 빌린 책을 반납하고, 이후 영어듣기 능력 향상을 위해 멀티미디어실에서 한 시간 동안 CNN 을 시청했다.

애틀랜타 올림픽이 개막되었다.

원래는 7월 19일인데 한국에선 시차 때문에 20일 아침 생중계되었다. 전 헤비급 복싱 챔피언 무하마드 알리가 메인 스타디움 성화에 불을 붙였다. 알리는 파킨슨병에 걸려 팔다리를 덜덜 떨고 있었다. 한국의 첫 금메달은 레슬링에서 나왔다. 대회 이틀째 날 48킬로급 그레코로만형에서 심권호 선수가 벨라루스의 알렉산더를 연장 접전 끝에 이겼다. 오늘은 유도선수 전기영이 출전한다. 대진운이 별로 좋지는 않다. 예선 첫 경기부터 유럽선수권 챔피언을 만나버렸다. 서로 유효를 주고받은 팽팽한 대결 끝에 전기영 선수의 3 대 0 판정승. 당연하다고 생각한다. 내가 보기에도 전기영의 기술이 훨씬 깔끔하게 잘 들어갔다.

길고양이가 울어대는 새벽, 중계방송 중인 텔레비전을 끄고 하숙집을 나섰다. 오후에 빌려둔 렌터카는 골목 끝 페인트 가게 앞에 세워두었다. 어디서나 흔히 볼 수 있는 흰색 엘란트라를 선택한 이유는 남의 눈에 띄어봤자 좋을 게 하나도 없기 때문이다. 강변북로에 차들이 거의 없어 성수동엔 25분 만에 도착했다. '성수동 거북이' P씨의 폐차장은 실로 오랜만이다. 나로선 추억이 있는 장소다. 이곳 포커판에서 난생처음 로열 스트레이트 플러시를 잡아보았다. 도착 후 크게 심호흡 한 번 한 뒤 차에서 내려 폐차장 사무실로 걸어 갔다. 형광등 불이 켜져 있는 걸 보니 P씨는 아직 깨어 있는 모양이다. 보나 마나 숟가락을 달궈 주사액을 만들고 있겠 지. 나는 미리 준비한 장갑을 손에 끼우고 등산용 마스크로 얼굴을 가렸다.

"뭐, 뭐야?"

출입문을 박차고 들어가자 P씨가 놀라서 외마디소리를 질렀다. 예상대로 그는 정맥에 '아이스' 주사를 막 놓으려는 참이었다. 방어할 틈을 주지 않고 달려들면서 나는 그의 머 리를 힘껏 걸어찼다. 아, 그동안 너무 문화생활에만 열중해 있었던 것 같다. 조준이 빗나간 데다 킥에 힘도 제대로 실리 지 않았다. 나이 오십의 약쟁이이지만 힘이 장사라 P씨와 나 는 서로 뒤엉켜버렸다. 한참 방바닥을 뒹굴다 내가 바닥의 멍키스패너로 그의 머리를 내리찍었고, P씨는 정신을 잃고 팔다리를 쭉 뻗었다.

"돈이라면 여기 있어."

잠시 뒤 깨어난 P씨가 자신의 지갑을 내던졌다.

"머리의 피나 닦으쇼."

나는 크리넥스 상자를 발로 밀었다. 그러고는 책상 서랍 과 싱크대 서랍을 차례로 뒤져 'Volvo' 키를 찾아냈다.

"그거 포클레인 키야."

P씨가 뒷머리 상처를 휴지로 지혈하며 말했다.

"알고 있어."

"오래 살고 볼 일이군. 벤츠 대신 포클레인을 훔쳐가는 도둑이라니."

"어차피 둘 다 유럽 차 아닌가."

"오일 줄줄 새는 포클레인이야. 팔아봤자 고철값이야."

"중장비 중고 시세는 관심 없어."

"그럼, 뭐야?"

"광산에 왔으면 다이아몬드를 캐야지."

나는 포클레인 열쇠를 빙빙 돌리며 드럼통이 쌓여 있는 폐차장 코너 쪽을 가리켰다. 그러자 P씨가 정색하고 내 눈을 빤히 올려다보았다.

"어떻게 거기를⋯⋯. 영춘파 사람이시오?"

"글쎄. 그 사람들 다 죽지 않았나."

"당신 누구야?"

"그냥 불우이웃."

"경찰을 부를 거야."

"좋으실 대로."

나는 말간 액이 차 있는 주사기를 발로 툭 건드렸다.

폐차장으로 다시 나와 포클레인에 시동을 걸고 담장 부근을 파 내려갔다. 오랜만에 조작해서 그런지 레버들이 생소했지만 몇 번 바가지를 움직이자 이내 감을 되찾았다. 오케이. 땅을 2미터쯤 파 내려갔더니 예상대로 김장용 비닐에 덮인 돈다발이 드러났다. 제습을 위해 신문지로 감쌌고, 편리하게도 따박따박 100만 원씩 끈으로 묶여 있었다. 1억은 충분히 넘어 보인다.

됐어.

이로써 2학기에도 학교에 다닐 수 있게 되었다. 다만 문제가 하나 있다면 과연 그놈이 1억만 먹고 떨어질 것이냐는 점이다. 앞으로 더 큰 액수를 요구하거나 위험한 일을 시킬 수도 있다. 살인 비슷한 걸 강요할지도 모른다. 코가 꿰인 나는 별수 없이 따라야겠지. 어느 각도로 봐도 암울한 전망밖에 나오지 않지만 내일 일은 내일 생각하기로 하자.

빨리 끝내고 뜨자는 심정으로 렌터카에 실어 온 여행용 캐리어에 부지런히 지폐를 옮겨 담았다. 축축한 흙냄새를 맡으며 작업을 하고 있자니 도굴하는 느낌도 든다. 한 3000만 원쯤 챙겨 넣었을 때였다. 주머니에서 삐삐가 울려 액정을 확인했더니 '02'로 시작하는 못 보던 전화번호가 떠 있었다. 필시 그놈일 거라 생각해 작업을 중단하고 사무실로 들어갔다. 그새 P씨는 혈관에 아이스를 주사하고 완전히 뻗어 있었다. 입꼬리가 살짝 올라가 있고 눈은 이미 지상의 것을 보고 있지 않다. 어느 면에선 저것도 행복이지 싶다. 묘한 질투심을 느끼며 탁자 위 전화기를 들고 삐삐에 찍힌 번호를 눌렀다. 신호음이 세 번 울리더니 이내 수화기 너머에서 어이, 하는 목소리가 들려왔다.

"이 새벽에 은행이라도 털고 있는 건가?"

건조하고 음산한 목소리. 역시 그놈이다.

― 너 누구야?

수화기 저편에선 잠시 동안 대답이 없었다. 나? 나 말이야? 글쎄, 남자는 실실 웃으며 한참 뜸을 들이고는,

"나는 나지. 인사할게. 김성훈이라고 한다."

라고 말했다

― 김성훈이라고?

뜻밖의 이름에 놀라 빙빙 돌리고 있던 포클레인 키를 떨어뜨리고 말았다.

"진짜 김성훈이지."

― 증거를 대봐.

"961349. 인문학부. 내 학생증이야. 니가 훔쳐갔지만."

― 훔치지 않았어.

"분실물 센터에 맡기지도 않았잖나. 분실물 센터는 도서관 1층에 있어."

그건 사실이다. 학생증이든 디스켓이든 분실물 센터에 갖다 주면 진열대에 전시돼 쉽게 주인을 찾을 수 있게끔 되어 있다.

― 학번과 학과 정도는 누구나 쉽게 알아낼 수 있지. 그것

246

만 가지고는 진짜 김성훈이라는 증거가 안 돼.

"이거 묘하게 입장이 뒤바뀐 것 같은데. 가짜 김성훈이 진짜 김성훈을 검증하는군. 좋아, 말해주지. 나 김성훈은 1996년 1월 20일 1지망 국어국문학과에 합격, 2월 13일 오리엔테이션에 참가했다. 국문과 매섹 2조에 배정됐지. 매섹 2조라니, 어쩐지 여고생 방과 후 활동 같지만 이 대학 국문과는 반 분별을 그렇게 하더군. 이후 23일 입학식을 했고 3월 4일에 개강 첫 수업을 들었지. 1학기 때 내가 수강 신청한 과목은 '작문과 독해', '문학이란 무엇인가', '영화의 이해', '교양 영어', '서양사 개설', '적응심리학' 모두 18학점. 신입생은 잡다한 인문학을 먼저 습득하도록 커리큘럼을 짜는 것 같더군. 의무적인 독후감과 한자 쓰기도 그런 맥락이겠지. '서양사 개설'은 김영한 교수, '적응심리학'은 채준호 교수. 유감스럽게도 두 교수의 이름밖에 생각나지 않는군. 뭐, 당최 수업에 들어가봤어야지. 내 바로 앞 학번은 김서희, 뒤 학번은 김은지. 착하고 성실한 애들이지. 다들 잘 있는지 모르겠군."

막힘없이 술술 잘도 말한다.

― 친구들은 건드리지 마.

"이봐, 당신 지금 뭔가 착각하는 것 같은데. 걔들은 내 친구야."

― 너 자살하지 않았나? '인생은 불가해'라고 떠들고 다녔다면서.

"조사를 충실히 했군. 그랬지. 죽어버릴 생각이었어. 대학에 들어가도 전혀 즐겁지가 않더군. 중·고등학교는 억눌린 바보들, 대학교는 해방된 바보들로 넘쳐났으니까. 다들 꿈이 있다, 그 꿈을 이루면 행복해진다, 착각하면서 열심히 사는데 나는 그게 잘 안 됐어. 죽는 게 낫겠다 싶었지."

— 그런데 왜?

묘하게도, 하면서 그가 말꼬리를 올렸다.

"내가 자살하지 않아서 아쉽다는 말로 들리는군."

— 그게 아니라, 다들 자살했다고 생각하고 있었어.

"죽을 생각이었지. 한 달 내내 죽어라 술만 퍼마시다 진짜 죽으려고 전깃줄을 목에 감았는데 불현듯 여자 생각이 나더군. 남자 몸이라는 건 정말 어쩔 수가 없지 않나. 당신이 이 방면 최고 전문가이니 잘 알고 있겠지. 할 수 없이 목에 감았던 전깃줄을 다시 풀고 청량리에 갔어. 어차피 죽을 거, 마지막으로 한 번 하고 죽는 것도 나쁘지 않다고 생각했지. 전쟁터에서 굶주림으로 죽어가면서도 밥 대신 여자를 달라고 하는 군인도 많다더군. 쇼윈도 불빛은 변함없이 나를 환하게 맞아주고 있었어. 예전엔 야구모자와 마스크로 얼굴을 가렸지만 그땐 그냥 훤히 드러내놓고 갔지. 자살하려는 마당에 오팔팔에서 아버지라도 마주친들 뭐 어떠랴 싶었던 거야. 나는 점찍어둔 아가씨를 찾아갔지. 일전에 숏타임 끊고 놀았던 여자였어. 예쁘고 몸매 좋고 서비스까지 좋아서 또 찾아갔던 거야."

— 주리?

"남의 여자 이름 함부로 부르지 마. 지금 나랑 같이 살고
있어. 좋은 여자야. 어제저녁엔 직접 아귀를 손질해 찜을 해
주더군. 아무튼 그날 쇼윈도에 들어갔더니 그 애가 갑자기
내게 안기면서 죽은 줄 알았다며 펑펑 우는 거야. 당구장이
니 영춘파 전멸이니 숨 가쁘게 쏟아냈는데 당최 뭔 소리인
지 알 길이 있어야지. 하지만 우는 얼굴이 상당히 섹시하더
군. 망설일 것도 없이 그 애랑 잤지. 그날 밤은 진짜 굉장했
어. 온갖 테크닉과 정성을 아낌없이 쏟아부어주더군. 그러면
서도 다음 날 나한테 돈 한 푼 요구하지 않았어."

— 진짜를 사칭한 건 너로군그래.

"사칭은 아니지. 포주질하는 데 자격증 같은 건 필요 없잖
나. 니가 가져간 그 학생증을 얻기 위해서 난 12년간 지긋지
긋한 교과서를 외웠다구."

— 원하는 게 뭐야? 요구한 1억 원은 주겠어.

"됐어, 1억은. 돈 같지도 않은 거."

— 뭐?

"그냥 장난 한번 쳐본 거야. 다짜고짜 삐삐 쳐서 '내가 바
로 김성훈이다' 얘기해버리면 재미없잖아. 뭐든 돈이 좀 걸
려 있어야 재미도 생기고 스릴도 생기는 거지. 그뿐이야. 1억
정도야 뭐 음탕한 부잣집 도련님들 몇 명 골라 후리면 언제

든 땡길 수 있는 거고. 그거 그냥 당신 등록금이나 하든가."

— 큐 당구장 일은?

"몰라, 그런 거. 주리가 하도 떠들어대길래 그냥 짐작해
본 거야. 내 학생증 행방도 그 애한테서 들었지. 당신 삐삐번
호는 그 애 수첩에서 찾았고. 내 느낌에 왠지 당신, 살아 있
을 것만 같았거든. 그 대학살의 현장에서 혼자 살아남았다
면 뭔가 더러운 일을 하지 않았을까 생각했지. 배신이나 살
인 뭐 그런 거. 아, 안심해. 더 파고들 생각은 없어. 내가 직접
목격한 것도 아니고 경찰한테 일일이 설명하는 것도 귀찮으
니까 말이야. 5월쯤이었나, 혹시나 해서 신촌 캠퍼스에 몰래
한번 가봤어. 그때 기타 케이스를 메고 정문에서 나오는 당
신을 봤지. 내가 얼마나 놀랐는지 상상이 돼? 분명 김성훈은
나인데, 나보다 더 나 같은 김성훈이 거기에 있는 거야. 걸음
걸이는 나와 좀 다르긴 한데 얼굴은 정말 비슷하더군. 체격
은 당신이 좀 더 단단해 보이고. 아무튼 정말 놀랐어."

나는 아무 대답 하지 않았다. 수화기를 쥔 손에 땀이 차올
랐다. 전화기를 어깨로 고정하고 땀으로 축축한 손바닥을
바지에 문질렀다. 그때 이봐, 김성훈, 하면서 그가 다정한 어
조로 말했다. 자기 이름을 마치 남의 이름처럼 부르고 있다.

"너 군대 좀 가야겠다."

— 뭐?

"난 이 뒷골목 생활이 좋아졌어. 적당히 데카당스하고, 이

것저것 복잡하게 생각할 것도 없고. 따분한 캠퍼스보다 훨씬 좋아. 욕망을 긍정하는 아가씨들에게 둘러싸이니 우울증 같은 건 저절로 낫더군. 돈 좀 만진 다음엔 염전이나 폐광을 매입해서 카지노 호텔이나 세워볼까 해. 너도 실은 '대학생' 김성훈이 되고 싶은 거 아냐? 기타까지 메고 다니던데."

─ 입대가 조건인가.

"유감스럽게도 신체검사 1급이 나와서 말이야. 당신, 군대를 갔다 왔던가?"

─ 갔다 왔어. 상근예비역으로.

"그게 뭔데?"

─ 1년은 전방 부대에서, 나머지 기간은 출퇴근 복무를 했지. 현역과 똑같은 2년 2개월이야.

"상근예비역이라. 처음 듣는군."

─ 폭행 사건으로 6개월 집행유예를 받으면 그렇게 돼.

"아, 그런가."

─ 공갈협박과 무전취식도 걸려 있었고.

"어쨌든 군대를 한 번 경험했다면 두 번째는 쉽지 않을까."

─ 쉽다, 어렵다 문제는 아니지.

"난 2년 2개월씩이나 갇혀 있기 싫어."

─ 그건 누구나 마찬가지야.

"총도 쏘기 싫어. 기본적으로 난 평화주의자거든. 그래서 당신이 군대를 대신 가줬으면 해. 아무도 모를 거야. 당신이나 나나, 그 얼굴이 그 얼굴 아니겠어?"

— 말도 안 돼. 난 소집해제된 지 이제 1년 지났어. 출퇴근 복무하면서 밤에 쇼윈도를 관리할 땐 살이 5킬로나 빠졌다구.

"이제 쇼윈도 일은 안 해도 되잖아. 머리도 식힐 겸 군대 한 번 더 가. 진정한 '김성훈'이 되고 싶다면 그 정도는 해줘야 되지 않을까 싶은데."

— 조건은 그것뿐인가?

"혹시 운전면허증 있어?"

— 있어.

"그것도 나한테 넘겨. 당신 것이 있으면 굳이 면허증을 딸 필요는 없으니까. 참, 이번 기회에 아예 주민등록증도 교환하자구. 그리고 당신 혈액형이? 교통사고라도 당하면 수혈 받을 때 엉뚱한 피가 들어올 수 있으니까."

— O형.

후와, 하면서 그는 휘파람을 불었다.

"나도 O형이야. 혹시 부모형제 같은 거 있어?"

— 없어.

"이거 인연은 인연인 모양이군. 나도 아버지란 인간이 살아 있긴 한데 다른 여자랑 살림을 차려서 당신이 복권에라도 당첨되지 않는 한 찾아갈 일은 없을 거야. 엄마는 화병과 우울증, 신경증 종합 세트로 죽었어. 그나저나 당신 나이가?"

"74년생. 공식적으로."

"음, 나보다 세 살 많군. 거봐, 당신에겐 여러모로 수지맞는 장사라구. 김성훈으로 살면 3년 어려지는 셈이잖아. 그리고 그 대학, 나름 명문이라구. 나 본고사까지 봤어."

— 1억은 정말 없던 일로 하는 건가.

"뭐, 정 그렇게 주고 싶다고 하면 받고. 하지만 피차 만나지 않는 게 이롭지 않을까. 온라인으로 송금하는 것도 번거로운 일이고 말이야. 서로 엮이지 말고 각자 본연의 자리에서 열심히 사는 게 최선일 것 같은데. 평생, 영원히, 만나지도 연락하지도 말자. 분명히 말해두는데 내가 그 학생증을 되돌려달라고 요구하는 일은 없을 거야. 그것만큼은 안심해도 좋아. 그러니 걱정 말고 군대 가. 그러면 당신이 진짜로 '김성훈'이 되는 거야. 당신도 좋고 나도 좋고, 이쯤 되면 서로서로 짭짤한 거래 아닌가. 혹시나 해서 말하는데 날 찾으려는 생각은 하지 마. 청량리에 와봤자 아무 소용없어. 주리와 나는 거길 떠났거든. 훨씬 세련된 동네에서 뜻이 맞는 아가씨들과 의기투합해 회원제 클럽을 운영하고 있지. 아무래도 이쪽이 내 적성에 맞긴 맞나 봐. 살아봐야겠다는 의지가 요즘처럼 솟구쳤던 적이 있었던가 싶어. 아무튼 지금 난 서울 변두리의 한 안마시술소에서 전화하고 있어. 나랑 아무런 상관도 없는 가게야. 그러니까 나중에 이 번호로 연락해도 나와 통화할 순 없을 거야. 여기 안마 서비스는 그저 그렇군."

그는 신촌역 9번 코인 로커에 운전면허증과 주민등록증을 넣어두라고 말하고 전화를 끊었다. 반대급부로 나한테 자신의 주민증을 넘기겠다는 것을 재확인해주었다. 학생증은 이미 내게 가 있으니 교환 비율은 2 대 2로 같다는 말도 했다. 하지만 그 말엔 어폐가 있었다. 이튿날 나는 약속대로 신촌역 로커에 내 면허증과 주민증을 넣어두었다. 그다음 날 로커 문을 열어보니 과연 김성훈의 주민등록증이 놓여 있긴 했다. 그러나 그 밑에 입영 영장도 함께 있었던 것이다.

2학기 개강을 일주일 앞둔 월요일, 오랜만에 지미와 김서희를 만나 점심을 먹었다. 둘의 얼굴은 볕에 그을려 구릿빛이 돼 있었다. 한 달이 넘는 전국 투어에서 어제 막 돌아왔기 때문이다. 그간 지미는 머리칼이 많이 길어 꽁지머리를 했다. 얼굴이 갸름해 그것도 나름 잘 어울린다. 우리는 식판에 밥을 담아 와 에어컨 앞에 앉았다. 말도 마라, 지미가 먼저 입을 열었다.

"아일랜드 음악이 전혀 통하지 않는 거야."

김서희와 지미는 통영시장에서 처음 거리 공연을 했다고 한다. 차비나 좀 벌어볼까 한 건데 아무 반응이 없어서 트로트로 바꿔 불렀다는 것이다. 그는 그때를 떠올리며 질렀다는 듯 관자놀이를 꾹 눌렀다. 뽕짝이라면 진저리를 치는 사나이다.

"그래도 할머니들이 좋아해줬잖아."

김서희가 감자 크로켓을 먹으며 팔꿈치로 지미를 쿡 찔렀다. 그녀 역시 지미와 비슷한 정도로 그을린 상태였고, 어깨엔 선명한 수영복 끈 자국을 새겨 넣었다. 소매물도 풍경이 정말 아름다웠다. 선착장 찻집에 김지하 시인의 친필 시가 걸려 있었다. '반야낙조'라는 말대로 지리산의 일몰은 눈물이 나올 만큼 멋있었다. 경주 불국사에서 거리 연주를 하다가 방범대원에게 쫓겨났다. 둘은 여행지에서 겪었던 이런저런 에피소드를 줄줄이 쏟아놓았다.

"성훈이도 같이 갔으면 좋았을 텐데."

김서희가 말했고,

"드문 일이지. 신입생이 여름방학을 계절학기로 보낸 사례는."

지미가 고개를 절레절레 흔들었다.

사실 계절학기라는 건 낙제생 구제 코스나 다름없다. 이른바 재수강 용도인 것이다. 난 낙제한 과목은 없었지만 그렇다고 방학 동안 딱히 할 일도 없었기 때문에 신입생 주제에 두 강좌나 신청해 들었다. 지미는 그 점을 지적하는 것이었다. 1학년 신입생이 계절학기를, 그것도 다시없을 소중한 첫 여름방학에 계절학기를 수강한 사례는 니가 유일할 거라고 지미는 재차 머리를 흔들었다.

점심 식사를 마치고 우린 공학부 건물로 갔다. 개강을 앞두고 수강 과목을 일부 변경할 필요가 있었다. 수강 신청 변경은 네트워크가 구축된 전산원에서만 할 수 있고 기간은 단 이틀뿐이다. 그끄제는 3, 4학년이 했고, 오늘은 1, 2학년 차례다. 지미는 굳이 바꾸고 싶은 과목이 없다며 복도에 남았다. 그는 콜라를 마시며 그냥 공학부 게시판이나 훑어보고 있었다. 김서희와 나만 전산원에 들어가 컴퓨터 앞에 앉았다. 우리는 인원 초과로 밀려났던 강의에 다시 온라인 신청을 시도했다. 운이 좋으면 접수가 되었고 끝내 안 되는 것은 깨끗이 포기했다. 경쟁을 뚫고 신청에 성공하면 조용히 손바닥을 부딪쳤다. 이로써 나는 2학기에도 18학점을 듣게 되었다. 김서희와 시간표를 맞춰보니 '국어와 국문학', '현대희곡', '철학적 인간학' 등 세 과목을 함께 듣게 되었다. 김서희와 함께라는 건 지미도 함께라는 뜻이다. 월수금엔 모두모여 점심을 같이 먹는다.

공학관을 나온 뒤 우린 조촐하게 400밀리 컴백 무대를 가졌다. 잔디밭 나무 그늘에 앉아 간만에 아일랜드 포크 레퍼토리를 죽 한 번 일순했다. 〈더티 올드 타운〉, 〈더 로키 로드 투 더블린〉, 〈스타 오브 카운티 다운〉, 〈더 포기 듀〉는 아무리 연주해도 질리지 않는다. 내친김에 Pogues의 히트곡들도 차례로 연주했다. 간단히 코드 진행만 서로 공유하고 거의

256

즉흥으로 연주했는데 그런대로 호흡이 잘 맞았다.

연습이 끝나고 김서희와 지미는 여행지에서 연주했다는 트로트를 들려주었다. 지미의 기타엔 밤무대 느낌을 경계하는 엘리트 특유의 뻣뻣함이 다분했으나 김서희가 구슬픈 틴 휘슬로 유연하게 뽕짝 느낌을 살렸다. 듣고 있자니 내가 매우 나이 든 노인이 된 것처럼 느껴진다. 왠지 기운이 빠지기도, 알 수 없는 회한 같은 것도 느껴진다. 이런 실감을 창출해내는 것도 대단한 재능이라는 생각이 들어서 나는 그들에게 500원짜리 동전을 던져주었다.

2학기는 뜻밖의 뉴스로 시작되었다.

대학 학보에 내 이름이 실렸다. 크게 실린 건 아니고 딱 한 줄이다. 내 단편소설이 밴조문학상, 그러니까 '청년문학상'에 입상한 것이다. 대상은 아니라서 100만 원을 받을 순 없었다. 내 작품은 대상도 우수상도 아닌 가작에 뽑혔다. 시상식은 학과장 사무실에서 소감문 발표도 꽃다발 증정도 없이 5분 만에 끝났다. "많이 읽어, 많이"라는 노교수의 격려와 함께 나는 백화점 상품권을 받았다. 5만 원짜리 상품권으로는 밴조를 살 수 없어서 400밀리 멤버들을 데리고 가까운 현대백화점에 왔다. 식당가 한식당에서 한우 샤부샤부 3인분에 맥주 두 병 주문하자 딱 5만 원이 떨어졌다.

"소설에 제목은 왜 안 붙인 거야?"

젓가락으로 샤부샤부를 건져내며 지미가 물었다.

"공모 요강에 제목 쓰라는 말이 없었어."

심사를 맡은 국문과 교수는 갓난아기 사진과 미군에게 살해당한 양색시의 사진을 하나로 연결하는 상상력을 높이 평가하면서도 작품에 제목을 붙이지 않은 점, 맞춤법이 여러 군데 틀린 점, 청년문학상 취지에 어울리지 않게 작품 분위기가 어둡다는 점 등이 감점 요소였다고 지적했다. 어쨌든 대단해, 김서희가 다시 맥주잔을 부딪쳐왔다.

"보통 감수성이 아냐. 그 끔찍한 사진에서 엄마를 떠올리다니."

김서희가 연거푸 감탄했고,

"대단히 문학적이지."

지미가 말을 받았다. 하지만, 이라고 나는 생각한다. 감수성이니 문학이니 그런 건 난 잘 모른다. 교수의 심사평도 어딘가 과장된 면이 있었다. 나는 상상력 같은 건 발휘하지 않았다. 현실을 있는 그대로 기술했을 뿐이다. 누군가는 록펠러의 딸로 태어나고, 누군가는 빌 게이츠의 아들로 태어난다. 누군가는 탤런트 김미숙의 자식으로 태어나고, 누군가는 동두천 김미숙의 아들로 태어난다. 그런 것이다. 그 어찌할 수 없음을 문장과 문장 간의 결합으로 스케치했을 따름인데 그 대가로 백화점 상품권을 받아서 이렇게 친구들과 샤부샤부를 먹고 있다, 그 정도의 이벤트였다. 문학까진 아니라고

258

생각한다. 냄비의 국물이 졸아 있어서 나는 식당 점원에게 여기 육수 좀 더 부어달라고 말했다.

한식당을 나왔을 땐 오후 3시가 조금 넘어 있었다. 백화점엔 창문이 없다고 어디선가 읽은 것 같은데 지금 보니 정말이었다. 해가 어느 정도 기울었는지, 밖에 비가 오는지 마는지 전혀 알 수가 없다. 김서희는 과외를 하러 간다며 화장실에서 가글을 하고 나왔고, 지미와 나는 본관 엘리베이터 앞에서 그녀를 배웅했다. 이후 지미는 백화점에 온 김에 쇼핑 좀 하겠다며 9층 생활·가전 매장으로 내려갔다. 별로 할 일이 없었기 때문에 나도 지미를 따라나섰다.

"자, 선물."

뭘 사나 했더니 지미는 CD 한 장 구입해서 내게 건넸다. 혼수용품 특별전 옆에 입점한 5평짜리 작은 음반 코너에서였다. 특별히 리본까지 단 CD를 나는 얼결에 받아 들었다. 포장을 끌러보니 로스트로포비치가 연주한 바흐의 첼로 조곡 앨범이었다.

"남자끼리 꽃다발은 좀 그렇고."

문학상 수상을 다시 한 번 축하한다는 것이다.

아담한 CD 케이스엔 친구가 잘돼서 나도 기분이 좋다, 작은 것이라도 뭔가 해주고 싶다, 식의 따스한 마음이 담겨 있었다. 하숙집에 돌아와 CD플레이어에 음반을 넣고 내리 두 번 반복해 들었다. 아일랜드 포크와는 또 다른 느낌이었다.

고도로 훈련된 클래식 연주였지만 젠체하는 분위기는 전혀 없고 오히려 뭔가 구원의 느낌이 있었다. 하지만 돌아보면 남자끼리 바흐 CD를 주고받는 짓은 역시 하지 않는 게 좋을 뻔했다. 나중에 가슴이 아파지고 만다.

세상에 영원히 지속되는 것은 없다. 특히 우연과 행운에 의지해 진짜의 세계로 편입한 가짜에게는. 끝은 예기치 않은 방식으로, 생각보다 일찍 찾아왔다. 더 이상 400밀리 공연은 없었고, 셋이 함께 노래를 부른다거나 열람실에 나란히 앉아 독후감 과제를 한다거나 카스타운에서 훈제칠면조에 생맥주를 마시거나 하는 일도 없었다. 모든 게 변하고 세월이 많이 흐른 뒤에도 나는 지미에게서 CD 선물을 받았던 그날이 자꾸 떠올라 백화점 생활·가전 매장엔 차마 들어가지 못했다. 마찬가지 이유로 바흐를 듣지 못하게 되었다.

그날 '철학적 인간학' 수업은 월요일 11시였다.

평소와 다름없이 우린 10시 55분쯤 강의실에 들어갔다. 이따 점심 뭐 먹을까, 밥 먹고 옷 사러 갈래, 너 운동화 끈 풀렸다, 강의실 책상에 앉아 한가히 그런 얘기를 나눴다. 우리 셋은 맨 뒷줄에 붙어 앉아 있었다. 여긴 지정좌석제라 한번 좌석을 정하면 학기 내내 그 자리에 앉아야 한다. 제법 가을 분위기 풍기는 9월 중순이었다. 아침저녁으로 선선한 바람이 불었고 캠퍼스엔 잠자리가 날았다. 그날 지미와 나는 아일랜드 축구 대표팀의 녹색 유니폼을 입고 있었다. 지미는 로이 킨, 나는 셰이 기븐이었다. 김서희는 초가을에 어울리는 감색 카디건을 걸치고 왔다.

지미는 늘 그렇듯 로이 킨의 투지와 공격력에 대해 장광설을 늘어놓고 있었다. 로이 킨이 맨체스터 유나이티드의 차기 주장이 되어야 한다는 것이다. 하지만 나는 지난 3월 그가 A매치 러시아전에서 상대 선수에게 공을 집어 던져 퇴장당한 사실을 예로 들며 주장이 되기엔 인성 부족이라고 반박했다. 김서희는 시끄럽다며 양손으로 자신의 귀를 틀어막았다.

'철학적 인간학' 교수는 정확히 11시에 들어왔다. 약간 헐렁한 듯한 잿빛 개량한복이 지금도 기억난다. 창문으로 들어오던 햇살의 각도, 맨 앞줄에 앉은 여학생의 뒷목 잔털, 늦여름 감기에 걸린 교수의 맹맹한 목소리, 모든 걸 또렷이 떠올릴 수 있다.

수업이 시작된 지 15분쯤 지났을 때였다. 뒷문이 끼익 열리더니 검은색 정장 차림의 남자 둘이 들어왔다. 넥타이는 매지 않았다. 검표원 느낌의 30대 후반 남자들이었고 갈색 구두를 신고 있었다. 형사가 아니라는 건 직감으로 알 수 있었다. 귀찮고 힘쓰는 일을 맡은 남자 교직원 정도로 보였고 실제로 그러했다. 한 사람의 손엔 작은 전자기기가 들려 있었다. 뭔가 하고 봤더니 바코드 리더기였다. 도서관 사서들이 레이저를 쫙 대출과 반납을 승인하는 핸드 스캐너와 거의 비슷한 물건으로 보였다.

그들은 교실 뒤에서 조교와 소곤소곤 얘기를 주고받았다. 말 잘 듣는 모범생 스타일의 조교가 순순히 좌석배치도를 건넸고, 정장 차림의 두 남자는 그것을 자신들이 가져온 리스트와 대조했다. 찰나였지만 셋의 눈이 동시에 이쪽을 흘끗거리는 순간이 있었다. 그 싸한 느낌을 지금도 잊지 못한다. 그때부터 내 가슴이 뛰기 시작했다.

심장이 정말 터질 것만 같았다. 나는 회칼과 손도끼가 왔다 갔다 하는 전쟁을 수없이 치러왔고, 사람의 머리를 총으로 쏴보기도 했다. 하지만 이때처럼 가슴이 쿵쿵댄 적은 없었다. 내 뒷자리엔 지미가, 그 옆엔 김서희가 차분히 필기를 하고 있었다. 만약 내가 가짜라는 게 발각되면 두 친구는 날 어떤 시선으로 바라볼 것인가. 나는 또 그들을 어떻게 쳐다볼 것인가. 그런 걸 생각하자 등에 식은땀이 흐르면서 눈앞이 캄캄해졌다.

침착하자.

몇 번이고 되뇌며 하나둘, 하나둘, 호흡을 조절했다. 내겐 제대로 된 학생증이 있다. 그걸 보여주기만 하면 되는 것이다. 아무 문제 될 게 없다. 필요하다면 주민증이나 이번에 새로 딴 운전면허증도 제시할 수 있다. 그뿐 아니라 내 다이어리엔 2학기 등록금 납부 영수증이 끼어 있다. 내가 김성훈이라는 증거는 차고 넘치는 것이다. 그렇게 되뇌자 조금은 안정이 되었다.

두 남자는 정보 요원처럼 재킷 단추를 풀면서 천천히 이쪽으로 걸어왔다. 수업에 방해되지 않도록 구둣발 소리는 거의 내지 않고 있었지만 그 세심함이 오히려 압박감을 증폭시켰다. 그들은 내가 앉아 있는 열에서 잠깐 멈추더니 한 남자는 왼쪽으로, 다른 남자는 오른쪽으로 갈라져 진입했다. 이런 수법은 익히 잘 알고 있다. 사냥감, 혹은 용의자를 조여 오는 방식인 것이다. 어느덧 주변 공기엔 사무직 남성 특유의 올드스파이스 향이 짙게 배어 있었다.

우린 다 알고 왔어요. 실례지만, 학생. 학생증을 좀 보여주겠습니까.

차갑고 고저 없는 목소리.

하지만 내가 아닌 뒷자리의 지미에게였다. 뒤돌아보니 지미의 얼굴이 새파랗게 질려 있었다. 지미는 지갑에서 학생증을 꺼냈다. 전혀 그럴 필요가 없을 것 같은데 그의 손이 조금 떨리고 있었다. 지미가 꺼내놓은 건 한 장의 플라스틱 카드였다. 말 그대로 플라스틱 카드. 바탕에 푸른색 에나멜을 입혔고, 이름과 학번, 학과는 프린터로 출력한 활자를 이식했다. 앞면의 바코드 선은 초극세 유성펜으로 자를 대고 촘촘히 그려 넣은 것이었다. 증명사진은 순간접착제로 최대한 틈 없이 붙였다. 전반적으로 정교한 작품이었다. 하지만 바로 그 '정교하다'라는 느낌이 문제가 되었다. 진품은 정교하려고 노력할 필요가 없다. 오른쪽 교직원이 그 쓸쓸한 학생증에 바코드 리더기를 갖다 댔다. 아, 그건 너무도 잔혹한 짓이었다. 맨눈으로 봐도 정식 학생증이 아니란 걸 알 수 있는데. 위조 여부를 판별하는 리더기의 램프에 번쩍번쩍 빨간불이 들어왔다. 무음 처리를 해놓아서 삐, 경보음이 울리진 않았다. 그것만큼은 자비라고 할 만했다.

잠깐 같이 가주시지요. 조용히 나오면 됩니다.

두 남자는 끝까지 예의를 지켰다.

그렇다고 잔혹함이 덜해진 것은 아니었다. 지미는 입을 굳게 다물고 가방에 필통과 노트를 챙겨 넣었다. 책상에 낙서된 '크레용 신짱' 그림을 멀거니 내려다보면서 일어설 땐 조금 휘청거렸다. 지미는 이렇다 저렇다 말없이 그들을 따라 나갔다. 'KEANE'이 프린트된 녹색 축구 유니폼. 등 번호 6번. 평생 잊을 수 없는 뒷모습이었다. 지미는 뒤돌아보지 않았다.

김서희는 제브라 삼색 볼펜을 쥔 채 멍하게 눈만 깜박거리고 있었다. 나는 나대로 머릿속이 하얘져 어떤 말도 건넬 수 없었다. 체스판에서 슬쩍 말 하나를 집어 올린 듯한 사라짐이었다. 풍경은 아무 변화 없었다. 강의실은 조용했으며 초가을 햇살은 여전히 투명했고 철학 교수는 니체의 영원회귀 사상에 대해 설명하고 있었다.

"자꾸 잠이 오는 거야."

지미는 밤 12시쯤 검정색 인터크루 후드티를 입고 나타났다.

그새 살이 많이 빠져 있었다. 그날 이후 2주 만에 처음 만나는 것이다. 지미는 터벅터벅 걸어서 내가 앉아 있는 벤치로 다가왔다. 오랜만이었지만 서로 악수 같은 건 하지 않았다. 자정에 가까운 시각이라 캠퍼스엔 사람이 없었다. 랜턴을 든 경비 아저씨가 순찰을 돌다가 학생회관 출입문에 자물쇠를 걸었다.

"처음 잠이 든 건 94년도 수능이었어. 학력고사가 폐지된 이후 최초의 수능이었지. 너도 잘 알고 있겠지만 1, 2차 두 번 쳤는데 1차 시험은 93년 8월에 있었어. 아마 언어 영역 30번 문제를 풀고 있을 때였을 거야. 갑자기 잠이 쏟아지는 거야. 감기약 때문이었지. 그즈음 에어컨을 틀고 자다가 감기에 걸렸거든. 약을 먹지 않을 수가 없었어. 시도 때도 없이 재채기가 터져 나와서 다른 수험생에게 피해를 줄 것만 같았거든. 언어 영역, 외국어 영역 둘 다 듣기평가가 있고 배점도 높으니 남에게 폐를 끼칠 순 없었지. 그날 1교시 30번 문제를 읽고 있는데 약 기운 때문에 눈앞이 저절로 흐려지더군. 허벅지를 꼬집고 혀를 깨물어도 소용없었지. 그러다 어느 순간 나도 모르게 스르르 잠이 들어버렸어. 정신을 차려보니 시험 종료 시간 5분 전인 거야. 울 것 같은 심정으로 답안지를 작성했지. 못 푼 문제는 죄다 3번으로 찍었어. 점수는 최악이었지."

지미는 말을 멈추고 어두운 캠퍼스를 한 번 둘러보았다. 잔디밭 사이사이에서 가을철 풀벌레 울음이 들려왔다. 아직까진 나방들이 살아서 가로등에 머리를 부딪쳤다. 여름에 비해 수는 많이 줄어 있었다. 기진한 날벌레는 땅에서 죽었다.

"마치 전투기 조종사 같았어."

"조종사?"

"조종사 중에 전투기가 추락할까 봐 유독 겁에 질리는 사람이 나온다는군. 대부분 훈련으로 극복하지만 강박증에 완전히 사로잡히는 경우가 있대. 훈련이고 명상이고 뭘 해도 안 돼서 조종간을 잡을 때마다 패닉에 빠진다는 거야. 그 사람이 어떻게 공포를 극복하는 줄 알아?"

답을 알 것 같았지만 나는 대답하지 않았다.

"전투기를 스스로 추락시키는 거야."

지미는 94년도 수능 2차 시험에서도 졸았다고 한다. 감기약은 입에도 대지 않았지만 또다시 잠에 빠져들 것 같은 공포감에 숨이 막힐 것만 같았다. 자면 안 돼, 자면 안 돼, 중얼거리며 문제를 풀어갔지만 결국 어느 순간 의식을 잃고 말았다. 1교시 종료 직전에 깨어나 25번 문항 이후 답안을 또 전부 3번으로 마킹했다. 점점 잠에 빠지는 시간도 짧아져 95년도 수능에선 20번 문제에서, 96년도 수능에선 아예 5번 문제에서 정신을 잃었다.

"입시가 다 끝난 겨울, 혼자 신촌을 걸었지. 그러다 이 캠퍼스에 들어오게 됐어. 수능 1교시에 잠들지만 않았다면 충분히 올 수 있는 학교였어. 가짜 대학생 주제에 건방진 말일지 모르겠지만, 내 목표는 여기보다 더 높은 데였거든. 기왕 캠퍼스에 온 거 담배나 한 대 피우고 가자고 생각했지. 잔디밭 초입에 있는 특이한 석탑이 눈에 띄길래 그 앞에서 한 개비 피웠어. 라틴어로 쓰인 '진리에 순종하라'를 보고 있자니 왠지 눈물이 나더군. 손등으로 눈물을 닦고 있는데 누군가 다가와 신입생? 하고 물었어. 합격자에게 입학 절차를 안내해주는 학생회 선배였지. 그때 내가 왜 그랬는지 모르겠는데 나는 '그렇습니다. 신입생입니다'라고 말해버렸어."

"무슨 얘기인지 알 것 같아."

사실 너무도 잘 알 수 있었다. 그때 지미가 느꼈을 감정을 누구보다도 절절히 이해할 수 있었다.

"아냐, 넌 몰라."

"알아."

"너희들은 몰라."

"너희들이라고 말하지 마. 난 김성훈이 아니야."

"니가 김성훈이 아니라고?"

"그래."

나는 이 친구에게 모든 걸 털어놓고 싶다는 충동을 느꼈다. 내가 누군지, 어떻게 이 대학에 왔는지, 원래 어떤 인간이었는지 남김없이 말해주고 싶었다. 그래서 사창가 이야기부터 꺼냈다. 아가씨들을 관리했던 일, 경찰에게 뇌물을 건넸던 일, 밤마다 변태들을 처리했던 일, 보호세를 뜯었던 일, 그리고 이 모든 일의 출발점이었던 학생증 이야기를 했다. 주리 룸의 전구를 갈아주던 날 어떻게 김성훈의 학생증이 발견됐고, 주리가 왜 그것을 나한테 주었는지, 이후 내게 무슨 일이 벌어졌는지 시간을 들여 자세히 설명했다. 당구를 치다 피에르가르뎅 양말을 사러 간 부분을 이야기할 때였다. 성훈아, 그만, 하면서 지미가 내 말을 가로막았다.

"됐어. 안 그래도 돼."

어색하게 웃어 보이며 그는 스니커즈 뒤꿈치로 잔디를 몇 번 찍었다. 그러고는 후드를 뒤집어써서 얼굴을 가렸다. 나는 그가 울고 있다는 것을 알았다. 솔직하게 얘기하면 할수록 친구를 더욱 비참하게 만든다는 아이러니 앞에서 나는 어쩔 줄을 몰랐다.

"야, 이것 보라구. 사진엔 치아 교정기가 있잖냐."

내 말이 진실이라는 걸 증명하기 위해 김성훈의 학생증을 꺼내 증명사진을 가리켜 보였다. 그러나 나조차 납득이 되지 않는 설명이었다. 내가 먼저 무기력해져서 학생증을 도로 지갑에 집어넣었다.

"서희는 잘 지내?"

268

지미는 돌연 태연하게 물었다. 과장된 태연함이라 말투는 까닭 없이 힘찼다.

"그냥, 그렇지 뭐."

그날 이후 김서희는 일주일간 학교에 나오지 않았다. 다시 나타났을 땐 얼굴에 핏기가 없는 모습이었다. '철학적 인간학' 수업이 끝난 뒤 함께 점심을 먹으러 가려는데 김서희가 갑자기 풀썩 기절했다. 안아보니 몸이 무척 수척했고 이마에 열이 있었다. 김서희는 정신이 들 때까지 무의식적으로 복부를 감싸 안았다. 어디가 아프냐고 몇 번을 물어도 입을 꾹 다물 뿐이었다. 중절 수술을 받았구나, 라고 나는 생각했다. 회복도 되지 않았는데 학교에 나온 것이다. 이 대학은 3학점 강의인 경우 여섯 번 이상 결석하면 무조건 F학점을 때린다. 나는 김서희를 부축해 정문으로 내려간 뒤 택시를 잡아 그녀를 집으로 보냈다. 결석하면 안 되는데. 김서희는 택시 뒷좌석에서 힘없이 중얼거렸다.

"성훈, 한 가지만 말할게. 보다시피 난 그대로야. 에볼라에 감염되지도, 정신이 이상해지지도 않았어. 기타 실력도 그대로고 아일랜드 포크에 대해 누구보다도 많이 알고, 독후감도 잘 쓸 수 있어. 사전 없이 〈타임〉지도 읽을 수 있고, 기하학과 미적분 문제는 지금도 틀리지 않지. 사과도 예쁘게 잘 깎고 철권 끝판왕을 깨. 전부 똑같아. 그저 수능 1교시 때 잠이 왔을 뿐이야. 너만은 그걸 알아줬으면 좋겠다."

어느새 하늘엔 반달이 높이 떠 있었다. 9월 말이라 밤공기가 꽤 쌀쌀하게 느껴졌다. 카스타운 갈래? 내가 물었으나 지미는 좌우로 한 번 고개를 내저었다. 그때 등 뒤에서 음악 소리가 들려왔다. 본관 옆 성당에서 들려오는 것이었다. 여긴 예수회가 설립한 가톨릭 학교라 캠퍼스 안에 상설 성당이 마련돼 있다. 오늘은 심야 미사가 예정돼 있나 보다. 스테인드글라스가 휜히 색을 발했고, 그 안에서 장중한 파이프 오르간 연주가 새어 나오고 있었다. 실로 가슴 절절한 화음이었다. 감정이 고조되는 부분에서 성가대가 아아, 코러스를 넣자 더욱 절절해진다. 나는 팔을 뻗어 지미의 손을 잡았다. 지미는 흠칫 놀랐으나 손을 빼진 않았다. 남자끼리였음에도 분위기가 어색하지 않았던 건 전적으로 성당에서 들려오는 미사곡 덕분이었다. 그렇겠군, 하면서 나는 생각했다.

신이 아예 필요 없는 건 아니겠어.

*

지미의 장례식 날에는 비가 왔다.

그의 몸은 화장돼 경기도 파주의 추모공원에 안치되었다. 나는 그가 즐겨 쓰던 마틴 기타 줄과 던롭 피크를 봉안묘에 넣어주었다. 그리고 장례지도사의 신호에 따라 잠깐 묵념을 했다. 장지까지 동행한 사람은 몇 명 없었다. 지미의 부모와 그들이 키우는 강아지, 그리고 나였다.

이것만큼은 재수하지 않겠다.

지미는 그런 유서를 남기고 스스로 목을 졸라 죽었다. 이런 방식은 십중팔구 실패한다고 한다. 숨이 끊어지기 전 의식을 잃어 손힘이 풀어지기 때문이다. 그러나 지미는 의지력을 발휘해 끝까지 제 목을 졸랐다. 그런 의지를 가진 사나이였지만 수능 1교시 때의 졸음은 어쩔 수 없었던 것이리라. 가짜 대학생이 지미의 목을 조른 건지, 아니면 지미가 제 안의 가짜를 없앤 건지 나는 모른다. 어느 쪽이든 지미는 살아남을 수 없었다.

"미안한데, 이걸 좀 맡아주겠니?"

장례가 끝난 뒤 납골당 주차장에서 지미의 아버지가 내게 카드 같은 것을 내밀었다. 명함보다 약간 큰 사이즈의 보드지였는데 뭔가 하고 봤더니 '봉안 증서'란 글자가 눈에 들어왔다.

"15년간 임대료는 지불했어. 아내와 나는 뉴질랜드로 이민을 가기로 해서 말이야. 여길 자주 올 수 없을 것 같구나. 무엇이 문제였는지 우린 아직도 모르겠다. 왜 이런 일이 일어났을까. 기후나 토양 문제였을까. 집안 내력 혹은 신념이나 사상 문제였을까. 아니면 단순히 적응의 문제였을까. 아무리 생각해도 알 수 없었어. 이제라도 다른 나라에 가서 살아보려고."

나는 말없이 봉안증을 받아 들었다. 그것은 한 장의 학생증 같은 카드였다. 앞면엔 지미의 본명과 생몰년도, 안치실 번호, 보증기간이 표시돼 있고, 나름 권위를 부여하려는 듯 추모공원 원장의 직인을 찍어놓았다. 뒷면엔 납골묘 이용 안내와 계약 내용이 작은 글씨로 나열돼 있었다. 맨 밑의 '정성껏 모시겠습니다' 활자는 굵었다. 나 또한 그걸 정성껏 잘 보관해야 될 것 같아서 구겨지지 않도록 조심히 지갑에 끼워 넣었다. 그것은 신분증 포켓에 딱 들어갔다. 점심을 먹고 가라고, 서울로 돌아오는 차 안에서 지미의 부모가 말했지만 나는 그냥 가보겠다고 했다. 두 분은 날 신촌로터리에 내려주었다.

들어야 할 오후 수업이 하나 있었지만 학교에 가고 싶지 않아 나는 무작정 거리를 걸었다. 아무 이유도 목적도 없이 신촌 전체를 두 바퀴 빙 돌다가 눈에 띄는 극장에 들어갔다. 〈드래곤하트〉가 가장 상영 시간이 빨라서 그 티켓을 샀다. 학생이세요? 매표소 직원이 물었지만 나는 아니라고 대답했다. 오늘은 학생 할인을 받고 싶지 않았다. 적어도 오늘만큼은.

영화는 드래곤과 원탁의 기사가 등장하는 지지부진한 판타지였다. 스토리 따윈 별 상관이 없었으므로 나는 뚫어져라 스크린을 쳐다보았다. 영화가 끝났으나 달리 할 일도 없어서 그대로 앉아 다시 한 번 더 보았다. 극장에서 나오니 거리는 완전히 어두워져 있었다. 갈 곳을 찾지 못한 나는 가만히 신호등만 바라보고 있다가 백화점 건너편 골목에 있는 사우나에 들어갔다. 아까 추모공원에서 비를 맞은 데다 좀 추워져서 따뜻한 물로 몸을 씻고 싶었다.

계십니까.

남자 탈의실엔 아무도 없었다. 계세요, 재차 불러봤지만 역시 사람은 나타나지 않았다. 벽걸이 선풍기만 혼자서 좌우로 돌 뿐이었다. 나는 카운터에 성인 한 사람 몫의 목욕비를 올려놓고 로커 키를 가지고 왔다. 옷을 벗어 로커에 집어넣고 체중계로 몸무게를 잰 뒤 입욕장에 들어갔다. 욕장에도 도통 사람이 보이지 않는다. 이상한 기분이었지만 이제 와서 되돌아 나갈 순 없다. 이미 옷까지 벗어버린 후다.

공동탕 수칙에 따라 간단히 샤워를 하고 한증막에 들어갔다. 항아리에 담긴 물을 한 바가지 퍼서 스팀기에 끼얹자 화산처럼 증기가 훅 일었다. 후와후와, 하면서 증기를 들이마신다.

삶은 아름답구나.

나는 중얼거렸다.

아름다워, 삶이란.

어순을 바꾸어 다시 한 번 말해보았다.

"손님, 때 밀어드릴까요?"

경(經)을 읊는 듯한 차분한 목소리.

옆을 돌아보니 한 남자가 정좌하고 앉아 있었다. 머리칼을 포니테일로 묶은 때밀이였다. 묘한 분위기를 풍기고 있어서 몇 살인지 전혀 짐작되지 않는다. 20대 청년 같기도, 60대 노인 같기도 했다. 아예 나이를 초월한 인디언 주술사 같기도 했다. 그는 얼굴에 검은 선글라스를 낀 채 땀을 줄줄 흘리고 있었다. 시선이 한없이 멀고 깊다. 선글라스가 면해 있는 방향을 따라가보았더니 그곳엔 아무것도 없었다. 시선의 초점이 맺혀 있을 법한 지점엔 허공과 쑥 향, 그리고 훈김뿐. 맹인이구나, 나는 생각했다.

"얼마인데요?"

때를 밀어본 지 너무 오래됐다. 시세가 가늠되지 않는다.

"그냥 편하게 생각하십시오."

그는 일어서서 한증막을 나갔다. 앉아 있었을 땐 몰랐는데 키가 2미터쯤 되는 거구였다. 꽉 죄는 검은색 스판 수영복을 입고 목엔 십자가 목걸이를 걸었다. 그는 앞을 본다는 느낌 없이 성큼성큼 걸어서 플라스틱 베드가 있는 곳으로 갔다.

"이쪽으로."

그가 이태리타월을 손에 둘둘 감고 부드럽게 팔을 펼쳐 보였다. 거부할 수 없는 힘에 이끌려 나는 플라스틱 침대에 누웠다. 때밀이는 나의 왼쪽 팔목부터 밀어나갔다. 사려 깊은 힘 조절이었다. 팔꿈치는 강, 어깨는 중, 예민한 겨드랑이는 약으로 밀었다. 기계적인 강약은 아니었다. 강은 기꺼이 약에 스몄고, 약은 강과 대등하게 어우러졌다. 중은 중대로 양극단을 끌어안고 부드럽게 무너지고 있었다. 세 힘은 경계가 없어서 자유롭게 흘렀고, 터치와 노터치 사이를 무한히 헤집고 전진했다. 때는 소리 없이 벗겨졌다.

　때밀이가 이태리타월로 팔을 밀어주어서 나는 내 왼팔이 거기 있다는 것을 알았다. 지금까지 대략 스물두 해를 살아왔다. 그 22년 동안 내 왼팔이 그 지점에 있다고는 한 번도 의식하지 못했다. 단순히 팔의 위치를 일깨워준 것만은 아니었다. 때밀이는 온전히 내 몸을 창조하고 있었다. 그의 이태리타월이 쓸고 간 자리에선 뼈와 살이 새롭게 피어났다. 말할 수 없는 감동에 젖어 나는 눈을 감았다. 실례지만 손님, 하면서 때밀이가 조심스럽게 말을 걸어왔다.

　"울고 계십니까?"

　"아닙니다."

　"우셔도 괜찮습니다. 보시다시피, 보는 사람은 아무도 없습니다."

　그는 선글라스를 손끝으로 추켜세우며 웃어 보였다. 그러고 나서 내 허벅지 안쪽을, 그야말로 매쉬멜로우 느낌으로 밀었다.

*

나는 대학을 졸업했다.

한일 월드컵이 예정된 2002년이었다. 졸업식은 2월이었는데 아침부터 날씨가 맑았다. 늦추위는 없었고 바람도 거의 불지 않았다. 나는 까만 학사모와 가운을 입고 캠퍼스에서 기념사진을 찍었다. 사진은 나보다 2년 먼저 졸업한 김서희가 찍어주었다. 지도교수와 한 장, '진리에 순종하라' 석탑 앞에서 한 장 찍었다. 빌린 학사모와 가운을 본관 종합봉사실에 반납할 때 교직원이 학생증도 반납해달라고 말했으나 나는 집에 놓고 왔다는 핑계를 대고 반납하지 않았다. 다른 뜻이 있어서가 아니라 뺏겨선 안 될 것 같은 느낌이 들었기 때문이다.

군대는 다시 한 번 갔다 왔다. 2학기를 마치고 춘천 보충대로 입대했다. 1997년 1월의 일이었다. 원통의 12사단 훈련소를 거쳐 3군단 155밀리 자주포 대대로 자대배치되었다. 내 인생에서 최고로 길었던 2년 2개월이었다. 두 번째로 만기 제대하던 날은 결코 잊지 못한다. "병장 김성훈은 1999년 3월 5일부로 전역을 명받았습니다. 이에 신고합니다. 충성." 대대장에게 거수하는데 돌연 눈물이 터져 나왔다. 이건 도저히 통제가 안 되는 울음이었다. 내가 눈물을 멈추지 못하자 대대장은 집무실 책상에서 걸어 나와 내 어깨를 안아주었다.

군대에 있을 때 가끔 위문편지를 보내줬던 김서희와는 2005년에 결혼했다. 옥토버페스트를 내건 광화문의 호프집에서 소시지와 곁들여 맥주를 마시던 중 내가 먼저 프러포즈를 했다. 김서희는 이틀 후 내 청혼을 받아들였다. 각자 말단 사원 신분이라 일도 바빴고 저축도 얼마 없는 탓에 출산은 미뤘다. 결혼 7주년 때에야 임신을 했고 예쁜 딸아이를 낳았다. 육아 스트레스 때문에 몇 번 폭발한 것을 빼면 지금까진 원만한 결혼 생활이었다. 그 폭발이란 것도 다음 날 식탁에 데이지꽃을 꽂아놓으면 다 풀리는 것들이었다.

그렇게 세월이 지나 벌써 2019년이다. 오랜 시간이 흐른 것 같기도, 모든 게 찰나의 일 같기도 하다. 아예 아무 일도 안 일어난 듯도 하다. 대학을 졸업한 후 나는 신문기자로 일하다 소설가로 데뷔했다. 1억 원 고료 장편소설 공모에 《나의 토익 만점 수기》란 작품이 당선돼 상당한 액수의 상금을 받았다. 받은 상금으로 제일 먼저 산 건 아이리시 테너 밴조였다. 연주하지는 않고 한동안 차 트렁크에 넣고 다니다가 음악하는 후배에게 넘겨주었다. 말랑말랑한 젤리 속에 갇힌 듯한 중산층의 삶이었다. 틈이 없어 답답했지만 돌아보면 향긋한 과일 향이 나는 것도 같다. 우리 가족은 재작년에 아파트 대출금을 다 갚았고, 작년엔 렉서스 하이브리드 세단을 구입했다.

2019년 새해가 시작된 지 나흘째 되는 오늘, 나는 아내와 함께 잠실 월드타워로 영화를 보러 왔다. 우리 부부가 좋아하는 스탠리 큐브릭 감독의 회고전이 열리고 있기 때문이다. 우린 〈스페이스 오디세이〉를 보기로 했다. 아내는 이 영화를 보기 위해 오늘 하루 연차휴가를 냈다. 나는 소설가이므로 휴가를 낼 필요는 없었다. 딸애는 아침 일찍 통원 버스에 태워 유치원에 보냈다.

"〈스페이스 오디세이〉. 10시 반. 어른 두 장이요."

"할인 카드 있으세요?"

립글로스를 너무 짙게 바른 듯한 남자 매표소 직원이 물었다. 카운터 앞엔 여느 멀티플렉스 극장처럼 제휴 회사 리스트가 게시돼 있었다. 티켓 할인이 가능한 신용카드와 포인트카드 종류가 줄줄이 열거돼 있지만 어딜 보나 내겐 해당 사항이 없었다. 아내도 사정은 마찬가지여서 어깨를 으쓱해 보이기만 했다. 매표소 직원이 삑삑 키패드를 눌러 티켓 두 장 금액 2만 2000원을 계산대 액정에 띄웠다. 금요일이라 주말 프리미엄이 붙어 티켓값이 좀 비싸다. 결제는 어떻게 해드릴까요, 라는 물음엔 일시불로 해달라고 했다. 그가 상영 시간과 좌석 번호를 최종 확인한 뒤 내 신용카드를 리더기 슬롯에 꽂을 때였다.

"아, 잠깐 기다려보십시오."

도대체 무슨 생각이었는지 모르겠다. 나는 지갑에서 낡은 플라스틱 카드를 꺼내 할인카드로 제시했던 것이다.

빛바랜 파란색 바탕, 하단엔 대학교 총장 직인이 네모나게 찍힌 물건이다. 왼쪽 상단엔 스탬프로 찍은 듯한 대학교 엠블럼이 있다. 서양식 방패에 은빛 왕관이 박혀 있는 문양으로 유럽 귀족 가문의 문장 같은 고급스러운 느낌이 난다. 소지자의 증명사진은 우측 상단에 있다. 실제 사진을 코팅한 게 아니라 플라스틱 표면에 이미지를 전사(轉寫)해 넣은 것이다. 사진은 흔히 볼 수 있는 평범한 남자 대학생으로 그렇게 잘생기지도, 또 못생기지도 않았다. 인문학부. 961349.

그리고,

김성훈.

매표소 직원은 내가 제시한 학생증을 골똘히 내려다보다가 눈을 깜박이면서 매뉴얼 책자를 뒤적이더니 급기야 옆자리 선배에게 도움을 청했다. 이거 할인되는 건가요? 글쎄, 하는 애매한 대화가 오갔다. 선배라는 여직원은 새끼손톱으로 코밑을 긁적이고는 무전기로 상급자를 호출했다. 불려나온 이도 잘 모르겠다는 표정을 짓긴 마찬가지였다. 당신 지금 뭐 하는 거야? 언제 적 학생증을, 옆에서 지켜보고 있던 김서희가 사색이 돼서 내 옆구리를 쿡 찔렀다.

결국 매표소 스태프 중 한 명이 어딘가로 전화를 했고, 곧 정장을 차려입은 남자가 달려왔다. 재킷 명찰에 '부관장'이라는 직함이 새겨져 있었다. 앞에 '부' 자가 붙긴 했지만 '관장'이라는 직급에서 제법 위압감이 느껴진다. 이제 난 몰라.

아내는 얼굴이 새빨개진 채 힘없이 로비 소파에 주저앉았다.

키 크고 체격 좋은 부관장은 "불편을 끼쳐드려서 죄송합니다"라고 일단 사과부터 했다. 그러고는 내 학생증을 건네받아 침착하게 앞면과 뒷면을 살폈다. 갈색 마그네틱 선을 조명에 비춰보기도 하고, 점자처럼 도드라진 숫자열을 손톱으로 긁어도 본다. 이내 미간을 좁혀 증명사진 부분을 집중해서 보더니 고개를 들어 내 얼굴을 정면으로 응시했다. 학생증, 내 얼굴, 다시 학생증, 또 내 얼굴. 이것을 무려 일곱 번 반복했다. 그런 뒤 내게 뭔가 물어볼 것도 같았는데 입가를 엄지로 한 번 쓸어내렸을 뿐 질문을 하지는 않았다. 매표소 직원들은 숨죽인 채 부관장의 입을 쳐다보며 지시를 기다리고 있었다.

"할인해드려."

그때 부드러운 목소리로 부관장이 말했다.